10|18
12, avenue d'Italie — Paris XIIIe

Sur l'auteur

Caroline Roe est née à Windsor, au Canada, et a vécu à Washington, Ottawa et Detroit avant de s'installer à Toronto. Elle est titulaire d'un diplôme de langue moderne de l'université de Toronto et d'un doctorat en études médiévales. Professeur, traductrice, écrivain, elle fait ses débuts en littérature en 1986 sous le pseudonyme de Medora Sale. Elle reçoit alors l'Arthur Ellis Award du meilleur premier roman policier pour *Murder on the Run*, premier volet de la série Harriet Jeffries. Découvrant par hasard l'existence de l'évêque Berenguer de Gérone et celle de son médecin juif Isaac dans l'Espagne médiévale, elle s'en inspire pour débuter en 1998 la série des Chroniques d'Isaac de Gérone sous son nom. *Le Glaive de l'archange* fut pressenti à la fois pour l'Anthony Award aux États-Unis et pour l'Arthur Ellis Award au Canada. En 1999, Caroline Roe obtient le Barry Award du meilleur livre policier pour *Antidote à l'avarice*.

ANTIDOTE À L'AVARICE

PAR

CAROLINE ROE

Traduit de l'anglais
par Jacques GUIOD

10|18

INÉDIT

« Grands Détectives »
dirigé par Jean-Claude Zylberstein

Du même auteur
aux Éditions 10/18

Titre original :
An Antidote for Avarice

ISBN 2-264-03272-3

Ce livre est dédié à

DEBORAH SCHLOW,

à qui il appartient, à bien des égards.

J'aimerais adresser mes remerciements les plus sincères à Alain Duffieux, dont la connaissance de la cuisine ancienne et des plats méditerranéens emplit tous ces livres. La route de Tarragone eût été plus longue et plus fastidieuse sans la courtoisie de tous ceux qui ont répondu à mes questions, importantes ou pas, sur les problèmes posés par les voyages au Moyen Âge. Je ne serais jamais arrivée à destination sans l'aide généreuse de Harry Roe, en matière de recherches et de déplacements, et de mon éditrice, Gail Fortune.

PERSONNAGES

Avignon :

- Gonsalvo de Marca, propriétaire terrien du sud de la Catalogne
- Sa Sainteté, le pape Innocent VI
- Norbert, moine franciscain
- Rodrigue de Lancia, gentilhomme catalan
- Tomas de Patrinhanis, ambassadeur d'Ancône auprès du pape

Gérone :

(L'Église)

- Arnau de Corniliano, chanoine, vicaire général et remplaçant de Berenguer en l'absence de celui-ci
- Galceran de Monteterno, Pere Vitalis, Ramon de Orta, chanoines
- Fortunat, neveu de Galceran
- Vidal de Blanes, abbé de Sant Feliu

(Le Call)

- Daniel, jeune gantier, amoureux de Raquel
- Salomó des Mestre, professeur de Yusuf

(La ville)

- Une fillette de huit ans de Sant Feliu
- Marc, oncle de la précédente
- Mère Benedicta, tenancière de taverne
- Romeu le menuisier, constructeur naval

Les voyageurs :

Agnete, religieuse pécheresse
Andreu, musicien ambulant
Berenguer de Cruilles, évêque de Gérone
Bernat sa Frigola, son secrétaire
Elicsenda, abbesse de Sant Daniel
Enrique, le cadet des gardes de l'évêque
Felip, musicien ambulant
Francesc Monterranes, conseiller et confesseur de Berenguer
Gilabert, jeune homme blessé
Ibrahim, homme à tout faire et portier d'Isaac
Isaac, médecin de Gérone
Judith, épouse d'Isaac
Marta, religieuse d'Elicsenda
Naomi, cuisinière d'Isaac
Raquel, fille d'Isaac et de Judith
Yusuf, apprenti d'Isaac

Barcelone :

Pedro, comte de Barcelone et roi d'Aragon
Eleanor, sa reine
Francesc Ruffach, vicaire général, remplaçant de Miguel de Riçoma en l'absence de celui-ci
Mordecai ben Issach, médecin

Tarragone :

Dinah, sœur de Judith
Joshua, mari de Dinah
Ruben, neveu de Joshua
Sancho Lopez de Ayerbe, archevêque de Tarragone

Personnages divers :

Emilia, femme du châtelain de Castellvi de Rosanes
Lluisa, sa nourrice incompétente
Fernan, oncle de Gilabert
Benvenist, serviteur
Miró, serviteur
Aubergistes, moines, seigneurs, gentes dames et leurs serviteurs

NOTE HISTORIQUE

Au printemps de l'an 1354, où se situe l'action d'*Antidote à l'avarice*, le pape, comme ses prédécesseurs immédiats, vivait en Avignon, chassé dans cette ville par les troubles politiques que connaissait Rome ; le roi d'Aragon était Pedro IV (Pere III de Catalogne, dit le Cérémonieux) ; et l'Aragon se préparait à entrer en guerre contre la Sardaigne, un des États soumis au roi.

La guerre constituait un casse-tête administratif. Pour la mener à bien, Pedro devait dégager d'énormes sommes d'argent sous forme d'impôts et d'emprunts, mais il lui fallait aussi s'entourer de personnes fiables pour gouverner quand sa reine et lui-même seraient en Sardaigne. Leur absence en temps de guerre pouvait fournir à ses ennemis politiques l'occasion rêvée de s'emparer du pouvoir.

Dans le même temps, l'archevêque de Tarragone convoquait ses évêques à un conseil général, une entreprise presque aussi complexe. Conduire un évêque d'une ville à l'autre tenait presque de l'expédition militaire, car sa sécurité, sa dignité et son confort exigeaient qu'il se déplace avec toute une armée de gardes et de serviteurs.

Les événements qui servent de toile de fond à ce livre et la plupart des protagonistes sont empruntés aux nombreux écrits de l'époque. Pedro nous a laissé une chronique de son règne riche en personnages, en réflexions politiques et en scènes de sa vie conjugale avec Éléonore de Sicile, sa confidente et conseillère, femme courageuse qui le suivit dans tous ses voyages et l'accompagna même sur ses navires de guerre.

Les archives pontificales constituent une source très riche. Pendant des siècles, la cour de justice des papes a fait office de tribunal international et d'arbitre dans les différends opposant deux pays. Une lettre du pape, destinée à régler ce genre de conflit, est au cœur d'*Antidote à l'avarice*. Furieux, des marchands d'Ancône avaient accusé de piraterie cinq capitaines de marine catalans et s'étaient plaints de la perte de cargaisons et de vaisseaux de grande valeur. Les Italiens traînèrent donc les Catalans devant le tribunal pontifical, mais ils apprirent à leurs dépens qu'il est plus facile d'obtenir un jugement que de le faire appliquer. Les pirates d'Ancône appartenaient à la flotte officielle d'Aragon.

Berenguer, évêque de Gérone, emprunta, pour se rendre au conseil, la via Augusta, cette magnifique route romaine qui va de la Ville éternelle jusqu'au littoral sud de l'Espagne actuelle. La route existe toujours, même si elle est dissimulée çà et là par des constructions plus récentes.

Les historiens ont affirmé que Berenguer était impliqué dans les préparatifs de guerre du roi : cela expliquerait pourquoi rien ne témoigne de sa présence ou de son absence au conseil général qui se tint à Tarragone en 1354. *Antidote à l'avarice* propose d'autres explications.

L'évêque de Gérone, Berenguer de Cruilles, a bel et bien existé, et des documents attestent de ses relations amicales avec la communauté juive de la ville. Son médecin aveugle, Isaac, n'est pas entièrement fictif. Un demi-siècle plus tôt, Isaac l'Aveugle, philosophe mystique et cabaliste, était révéré pour son savoir et son

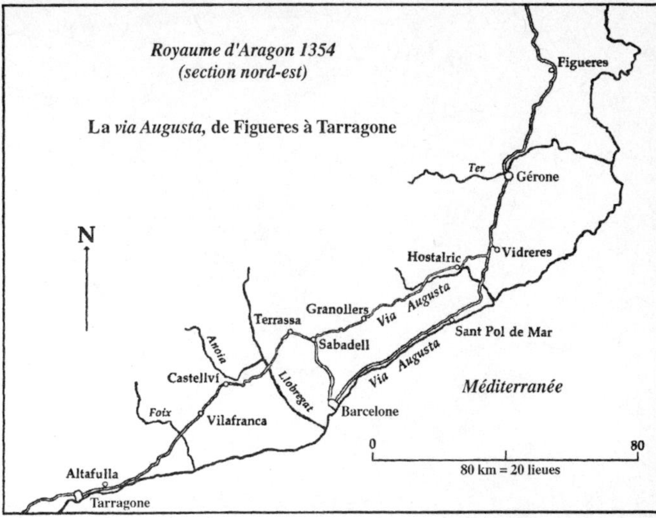

étonnante capacité à « voir » la maladie et l'approche de la mort. Ses disciples diffusèrent vers le sud, notamment à Gérone, ses enseignements philosophiques et religieux. Si Isaac l'Aveugle avait eu un descendant arrivé très jeune dans cette ville et si ce descendant avait détenu les pouvoirs de son ancêtre, il aurait pu étudier la médecine, épouser une femme comme Judith, devenir le médecin de Berenguer et perdre la vue. Les médecins juifs étaient très respectés, et ils comptaient au nombre de leurs patients les membres les plus élevés du clergé et des classes dirigeantes.

PREMIÈRE PARTIE

CHAPITRE PREMIER

Gérone

10 mars 1354

— Je me moque bien de ce que vous pourrez dire, Isaac. Je viens avec vous.

Le médecin tourna son visage vers son épouse, comme s'il la scrutait de ses yeux aveugles.

— Non, Judith, rétorqua-t-il assez sèchement. Ce n'est pas possible. À présent, s'il reste de cet excellent agneau, je serais ravi d'en reprendre. Raquel et moi avons beaucoup marché ce matin, n'est-ce pas ? ajouta-t-il en se tournant vers sa fille.

— Oui, papa.

— Certainement, fit Judith. Naomi, donne encore de l'agneau à maître Isaac.

Dès que la cuisinière fut repartie à l'office, la femme du médecin revint à l'attaque.

— Ne changez pas de sujet de conversation, Isaac. Je vais à Tarragone avec vous pour voir ma sœur. Je n'ai pas revu Dinah depuis son mariage.

— Judith, soyez raisonnable, dit Isaac d'un ton calme. Ce sera un long voyage, et Son Excellence l'évêque est un homme impatient.

— Cela ne me fait rien. Qu'il soit impatient si cela lui chante.

— Maman, intervint sa fille, les jumeaux sont toujours à table.

— Ils peuvent la quitter. Et aussi Yusuf.

— Judith, vous devez comprendre que l'archevêque de Tarragone est contrarié par Son Excellence. Je n'ajouterai pas vos exigences déraisonnables à ses autres soucis.

— Je m'en moque bien si le pape d'Avignon veut sa tête, reprit Judith. Je vais à Tarragone.

— Vous vous en soucieriez s'il perdait sa charge, répliqua Isaac.

— Il peut la perdre demain. Cela m'est égal.

— Nous tomberions avec lui, je puis vous l'assurer. Il a toujours été pour nous un bon ami... et un puissant protecteur.

Un des jumeaux voulut prendre son gobelet et le renversa doucement. Isaac tendit l'oreille vers les enfants.

— Judith, dit-il avec plus de fermeté cette fois, ce n'est ni le lieu ni le moment pour discuter de pareilles choses.

— Avec vous, Isaac, ce ne sera jamais le moment opportun. Vous refusez de parler de ce qui vous déplaît, et Raquel est toujours là pour vous aider à vous en tirer. Je suis lasse de tout cela. Et vous deux, là, je vous ai dit de vous en aller, fit-elle hargneusement. Toi aussi, Yusuf.

Les enfants — âgés d'environ sept ans — se hâtèrent de quitter leur banc et partirent en courant, suivis de Yusuf, l'apprenti du médecin, qui fit une sortie très digne et ferma sans ménagement la porte derrière lui.

— Toute personne supplémentaire le ralentira, dit Isaac en détachant chaque mot, comme il le faisait quand il était contrarié.

Raquel repoussa son assiette et chercha une excuse pour rejoindre ses cadets.

— Nul ne vient avec nous dont la présence ne soit absolument nécessaire, ajouta son père. Et je puis vous assurer que je ne l'accompagne pas par plaisir. Je travaillerai et je n'aurai pas le temps de m'occuper de vous — pas un seul instant.

— Ridicule. L'évêque se plaint parfois de broutilles, mais il n'est jamais malade, répondit Judith. Vous n'aurez rien à faire pendant ce long voyage. Je viens avec vous. Et j'emmène Raquel. Je demanderai au rabbin de m'écrire une lettre qui mettra Dinah au courant de nos projets. Raquel, viens au salon, je veux te parler.

— Attends ici, Raquel, ordonna Isaac en écartant l'assiette d'agneau rôti à l'ail et aux herbes parfumées qu'il avait pourtant demandée. Je veux te parler.

Judith lança un regard noir à sa fille et quitta la pièce.

— Oh, papa, je vous en prie ! Je ne veux pas aller à Tarragone. Maman et tante Dinah essayent toujours de me marier au neveu de son époux.

— Ne t'inquiète pas, nous n'emmènerons aucune femme. Son Excellence est bien décidée à voyager le plus légèrement et le plus vivement possible.

— Vous en êtes sûr ?

— Tout à fait, ma chérie. Je te le promets, tu n'as rien à craindre des jeunes gens que ta tante aurait en vue pour toi.

— Merci, papa, dit Raquel, soulagée.

Sa mère pouvait être d'un entêtement hors du commun, mais Raquel savait que son père était aussi inébranlable qu'un roc lorsqu'il intervenait dans les affaires de la maison.

— Je me demandais...

— Oui ?

— Pensez-vous que l'évêque, avec toutes ses richesses et toute sa puissance, puisse réussir à se déplacer lentement et dans le plus grand confort ? Surtout s'il est malade.

— Son Excellence a peut-être quelques douleurs, mais c'est un homme sain et vigoureux. Comme tu le sais fort bien.

— Pourquoi ce voyage se fait-il avec tant de précipitation, papa ?

— Ma chérie, il faut savoir que la situation de Berenguer est difficile. Il n'est pas en faveur auprès de l'archevêque et du roi. Même ta mère se met à parler du pape. Et si ta mère est au courant, cela signifie que des rumeurs se sont répandues partout, qui disent que l'archevêque veut envoyer quelqu'un en Avignon pour se plaindre auprès du pape.

— Rien de cela n'est vrai, assurément. Les gens racontent toujours des choses terribles et ils ont rarement raison.

— Néanmoins, tout ce qui est extérieur à Gérone semble mettre notre bon évêque aussi bas que terre, dit Isaac d'un ton sec.

— Il me semblait que Son Excellence pouvait ignorer tout ce qui se trouve en dehors de Gérone, fit remarquer Raquel.

— C'est possible, mais Sa Majesté se prépare à la guerre contre les Sardes...

— Je le sais, papa.

— Bien entendu. Mais quand on parle de guerre, les gens se mettent à voir des traîtres derrière chaque porte, derrière chaque buisson. Souviens-toi que Monseigneur Berenguer, l'évêque, n'a pas livré la religieuse, celle qui était impliquée dans l'enlèvement de la fille de Sa Majesté[1]...

— Elle a un nom, papa, dit Raquel comme pour rappeler à son père qu'elle aussi avait été victime de ce complot. Sor Agnete. Et c'est l'abbesse Elicsenda qui était censée l'envoyer en prison. Pas l'évêque.

— En tant qu'évêque du diocèse, il est tenu pour responsable, Raquel, et son inaction a courroucé Sa Majesté et suscité des rumeurs de trahison. En outre, il ne devait pas l'envoyer en prison, précisa Isaac. Seule-

1. Voir *Le Glaive de l'archange.*

ment à Tarragone, pour y être jugée. Ce qui explique que l'archevêque est également furieux contre lui.

— Pourquoi ne la renvoient-ils pas, et l'on n'en parlerait plus ?

— Cela, ma chérie, il faudra le demander à l'abbesse et à l'évêque. Pour ma part, je l'ignore. Je sais seulement que cela a à voir avec la sécurité du voyage.

CHAPITRE II

Avignon

12 mars 1354

— Comment saurai-je si vous allez me payer une fois que vous serez au courant ? demanda le page, l'innocence même dans sa tunique de velours.

Rodrigue de Lancia dénoua sa bourse et lui tendit une pièce. Puis il saisit le jeune garçon par le bras avant de le secouer.

— Alors, que se passe-t-il ?

— Votre cousin doit être pendu, signore.

— Sous quel chef d'inculpation ?

— Pour piraterie. Et tous ses biens seront confisqués.

— Je dois partir, murmura Rodrigue. Je dois regagner Empuries et le lui faire savoir avant...

— Mais, signore, c'est loin d'être tout. Vos avocats ne vous ont donc rien dit ?

— On ne m'a rien dit. Rien d'intéressant, en tout cas. De quoi s'agit-il ?

— Le problème doit être exposé devant Sa Sainteté. Il sera ensuite étudié en toute discrétion par ses conseillers les plus proches.

— L'un de ces conseillers serait-il ton maître ?

Le page leva les mains en signe d'impuissance.

— Quand cette réunion secrète doit-elle se tenir ?

— Demain, selon mon maître. Et c'est demain que l'affaire de votre ami passe en justice. Je vous retrouverai dans la cour d'honneur à cette même heure et vous parlerai de ces deux choses.

— Lui ? Mais ce n'est pas l'un de mes amis.

Un regard à la fois sardonique et amusé éclaira brièvement le visage sombre de Rodrigue.

— Mais nul doute qu'il sera là. Il te paiera lui-même, ajouta-t-il avant de s'éloigner du palais pontifical.

Derrière lui, de grands cris retentirent : l'architecte indiquait aux maçons comment placer un bloc de pierre claire, finement taillée, dans une nouvelle aile du palais d'Avignon.

Tomas de Patrinhanis, ambassadeur de la cité d'Ancône auprès du tribunal pontifical, fut introduit dans la chambre de parement, où les privilégiés attendaient d'être reçus en audience par Sa Sainteté, Innocent VI. Pâle, l'air angélique, le page de messire Tomas était vêtu d'une tunique bleue aussi bien coupée et aussi coûteuse que l'habit rouge et or de son maître. Il avait abandonné son nouvel ami Rodrigue pour rejoindre l'escorte de l'ambassadeur. Messire Tomas et son secrétaire se réchauffaient au feu qui brûlait près des marches conduisant à la chambre à coucher du pape. Les autres membres de sa suite parlaient à voix basse à l'autre bout de la pièce.

Le petit page saisit sa chance. Armé en tout et pour tout de ses boucles et de son sourire enchanteur, il sortit, traversa une petite salle à manger et pénétra dans la cuisine privée du pape en esquivant les serviteurs. Triomphant, il émergea dans un étroit labyrinthe d'escaliers et de couloirs et se fraya sans hésiter un chemin dans des corridors secrets jusqu'à ce qu'il eût atteint un recoin où une banquette était placée sous une fenêtre. Il se trouvait près de la chambre à coucher d'Innocent VI, mais de l'autre côté, à dix mètres de son point de départ. Et seul. Il s'assit et attendit.

L'ambassadeur d'Ancône fut conduit dans la grande chambre à coucher aménagée à l'origine pour Clément VI, le prédécesseur d'Innocent. Depuis près de cinquante ans que les papes vivaient en Avignon — la querelle des partis avait contraint Clément V à l'exil —, beaucoup de temps, de réflexion et d'or avaient transformé une modeste abbaye en une bâtisse digne des princes de l'Église. Même messire Tomas, qui avait déjà été reçu dans cette pièce, fut émerveillé par sa décoration.

— Ce n'est pas la première fois que le Saint-Siège a des problèmes avec l'Aragon, constata le pape. Nous avions espéré éviter ces affrontements, mais nous ne pouvons tolérer qu'un État chrétien et souverain s'attaque en mer à un autre État.

— La population d'Ancône vous serait très reconnaissante si Votre Sainteté pouvait intervenir en son nom, dit l'ambassadeur. Elle est appauvrie par le mépris cruel et peu scrupuleux que...

— Oui, oui, fit Innocent. Nous avons vu et noté les doléances d'Ancône.

Il fit un signe de tête à son premier secrétaire, lequel se tourna vers son scribe, qui aussitôt plongea sa plume dans l'encre.

— Nous adresserons une lettre à Sa Majesté Don Pedro d'Aragon, reprit le pape, afin de lui demander la restitution des vaisseaux.

— Et de leur contenu ? suggéra l'ambassadeur.

— Et de leur contenu... ainsi que de tout ce qu'ils ont pu dérober, renchérit-il, impatient.

Le secrétaire chuchota à son oreille.

— Les pirates doivent être pendus pour leurs méfaits et, bien entendu, ils risquent l'excommunication. Mais nous discuterons plus tard des termes exacts de ce courrier.

Le vent glacial qui s'abattait contre les murs épais du palais faisait tout son possible pour nier l'arrivée du printemps. Il tourbillonnait dans la grande cour et s'engouffrait sous les arcades, soulevant avec impudence les tuniques des requérants moins heureux, ceux qui devaient attendre à l'extérieur sous le regard froid des gardes. Un cavalier vêtu d'une houppelande fourrée franchit le grand portail, mit pied à terre sous les arcades et confia les rênes de sa monture luisante à un laquais surgi de nulle part. Il monta l'escalier, et les hommes qui attendaient plissèrent les yeux d'envie.

— Il se rend aux appartements privés, commenta un homme blême et rondouillard qui portait l'habit gris des franciscains.

— J'en doute, frère Norbert, dit un prêtre vêtu de noir.

— J'ai entendu dire qu'ils étaient emplis de trésors. De l'or, des rubis et des tuniques de soie.

— À quoi bon des tuniques de soie quand le vent vient du nord ? répliqua le prêtre en frottant ses mains engourdies par le froid. Je les échangerais volontiers contre la houppelande de ce cavalier. Mais qu'est-ce qui vous amène ici, mon frère ? demanda-t-il, subitement conscient du caractère un peu brusque de ses propos.

Le moine rougit et recula d'un pas comme s'il venait de recevoir un coup.

— Rien, vraiment, mon père, bredouilla-t-il. Une affaire sans importance.

Non loin d'eux, à l'abri précaire d'un pilier, Rodrigue de Lancia attendait en compagnie d'un gentilhomme plus âgé, à la charpente solide. Ce dernier toisa le frère, et le malheureux devint écarlate avant de consacrer toute son attention à l'admirable travail de dallage de la cour.

Rodrigue interrogea du regard son compagnon.

— Des prêtres et des pies, dit le gros homme. Jamais le silence, jamais un son que l'on aimerait entendre. Je me demande combien de temps il nous faudra attendre ici, ajouta-t-il en dansant d'un pied sur l'autre. Ce n'est pas une plaisante journée.

— Pas longtemps, je l'espère, Don Gonsalvo.

— Votre excellent jeune garçon m'a assuré que l'affaire serait jugée ce matin. Je lui en suis très reconnaissant. Sans vous, je n'aurais su vers qui me tourner.

— Mais je vous en prie, dit poliment Rodrigue.

— Non, non, nullement, reprit Gonsalvo. Ce fut très aimable de votre part, Don Rodrigue, et c'est pour moi une chance inespérée que de tomber sur un gentilhomme de mon pays. Quelqu'un qui connaisse si bien les méandres du tribunal pontifical...

— Je vous en prie, Don Gonsalvo, n'en parlons plus. Ce n'était rien, insista-t-il avec une certaine irritation. J'ai donné votre nom à un jeune garçon qui maintenant nous tond la laine sur le dos pour son aide dérisoire. J'aurais fait de même pour n'importe qui.

Comme si ses paroles avaient servi de signal, les portes s'ouvrirent en grand. Le page apparut, entouré d'une douzaine d'hommes qui parlaient fort entre eux. Il adressa un signe de tête à Gonsalvo et s'écarta du groupe. Quand tout le monde eut franchi la porte, il se dirigea vers Rodrigue.

— Eh bien ? lui demanda celui-ci. Qu'as-tu à nous dire ?

Le page dissimula ses boucles brunes sous son bonnet et lui lança un sourire de conspirateur.

— Un garçon de l'arrière-cuisine m'a révélé que Sa Sainteté avait fait décorer ses appartements très privés de tableaux figurant de belles femmes nues et des scènes d'une grande dépravation. Mais je ne sais si je peux le croire. Il ne s'est jamais rendu dans les appartements privés, mais il le tient d'un...

— Qu'ont-ils dit au juste ? siffla Rodrigue. Parle ou je t'arrache la langue.

Le page secoua la tête. Docilement, ils le suivirent dans la rue sans un mot et se fondirent dans la foule bruyante des marchands et des acheteurs de tout poil qui s'interpellaient, hurlaient, gesticulaient ou marchandaient le prix des denrées. Il leur fit franchir une porte et les conduisit dans une taverne sombre, aussi loin qu'il le put de la cheminée et des autres consommateurs. L'endroit paraissait aussi paisible qu'une forêt vide après le tumulte d'une bataille.

— Commandez quelque chose.

Gonsalvo demanda donc un pichet de vin. Le page tendit la main. Le gros homme prit une pièce dans sa bourse et la déposa sur la table. Rodrigue en ajouta une autre.

— Le reste quand tu auras parlé, dit Gonsalvo. J'aimerais être certain que tu as bien quelque chose à révéler.

— Je sais fort peu de choses en dehors de quelques ragots que je saisis çà et là, déclara le page avec une modestie feinte.

Le silence s'abattit sur le petit groupe quand la femme du tavernier posa devant eux un pichet et trois gobelets et attendit pour se faire payer.

— Mais voici de quoi il s'agit, reprit le page quand elle fut hors de portée de voix. Mon noble maître l'ambassadeur, messire Tomas, a eu une audience privée avec Sa Sainteté. Il lui a demandé d'intercéder auprès de Don Pedro d'Aragon au nom de la très loyale et très chrétienne population d'Ancône pour s'assurer que le condamné et ses compagnons...

— Nous savons ce qu'il désire, le coupa Rodrigue. Qu'a répondu Sa Sainteté ?

— Elle leur a promis qu'une lettre serait écrite — une lettre virulente — afin de demander la restitution des navires et des biens volés de maître Nicolas Polluti. Mon maître a demandé au secrétaire de Sa Sainteté dans quels termes cette requête serait faite. Le secrétaire lui a affirmé que Sa Sainteté réclamerait le châtiment suprême pour ces pirates et que Don Pedro d'Aragon devrait s'y soumettre sous peine d'excommunication.

— Qui t'a dit cela ? Étais-tu présent à l'audience ?

— Personne, et je ne m'y trouvais pas.

— Dans ce cas, comment sais-tu...

— J'attendais derrière une porte que mon maître termine de parler à Sa Sainteté. Par quelque hasard extraordinaire, ajouta-t-il de façon modeste, cette porte était entrouverte. J'ai parfaitement entendu la conversation.

— Quand cette lettre doit-elle être écrite ? demanda Rodrigue.

— Quand Dieu le jugera bon, dit le page en haussant ses maigres épaules. Sa Sainteté n'en a rien dit.

— Bien. Assurément, aucune lettre ne sera rédigée ce soir ni envoyée demain, fit Rodrigue d'un air pensif.

— J'ai entendu l'un des secrétaires dire qu'il convient de considérer les divers aspects du problème avant que de se pencher sur sa rédaction.

— Qu'entend-il par là ? demanda Gonsalvo.

— Je suppose que Sa Sainteté doit décider à quel point elle souhaite désobliger Sa Majesté pour satisfaire Ancône, lui répondit Rodrigue.

— Le royaume d'Aragon est plus vaste que la cité d'Ancône, reprit l'autre. Ce n'est pas, après tout, comme si la sainte mère d'Innocent plaidait la cause de cette ville. Il s'agit là d'un ambassadeur opposé à une bande de pirates.

— Prenez garde, messire. Vous parlez de mon noble cousin, un loyal capitaine de la flotte de Don Pedro.

— Et un pirate. Vous-même l'admettez.

— Il risque de perdre tout ce qu'il possède. Et peut-être de connaître une mort infamante par pendaison si Don Pedro s'incline devant le décret pontifical.

— Cela suffit. Qu'en est-il de mon affaire ? demanda le gros homme en attrapant le page par le bras avant qu'il ne puisse d'enfuir. Quand doit-elle être débattue ?

— Votre affaire ? Oh, celle-là... Les juges ont entendu l'un des témoins, dit qu'ils détenaient plusieurs dépositions et déclaré qu'ils n'avaient ni le temps ni le besoin d'en entendre davantage. La décision sera transmise en temps voulu au diocèse de Barcelone. Et aussi à l'archevêque de Tarragone, me semble-t-il.

— Pas le temps ? répéta Gonsalvo, angoissé. Tu dis qu'ils n'ont pas eu le temps de juger mon affaire ? C'étaient mes témoins. Cela m'a coûté beaucoup d'or pour les faire venir ici. Lequel a déposé ?

— Un saint frère, signore, répondit le page. Un certain Norbert. Cela fut assez misérable, mais nul doute qu'il vous racontera lui-même ce qui s'est passé. Je vous demande humblement pardon, messires, mais vos affaires ont toutes deux été traitées, d'une manière ou de l'autre. J'étais là, et je vous en ai fait le rapport. À présent, mon maître va me chercher. J'ai tenu ma promesse, et vous n'avez pas tenu la vôtre.

Le gros homme leva la main et frappa le page sur l'oreille.

— Pas de cela, Don Gonsalvo, dit son compagnon. Payez ce garçon. Il ne vous a pas volé.

Quatre autres pièces tintèrent dans la main tendue.

— Et si tu devais apprendre d'autres nouvelles, ajouta Rodrigue, de la part de ton maître, des serviteurs, des scribes — surtout si elles ont trait au moment de l'envoi et au contenu précis de cette lettre —, il y en aura encore plus pour toi.

— Le double ? demanda le page.

— Oui, le double.

CHAPITRE III

Gérone

Jeudi 10 avril

Près de la rivière Ter, dans le chantier naval de Gérone, le menuisier Romeu posa son polissoir et fit courir sa main le long de la pièce de bois sur laquelle il travaillait. Elle était incurvée, avec une forme proche de celle d'un croissant, et lisse au toucher. Il la mit en place à la proue d'une galée de grande largeur et la fixa à l'aide de rivets.

Il était satisfait de son existence. Les hommes travaillaient du lever au coucher du soleil, et la paye — même aux tarifs contrôlés désormais en vigueur — était excellente pour les maîtres charpentiers et leurs compagnons. Encore deux jours sur la coque, et ce navire serait achevé, prêt à être recouvert de peaux pour sa protection. Mais on lui avait déjà garanti plusieurs semaines de travail supplémentaire sur les installations intérieures.

Le royaume se préparait à la guerre contre la Sardaigne, et le réarmement d'une partie de la flotte de Sa Majesté s'effectuait en ville. Don Pedro avait l'intention de se lancer en force à l'assaut de l'île rebelle afin de mettre un terme aux problèmes, mais nombre de ses vaisseaux avaient été maltraités par le gros temps et les actions ennemies lors des engagements de l'année précédente contre les Génois : il restait donc peu de temps pour effectuer les réparations nécessaires. Ce matin-là, on avait laissé partir les indolents, les paresseux et les incompétents, même si les ouvriers de la construction navale étaient peu nombreux ; parmi ceux qui restaient, l'architecte avait demandé aux plus habiles et aux plus courageux de poursuivre leur tâche jusqu'à ce que les navires fussent prêts à descendre la rivière pour retrouver le reste de la flotte à Rosas. La guerre est peut-être une chose terrible pour certains, songeait Romeu, mais elle est excellente pour ceux qui savent construire et réparer les bateaux.

Il venait de sélectionner une autre pièce de bois quand il remarqua que le jour tombait rapidement. Il apposa sa marque personnelle sur la pièce et la rangea avant de remballer ses outils et de souhaiter une bonne soirée à ses camarades.

— Viens boire une chope de vin avec nous, Romeu, lui dit l'un d'eux.

— Ma femme m'attend à la maison. Et j'ai aussi faim que soif.

— Allez, une chope pour célébrer notre bonne fortune, et ensuite on rentrera souper.

La taverne la plus proche du chantier naval était petite et sans prétention aucune. Quand Romeu et ses compagnons y entrèrent, elle était déjà pleine d'hommes attablés là depuis un certain temps, encore à digérer la cruelle nouvelle — pour eux, le travail était terminé. Un silence s'abattit sur la salle à l'arrivée des nouveaux venus ; ils adressèrent un signe de tête à leurs anciens collègues et prirent place sur un banc, dans un coin reculé.

— Regarde les choses comme ça...

Celui qui parlait s'adressait à un petit homme sec et nerveux.

— C'est la semaine sainte, non ? Tu auras tout ton

temps pour préparer ton âme pour Pâques. Parce que je n'ai pas remarqué que ton carême accordait une grande part au jeûne.

— Quoi ? Tu m'accuses de ne pas jeûner ? Ici ? Ça fait des semaines que je ne vis que du mauvais vin et de la soupe claire de la mère Benedicta.

— Ça ressemble à une pénitence, grommela un autre.

— Rien que cette gorgée m'économise au moins cinq cents ans de purgatoire, dit le petit homme en vidant sa chope.

— On aura des tas d'occasions de jeûner maintenant que le travail est fini, remarqua un individu chauve et trapu, au visage rubicond. Tout le monde se lamente parce que personne ne veut travailler mais, quand on est libre, est-ce qu'ils vous embauchent ? Non. Et nous, on est là, à traîner dans la rue, avec nos enfants qui ont faim et nos femmes qui n'arrêtent pas de pleurnicher. Il faudrait faire quelque chose pour ça.

— Si tu n'avais pas gâché plus de bon bois que tu n'en as posé sur la coque de cette galée, on t'aurait peut-être gardé, fit observer un homme à la silhouette élancée.

— Ah oui ? Et toi ? répliqua le chauve.

— Je n'en fais pas beaucoup, ça, tout le monde le sait, mais ce que je fais, c'est de la belle ouvrage, rétorqua l'autre avec un sourire désabusé. J'apprécie l'argent quand il m'arrive, mais je ne suis jamais surpris quand ils me débauchent.

Le chauve se leva brusquement et tituba. Le rebord de la table contre ses cuisses l'aidait à se tenir debout.

— Tu veux dire que je ne connais pas mon métier ?

— C'est exactement ça, fit l'autre en bâillant, tu ne le connais pas.

Le chauve se redressa, se pencha au-dessus de la table à tréteaux et saisit son ancien compagnon de travail par la tunique pour l'obliger à se lever. La table vacilla et beaucoup de vin se renversa. L'homme repoussa le banc, baissa la tête et en donna un coup violent dans l'estomac du petit chauve, qui se tordit en deux et tomba à la renverse, entraînant trois des buveurs dans sa chute.

— Et en plus, tu ne sais pas te battre, ajouta-t-il.

Dans un autre coin de la salle, la mère Benedicta poussa un cri et s'étreignit les mains. D'un pas lourd, elle se dirigea vers l'endroit où étaient entreposées les barriques et ramassa un gourdin de belle taille.

— Dehors ! cria-t-elle. Je ne veux pas d'esclandre dans ma taverne. Dehors, avant que je vous fracasse le crâne !

Elle leva son gourdin comme s'il s'agissait d'une vulgaire cuiller et l'agita d'un air menaçant.

— Voilà, tu as mis la mère Benedicta en colère, dit un ouvrier en se mettant péniblement debout. Allez, dehors, mon ami. Tu veux faire du bon travail ? On va aller au Call et baptiser quelques juifs !

Ils déboulèrent dans la rue en riant de bon cœur.

Romeu regarda ses compagnons et secoua la tête.

— Je m'en vais, déclara-t-il en poussant sa chope à moitié pleine.

— Tu te joins à eux ?

— Je ne crois pas, répondit-il avec sobriété. Il ne sort jamais rien de bon de ce genre de chose.

Il sortit donc dans la fraîcheur de cette soirée printanière et, au lieu de gagner directement sa coquette petite maison de Sant Feliu, il traversa la ville et monta vers le palais épiscopal.

Il n'était absolument pas question que le jeune Salomó des Mestre sorte du Call un soir comme celui-là. Toutes les fêtes chrétiennes avaient leur potentiel de violence, mais Pâques et la semaine sainte étaient les pires de toutes. Les portes et les fenêtres donnant sur le mur d'enceinte devaient être fermées et barrées, y compris la poterne où un gardien veillait en permanence.

Salomó était amoureux. Ce matin même, il avait décidé d'acheter un présent à sa bien-aimée dès l'instant où s'achèverait sa tâche de la journée, à savoir servir de tuteur à Yusuf, l'apprenti du médecin. Il savait qu'un colporteur de la ville proposait de nouveaux rubans, certains assez larges et d'un rouge profond qui resplendirait dans sa chevelure. Il s'était dit qu'il serait de retour bien avant que la ville ne s'arrache à la torpeur de l'après-midi.

Il avait compté sans l'appréhension du marchand. Quand il arriva, il trouva les rubans empaquetés et l'étal fermé. Il fallut énormément de temps à Salomó pour convaincre l'homme qu'il avait tout intérêt à retrouver les colifichets envoûtants, les lui présenter et se mettre d'accord avec lui sur un prix.

Triomphant, il quitta l'étal avec un paquet de rubans bien rangé sous sa tunique, tourna au coin de la rue et s'immobilisa. Un groupe de six ou sept ouvriers lui barrait le chemin : ils riaient et gesticulaient, à divers stades de l'ébriété.

— Un juif ! cria l'un d'eux.

— Attrapons-le !

— On va l'emmener à la rivière pour le baptiser !

— Oui, à la rivière !

Salomó n'était ni un couard ni un gringalet, mais sept contre un, c'était un peu trop téméraire pour un homme désarmé. Il pivota donc sur ses talons et détala.

Salomó était jeune, rapide et parfaitement sobre. Ses poursuivants étaient ralentis par le vin et un certain manque de motivation. Il avait déjà une bonne avance sur eux quand, au coin d'une rue, il buta dans un tas de vieux paniers abandonnés au milieu de la chaussée.

Romeu marchait également d'un pas rapide. Il arriva devant la salle de garde du palais au moment même où les ouvriers du chantier naval entamaient leur marche incertaine dans la ville. Quand la patrouille rejoignit la bande d'ivrognes, ceux-ci portaient le gesticulant Salomó des Mestre sur le pont qui enjambe la rivière Onyar. À la vue des gardes, les plus sobres des ouvriers lâchèrent leur prisonnier et s'enfuirent à toutes jambes.

Les trois autres, trop abrutis et trop chancelants, furent arrêtés. Quant à Salomó, légèrement meurtri, sa bourse et ses rubans intacts, il fut ramené à la poterne du quartier juif.

— Où étaient les hommes du guet ? demanda Berenguer, évêque de Gérone, quand l'incident lui fut rapporté.

— Ils jouaient aux cartes devant les portes du Call et terminaient une outre de vin, lui dit le capitaine. Nos hommes — une patrouille — étaient à l'autre bout de la ville. Il est clair qu'il faut davantage de patrouilles. Je vais les faire doubler.

Vendredi 18 avril

— Mon cher ami, lança un marchand de grain à l'air prospère à l'homme qui achetait et vendait des toisons. Je rentre juste de voyage. Quelles nouvelles ?

— Peu de choses qu'on ne sache déjà à Barcelone, répondit le lainier. Le chantier naval est en effervescence et l'humeur est bonne en ville. Vos négociations se sont certainement bien déroulées.

— Assez bien. Entre la pénurie, les réserves et le contrôle du gouvernement sur les prix, il n'est pas facile de gagner sa vie dans le commerce du grain. Est-ce que l'évêque prévoit toujours de se rendre à Tarragone ? Avant mon départ, la question n'était pas encore tranchée.

— Eh oui, hélas.

— Quand doit-il partir ?

— Mardi, aux premières lueurs, m'a-t-on dit. Et il emmène avec lui son médecin, maître Isaac, ajouta le marchand de laine. Cela ne m'enchante pas.

— Pourquoi devrait-il rester en ville ?

— Parce que maître Isaac est aussi mon médecin. Et la route de Tarragone est longue et tortueuse. Un tel voyage ne se fait pas en un jour. Nous ne les verrons pas pendant un mois, sinon plus. Il peut se passer beaucoup de choses pendant ce temps-là.

— Peut-être nous laissera-t-il son adorable fille, dit le marchand de grain en lançant un sourire coquin à son ami.

Mais le lainier n'avait pas le cœur à la badinerie.

— Il emmène sa femme et sa fille avec lui, ainsi que son apprenti. Il nous faudra espérer rester en bonne santé jusqu'à son retour.

— Qui donc va s'occuper des affaires du diocèse ? Monterranes ?

— Non, Don Arnau de Corniliano.

— Impossible ! lança le marchand de grain d'une voix où la colère se mêlait à l'incrédulité. Je ne puis vous croire.

— Pourquoi dites-vous cela ? C'est curieux, mais pas impossible.

— Il déteste Son Excellence. Et il est si frêle que je m'étonne qu'on puisse songer à lui.

— J'en ai fait la remarque au père Bernat, continua le lainier. Et le bon frère m'a indiqué qu'on lui demanderait de signer des documents, pas d'achever la cathédrale, ce qui reste dans ses possibilités.

— Mais pourquoi nommer vicaire votre pire ennemi ?

— Pourquoi pas ? Il sera ainsi trop occupé pour nuire à l'évêque. Et Son Excellence a encore plus d'ennuis aujourd'hui qu'au moment de votre départ. C'est du moins ce que l'on dit.

— Ces nouvelles ne m'enchantent pas, mon ami. En plus d'être imprévisible, Don Arnau doit prendre quatorze avis différents avant de décider s'il peut ou non déjeuner. J'ai quelque affaire qui se présente devant le tribunal épiscopal, et cela risque de me coûter beaucoup.

— Nous devons tous souffrir, mon ami. Je perds mon médecin, et vous attendez votre jugement.

Et les deux hommes, confiants dans leur prospérité, traversèrent la place inondée de soleil, marchant d'un pas joyeux vers la certitude d'un excellent dîner, sans cesser pour autant de se lamenter.

Le mur nord de la ville de Gérone se dresse bien au-dessus de la rivière Galligants et du faubourg de Sant Feliu ; méprisant l'abri de la muraille et bâtie au sommet de la colline, la cathédrale de Santa Maria s'élève encore plus haut. En dehors de la ville, l'église de Sant Feliu pointe son clocher comme un défi à la présence écrasante de la cathédrale. Et à quelque distance de là, au nord et à l'est, se profile la silhouette gracieuse, bien qu'un peu lourde, de l'abbaye bénédictine Sant Pere de Galligants.

Les trois tours somnolaient dans le calme de l'après-midi. Mais, à l'intérieur du triangle qu'elles formaient, l'abbé de Sant Feliu, homme par nature ambitieux et impatient, faisait les cent pas sur le parvis de Sant Pere, oublieux de la paix, de la beauté ou même de la pesanteur de la pierre qui l'entourait. S'il avait été dépourvu de sa robe et de sa tonsure et vêtu d'une culotte et d'une tunique bien coupées, si ses cheveux bruns avaient été coiffés à la dernière mode, Don Vidal de Blanes eût parfaitement tenu sa place à la cour. Sur un cheval fougueux, l'épée à la main, il eût pu conduire un régiment d'hommes aguerris. Mais, en dépit de sa noble lignée et de son allure martiale, Don Vidal avait été destiné à l'Église, et il n'appartenait plus qu'au cloître. C'était, jusque dans la moelle de ses os, jusque dans la dernière goutte de son sang, un ecclésiastique inflexible et combatif. Et pour l'heure, à en juger d'après l'expression de son visage, sa combativité prenait le dessus. Don Vidal était mécontent.

— Il ne mérite pas le nom d'évêque. Cet homme est une honte. Pour la ville, pour le diocèse, pour notre sainte mère l'Église elle-même, dit un moine gris qui se tenait sur les marches de la chapelle.

Il se tourna vers l'abbé pour lire sa réaction à de tels propos et baissa à nouveau les yeux.

Don Vidal s'arrêta.

— Non, dit-il enfin, vous n'êtes pas le premier à venir me narrer de pareils contes, mais cela n'aide en rien notre mère l'Église que d'ajouter des mensonges et de faux rapports à une situation déjà alarmante. L'abbesse a agi de manière insensée, mais je ne crois pas qu'elle ait oublié ses vœux. L'évêque est irréfléchi, téméraire et parfois insouciant, mais ce n'est pas un homme mauvais, de même qu'il n'a pas porté l'opprobre sur l'Église.

Il fronça les sourcils et se détourna du moine. Un chien trottait vers le pont, tout à ses affaires. Non loin, un ouvrier se mit à siffler une complainte. Soudain, l'abbé traversa la place d'un pas rapide et prit la direction du petit cimetière.

— Nous allons marcher, lança-t-il. Faites-moi une nouvelle fois votre rapport, mon frère, mais réfléchissez à ce que vous dites, et cette fois-ci débarrassez-le de toute malice.

Ces derniers mots parvinrent difficilement aux oreilles du moine qui s'essoufflait à rattraper l'homme qui le précédait.

L'évêque Berenguer prit le crâne hérité de son prédécesseur et plongea son regard dans les orbites vides.

— Rassurez-vous, Bernat, dit-il à son secrétaire. Je comprends fort bien la situation. J'ai entendu les rumeurs et, aussi folles soient-elles, je sais qu'elles ne peuvent pas me faire de bien. Elles ne peuvent pas plus aider l'abbesse. Mais je ne puis croire qu'elles soient répandues par Don Vidal, ajouta-t-il en secouant la tête.

— Non, lui répondit Bernat sa Frigola, je doute que Don Vidal puisse être à leur origine. Mais maintenant que sa position lui confère d'importants pouvoirs, tous ceux qui cherchent ses faveurs s'empressent de lui narrer ces contes. Et il est sincèrement indigné que, selon lui, vous n'ayez rien fait pour persuader l'abbesse Elicsenda de livrer Sor Agnete à la justice. Comme vous le savez, il a écrit à ce propos à Sa Majesté et à l'archevêque.

— J'ai dit à l'abbesse de Sant Daniel ce qu'elle doit faire. Elle se prépare à confier Sor Agnete à la maison mère de Tarragone. De tels arrangements prennent du temps.

— Dix mois ? intervint Francesc Monterranes, l'un de ses plus proches conseillers. Puis-je rappeler à Votre Excellence que Sa Majesté est extrêmement mécontente ? Je la soupçonne d'avoir nommé Don Vidal procurateur de Catalogne pour vous rappeler ce mécontentement.

— Vous le pensez, Francesc ? dit Berenguer. Je confesse que cette idée m'a bien traversé l'esprit, mais je me suis dit que Sa Majesté avait fait ce choix en fonction des compétences administratives de Don Vidal.

— Certes, fit Francesc d'un ton mielleux. Mais il en est d'autres dans la province qui font preuve des mêmes compétences.

— Je crois, dit Bernat, que vous devriez envisager de faire halte à Barcelone pour parler à Sa Majesté. Assurez-la de la loyauté de Votre Excellence et de votre détermination à voir juger cette sœur.

— Ridicule, cela ajouterait au moins deux jours au voyage de Tarragone, dit Berenguer en se levant. Il est temps que j'aie une conversation amicale avec le bon abbé.

— Êtes-vous sûr que cela soit sage, Votre Excellence ? demanda Bernat.

— Tout à fait. Mon médecin dit que j'ai besoin de prendre un peu d'exercice. Je marcherai d'ici à Sant Feliu. Vous pouvez m'accompagner si vous le souhaitez.

— Monseigneur Berenguer, dit cordialement l'abbé.

— Don Vidal, j'espère vous trouver en bonne santé.

— C'est bien le cas.

— Je suis venu quérir votre aide dans un problème de quelque importance.

Le secrétaire de l'évêque réprima le désir de s'emparer de son seigneur spirituel et de le forcer à quitter la pièce avant qu'il ne profère de malheureuses paroles.

— Suite aux frais occasionnés par les troubles survenus pendant la semaine sainte, le conseil municipal souhaite réduire le nombre des gardes chargés de protéger le quartier juif, mais aussi doubler le tarif exigé pour leur protection. Ce qui signifie, comme vous pouvez le voir, que les juifs du roi et ceux de l'évêque devront payer plus à la ville et encourir de plus grands risques si des problèmes surviennent. Je me rends bien compte que vous n'êtes pas encore entré dans vos fonctions de procurateur de Sa Majesté, mais...

— Je vous comprends. Je suis ici et, d'une certaine façon, je suis responsable. Leur avez-vous parlé ?

— Oui, et avec force.

— En tant que chef spirituel. Je leur parlerai en lieu et place de leur chef temporel. Il s'agit là d'une tentative mesquine de détournement de l'impôt dû au diocèse et à la Couronne. En contradiction directe avec la loi et l'usage coutumier, Monseigneur Berenguer.

— C'est exactement cela, Don Vidal.

— Surtout aujourd'hui que Sa Majesté cherche de l'argent pour réarmer ses vaisseaux — à l'avantage de la ville, dois-je ajouter. Et ces gardes qu'ils ont fournis sont inutiles, pour ne pas dire plus. Pouvez-vous garantir l'arrivée de nouveaux hommes...

Et les deux titans envisagèrent des projets à long terme dans le but d'organiser la sécurité de la ville de Gérone.

CHAPITRE IV

Non loin de Figueres, sur la via Augusta

Lundi 21 avril

L'auberge tapie au bord de la route à une distance fort peu pratique à la fois de Figueres et de Gérone n'avait rien d'un palais. Elle était petite, sale et bruyante. Mais elle était moins onéreuse que la plupart des établissements du même type, et l'on voyait passer devant sa porte la vieille route construite par les Romains, celle qui, en franchissant les cols des Pyrénées, menait vers l'est à Perpignan, Montpellier et Avignon. Ce jour-là, la salle était bondée de fermiers et de voyageurs difficilement identifiables. Un musicien jouait très fort un air vif dans l'espoir de gagner une pièce ou deux, ou, tout au moins, de se faire offrir à boire. La majeure partie de la clientèle semblait toutefois préoccupée par une seule chose, s'arroser le gosier avec autant de vin de la cuvée maison qu'elle le pouvait, et elle ne lui prêtait pas attention.

À l'extrémité d'une des longues tables à tréteaux, tout près de l'âtre, trois voyageurs étaient assis en silence — Rodrigue de Lancia, le frère Norbert et un élégant jeune homme qui n'avait pas plus de vingt ans. Le visage rond du moine était plus maigre et plus défait qu'un mois plus tôt, en Avignon. Le jeune homme et

Rodrigue délaissèrent leur souper de pain et de fromage à l'entrée bruyante d'un nouvel hôte et de ses trois impressionnants serviteurs. C'était Don Gonsalvo. Don Rodrigue eut un sourire glacial.

— Don Rodrigue ! s'écria Gonsalvo en se précipitant vers eux. J'ai appris que vous me précédiez sur la route et j'ai éperonné sans merci mon pauvre cheval pour vous rattraper. Holà, aubergiste, du vin et de cet excellent fromage !

— Bonsoir, Don Gonsalvo. Vous paraissez de belle humeur.

— Je le suis en effet. Plus je suis proche de mon foyer et plus mon humeur s'améliore. Vous rendriez-vous par hasard à Barcelone, Don Rodrigue ?

— Hélas, non, dit Rodrigue que cela ne semblait pas chagriner. Je suis en route pour voir mon cousin. Je vous laisserai demain à l'aube.

— Avez-vous d'autres nouvelles de son procès ? demanda le nouveau venu, assez fort pour que tout le monde l'entende.

— Tant que le jugement ne sera pas entre les mains de Sa Majesté, nous n'en pourrons rien savoir, répondit Rodrigue d'un ton sec.

— Pour ce qui est de mon affaire, la décision est également envoyée à Barcelone, en ce moment même, murmura Gonsalvo en se penchant vers son interlocuteur. Chaque fois que je vois galoper un cheval, je me demande si son cavalier l'emporte avec lui. C'est pour cela que je vais là-bas au lieu de rentrer directement chez moi.

Rodrigue ne lui répondit pas.

Gonsalvo leva son gobelet et salua le moine.

— À votre santé, mon père, dit-il d'un ton joyeux. Nous nous sommes rencontrés en Avignon, n'est-ce pas ? Il faisait bien froid, si je m'en souviens bien. Ce bon feu est plus agréable à nos doigts.

Le moine hocha la tête avant de se perdre à nouveau

dans la contemplation de l'assiette qu'il n'avait même pas touchée.

Gonsalvo se tourna vers le jeune élégant.

— Et vous, señor, êtes-vous aussi un voyageur ? Ne vous ai-je pas déjà vu en Avignon ?

— J'y étais, mais il y a douze mois de cela. Si vous vous y trouviez à cette époque, peut-être nous sommes-nous croisés. Depuis, j'ai vécu à Montpellier, señor, expliqua-t-il avec politesse. Pour augmenter mes connaissances et vider ma bourse. Je voyage de Figueres à Gérone pour rendre visite à mon oncle.

— Vous n'avez pas beaucoup avancé aujourd'hui, dit le gros homme. Vous feriez un bien lent compagnon de voyage, ajouta-t-il avec un gros rire. À ce rythme-là, il me faudrait un an pour rentrer chez moi !

— Mon départ a été très retardé, señor, et je préfère ne pas chevaucher de nuit, ce qui m'a permis de jouir de votre compagnie. Je m'appelle Fortunat.

Sur ce, il s'inclina et lui adressa un sourire narquois comme si tout cela l'amusait.

— Moi, c'est Gonsalvo. Nul doute que vous avez déjà rencontré Don Rodrigue et le bon frère Norbert. Nous venons tous trois d'Avignon.

— Mais pas ensemble, intervint le frère avant de retomber dans le silence.

— Pas jusqu'à présent, et je serais enchanté d'avoir une autre compagnie sur les routes que celle de mes serviteurs. Ces balourds ne connaissent ni chansons joyeuses ni contes amusants.

Le frère fit signe qu'on leur apporte du vin.

Joviale et corpulente, la femme de l'aubergiste — toujours patiente et de bonne humeur quand elle y voyait son intérêt — se hâta de remplir leurs gobelets avant de porter sa cruche presque vide vers une table proche de la cheminée. Le petit homme sec qui y était installé contemplait les braises et ne paraissait pas avoir envie de boire. Elle s'arrêta.

Elle le connaissait assez bien. Il passait souvent par

là, et elle ne l'avait jamais vu boire au point de tomber dans une douce torpeur. Elle posa sa cruche.

— Holà, señor ! l'interpella-t-elle. Vous êtes malade ? Vous n'êtes pas comme d'habitude.

Il leva la tête et la regarda sans la voir.

Elle plaqua la main sur son front et sur sa joue. Ils étaient brûlants. Sans hésitation, elle écarta sa tunique et chercha des marques et des rougeurs sur son cou. Il n'y en avait aucune. Il se tenait le ventre d'une main et secouait la tête sans dire un mot.

— Ici, Johan ! lança-t-elle à un gros homme assis non loin de là. Le messager a attrapé du mal. Toi et Pau, aidez-le à monter dans la chambre en haut de l'escalier. Vite.

Elle les regarda faire puis alla chercher son mari.

— Le messager ne va pas bien. Je vais m'occuper de lui.

— Mais...

— Tu veux qu'il meure ici ? Ça ne sera pas très bon pour nos affaires, tu ne crois pas ? Et puis ça a toujours été un gentilhomme bien aimable, qui paie sans jamais se plaindre. Je ferai de mon mieux pour lui venir en aide.

Sur ce, elle prit de l'eau, des serviettes et de l'eau-de-vie, ordonna à la fille de cuisine de monter du bouillon, se saisit d'une lanterne et de bougies, puis grimpa hardiment l'escalier.

La douleur diminuait, mais la fièvre augmentait. La femme de l'aubergiste faisait ce qu'elle pouvait, mais linges frais, eau-de-vie et bouillon ne lui étaient pas d'un grand secours. Un temps, l'homme parut plonger dans le sommeil, puis il ouvrit tout grands les yeux et cligna des paupières.

— Allez chercher un prêtre, dit-il. Pour l'amour de Dieu, ma brave femme, un prêtre. J'ai de l'argent...

— Gardez-le, je ne prends pas d'argent pour ça.

Elle entretenait quelques superstitions, peu nombreuses il est vrai, mais c'était justement l'une d'elles.

Accepter l'argent d'un mourant pour lui amener un prêtre ne pouvait qu'apporter les pires maux. De plus, il n'était pas difficile d'en dénicher un.

— Il y a un moine ici même, dit-elle. Mieux vaut que j'aille le chercher tant qu'il tient encore debout et qu'il comprend ce que vous lui dites.

Elle arriva juste à temps. Le frère levait son quatrième gobelet de vin et s'apprêtait à l'engloutir pour trouver l'oubli quand elle le lui arracha de la main.

— Mon père, il y a là-haut un mourant qui réclame un prêtre.

Il la regarda, l'air un peu contrarié, mais, en dépit de son ivresse, il se leva, chassa la poussière de sa robe grise et se ressaisit.

— Conduisez-moi jusqu'à lui, dit-il avec une certaine dignité.

Il se lava les mains et le visage dans l'eau froide, les sécha et s'assit près du lit afin d'apporter aide et consolation au mourant. Celui-ci oscillait entre délire et lucidité, l'esprit parfaitement clair puis, l'instant suivant, incapable de dire où il se trouvait et pourquoi il était là. La femme de l'aubergiste se retira dans un coin de la pièce — compromis entre la disponibilité et l'indiscrétion — et s'assit, heureuse d'échapper un moment au travail.

Le dialogue murmuré entre les deux hommes dura quelque temps, et la femme commençait à somnoler quand Norbert l'interpella.

— Laissez-nous un instant, ma brave femme.

Quand la pièce fut vide, le mourant parla d'une voix très faible.

— Tout homme peut entendre mes péchés... je m'en moque... mais il y a autre chose...

— Quelque chose de pire ? demanda doucement le moine.

— Non. Une mission. Une mission solennelle, mon père. Approchez-vous... tout près...

Norbert se pencha donc pour que son oreille fût tout près de la bouche du messager.

Quand le frère rappela la femme, l'homme semblait sur le point de rendre son dernier souffle. Le frère se leva, mais l'autre l'agrippa par la manche.

— Jurez que vous le lui porterez, mon père. Vous pouvez prendre mon cheval. C'est la petite jument grise.

Le visage du moine, encore rougi par le vin, pâlit jusqu'à avoir le même teint que l'agonisant.

— Jurez.

— Je le jure, dit-il en hésitant.

— Priez pour moi.

Le moine retomba lourdement sur la chaise et posa une main sur la poitrine de l'homme.

Alors que tout le monde était rentré chez soi et que le reste des voyageurs dormait censément dans leur lit, le frère Norbert se trouvait au rez-de-chaussée, non loin du feu mourant et devant une chandelle. Il sortit de son sac du papier, une plume et de l'encre et se mit à écrire d'une main bien assurée, assez longtemps pour remplir deux pages, s'arrêtant parfois pour prendre le temps de la réflexion. Il se relut et apporta çà et là quelques précisions. Il plia avec soin le papier et regarda autour de lui, l'air désemparé. Il n'y avait pas de cire à cacheter. La chandelle était de suif, et sa graisse ferait un pitoyable sceau. Il prit donc un ruban dans son sac et noua les feuilles. Il fouilla dans sa manche pour en sortir un paquet enveloppé dans du cuir et scellé de rouge. Il entreprit de le défaire comme pour y glisser sa lettre, puis il parut se raviser. Il remit le paquet dans sa manche et fourra la lettre sous sa large ceinture. Il saisit son balluchon et se dirigea vers l'écurie pour y trouver la jument grise.

Aux premières lueurs de l'aube, la femme de l'aubergiste regarda le mort allongé sur le lit, bâilla, marmotta une patenôtre, se signa et l'abandonna, persuadée que son âme était en sécurité maintenant qu'il faisait jour. Dès qu'elle fut revenue dans sa cuisine, Gonsalvo et Rodrigue entrèrent dans la chambre chichement éclairée du mort. Gonsalvo prit la musette du messager et en vida le contenu sur un banc.

— Du linge de rechange et une capuche de laine — cela et d'autres brimborions.

— Ces documents ne se trouvent pas avec ses objets personnels, dit sèchement Rodrigue. Ils doivent être dans sa sacoche officielle. Il l'aura gardée par-devers lui.

Les deux hommes se regardèrent avec une certaine gêne. Puis Rodrigue s'avança, glissa les doigts sous le matelas, palpa les draps et finit par fouiller le corps lui-même. Presque aussitôt, il se redressa, une sacoche scellée de belle taille à la main. Il la tendit à Gonsalvo, puis redonna une position digne aux membres du mort. Il lissa les draps, prit son propre sac et se dirigea vers l'écurie sans un regard pour son compagnon.

De la fenêtre qui donnait sur l'écurie, le jeune homme élégant observait tous leurs gestes.

Les deux hommes parcoururent une lieue en direction de Gérone avant de faire halte au bord de la route.

— Je dois bientôt vous quitter, Don Gonsalvo, dit Rodrigue. Voyons ce que nous avons ici.

Gonsalvo mit pied à terre et décrocha de sa selle la sacoche du messager. Il s'assit sur une grosse pierre et poussa un profond soupir.

— J'ai trouvé cette nuit bien épuisante, Don Rodrigue. Je ne suis pas aussi jeune que vous.

Rodrigue s'accroupit devant lui et ouvrit le sac. Il en fouilla le contenu puis, frustré, le vida sur le sol. Il contenait des lettres et d'autres documents ; il descella chaque pièce, l'étudia à la lueur naissante du matin et la mit de côté. Gonsalvo prit la dernière et la déplia.

— Qu'est-ce ?

— Une sorte de liste, annonça-t-il d'une voix morne. Elles ne sont pas ici. Aucune d'elles.

— Puissent tous les diables de l'enfer emporter ce maudit messager ! Il a dit à la servante de l'auberge précédente qu'il les portait sur lui. Il résistait bien au vin, mais les femmes étaient sa faiblesse.

— Quelqu'un les a peut-être prises avant nous, suggéra Gonsalvo.

— C'est fort probable. Son cheval avait disparu. Et une seule personne pouvait...

Il s'arrêta en entendant approcher un cheval.

— Regardez, c'est le jeune maître Fortunat, dit Gonsalvo.

— Effectivement, fit celui-ci. Et pourquoi êtes-vous assis au bord de la route, entourés de papiers et de parchemins ?

— Nous avons emprunté la sacoche du messager, expliqua Gonsalvo.

— Cela ne regarde que nous, s'interposa Rodrigue, et...

— Nous cherchons des documents qui nous étaient destinés. Il nous a paru absurde de partir en les abandonnant. Le pauvre homme est mort la nuit dernière, comme vous le savez.

— Non, je l'ignorais. Puisse son âme reposer en paix, dit Fortunat, en se signant. Mais avez-vous trouvé vos documents ?

— Non. Il a dû les confier à quelqu'un d'autre quand il a senti la maladie le gagner. Et sa jument grise n'est plus dans l'écurie.

— J'étais moi-même éveillé cette nuit, raconta Fortunat. Et j'ai vu le moine partir avant l'aube. Sur un cheval à la robe claire.

— Il était arrivé à pied. Enfin, c'est ce que l'on nous a raconté. Il les a emportées, Don Rodrigue, dit Gonsalvo en le saisissant par le bras. Et il est parti à cheval. Qu'il pourrisse en enfer ! Je lui trancherais volontiers la gorge. Que ne donnerais-je pour voir ces papiers. Un seul coup d'œil...

— Oui, combien donneriez-vous ? demanda Fortunat qui le considérait avec un intérêt certain.

— Combien ? fit Gonsalvo, pris par surprise. Eh bien... cinq maravédis pour connaître le résultat de l'affaire qui m'intéresse.

— Je vous prie de m'excuser, messieurs, intervint Rodrigue avec froideur, mais j'ai déjà gaspillé assez de temps et d'argent pour une seule lettre du pape. Mes hommes m'attendent à la croisée des chemins. Je vous dis adieu. Et vous souhaite un bon retour dans vos foyers.

Il monta en selle et s'éloigna.

— Je dois retourner à l'auberge, dit Gonsalvo, pour secouer les brutes qui travaillent pour moi.

— Vous ne vous intéressez donc plus à votre document ? lui demanda le jeune homme.

— Comment le récupérerais-je ? Je ne puis espérer que le moine tombe raide mort comme le fit le messager.

— Non, mais si je le rattrape, nul doute que je pourrai le persuader avec un peu d'or de me laisser entrevoir ce qu'il transporte. Il paraissait aimer le vin et les bonnes choses de la vie. Après tout, ce qui est scellé peut être descellé, puis scellé à nouveau. Comme vous le savez fort bien.

Il regarda le contenu de la sacoche qu'éparpillait le vent du matin.

— Mais vous devez prendre une prompte décision, car il s'éloigne de plus en plus. Où puis-je vous trouver pour vous faire part du résultat de mes recherches ?

— À Barcelone. Je séjournerai quelque temps dans cette ville. Restez un instant, nous allons discuter de cela.

CHAPITRE V

Le premier jour

Mardi 22 avril

Les mules avaient été attelées aux chariots en attendant le départ, et l'on voyait bavarder un des gardes, le chef cuisinier, son aide et un marmiton — Son Excellence n'aurait pu se passer d'un dîner digne de ce nom pour une question de personnel. En qualité de superviseur, le palefrenier regardait son adjoint, également du voyage, donner des ordres aux deux gaillards maladroits qui remplissaient les charrettes. Le premier chariot était bourré de bagages ; ustensiles de cuisine, sacs pleins de provisions et autres babioles avaient été accrochés aux planches qui en formaient les parois. Le second était plus léger, et son plancher avait été recouvert d'une épaisse couche de paille sur laquelle on avait jeté une couverture grossière ainsi que quelques coussins afin de procurer un peu de confort à ceux qui auraient mal aux pieds ou seraient las d'être en selle.

Les serviteurs de la maison de l'évêque formaient un groupe disparate mais joyeux en tête du cortège. Au nord de la place, un petit groupe d'employés du couvent s'était réuni. Vers l'est, non loin de la porte du Call, le quartier juif d'où ils venaient de sortir, on pouvait voir la famille et les serviteurs du médecin. Son épouse,

Judith, se tenait immobile tel un roc, l'air désapprobateur comme si on l'emmenait de force à Tarragone alors que c'était elle qui avait insisté pour venir. Naomi, leur cuisinière, et Ibrahim, l'homme à tout faire, avaient l'air sombre : ils venaient juste de comprendre, au vu de tout ce monde, qu'ils chemineraient avec le reste des serviteurs.

Nathan et Miriam, les jumeaux âgés de sept ans, se tenaient près de la porte, à demi cachés derrière une grosse femme d'aspect fort maternel. Judith avait décidé — bien à contrecœur — de les laisser chez son amie Dolsa, l'épouse du gantier. La révolte flambait dans les yeux de Miriam, et Nathan semblait terriblement déçu de voir leur mère et leur sœur sur le point de partir à la découverte des fabuleuses délices de Tarragone.

Raquel se tenait près de sa mère et ressemblait à un paquet de couleur brune, tout enveloppée de voiles pour la protéger des regards indiscrets. La veille au soir, Daniel, le neveu de Dolsa et d'Ephraïm le gantier — le jeune homme le plus charmant qu'elle connût —, était venu leur souhaiter un bon voyage. En plein échange de politesses, il lui avait brusquement et sans détour demandé de ne pas consentir à un mariage à Tarragone. Surprise, elle lui avait répliqué que son mariage ne le regardait en rien. Il avait rougi, s'était incliné et s'en était allé sans un mot. Elle avait ensuite passé la majeure partie de la nuit éveillée, à pester contre l'audace de ce jeune homme mais aussi contre son propre manque de courtoisie ; surtout, elle avait fait de son mieux pour ne pas penser à ce mot, « mariage ». Ses yeux se posèrent sur Dolsa, qui s'occupait si bien des malheureux jumeaux, et elle rougit de honte et de remords : de tout son cœur, elle aurait souhaité quitter sur-le-champ cette ville et ne plus jamais y revenir.

Dans le palais de l'évêque, Isaac s'était enfermé avec Berenguer pour examiner le genou gonflé et douloureux de Son Excellence.

— Cela devrait aller mieux au fil des heures, déclara le médecin. Yusuf prépare un breuvage qui réduira la douleur et l'enflure, n'est-ce pas, Yusuf ?

Son apprenti était un Maure de Grenade, vif et intelligent, mais âgé de treize ans seulement et inexpérimenté.

— Oui, seigneur, murmura l'enfant. Il est presque prêt. Pour le moment, il est encore trop chaud pour qu'on puisse le boire.

— Avant que de rejoindre les autres, reprit Isaac, j'aimerais exprimer la gêne que j'éprouve à encombrer Son Excellence de mon épouse et de mes serviteurs. Je suis parfaitement conscient que cela nous ralentira.

— N'y songez pas, maître Isaac ! Dès l'instant où j'ai reçu ce mot de l'archevêque me demandant d'amener ces sœurs avec moi, j'ai compris que notre voyage était condamné à la lenteur. Votre femme ne nous retardera pas d'une seconde, je puis vous l'assurer. Quant à votre excellente fille, elle pourrait être d'un grand secours si quelqu'un venait à tomber malade.

— Dès que Judith a appris que l'abbesse et deux de ses religieuses voyageraient avec vous, elle n'a eu de cesse que vous ne lui donniez la permission de nous accompagner.

— J'espère qu'elle apprécie leur société, Isaac, car elle devra passer bien des nuits avec elles, j'en ai peur.

Sur ce, l'évêque éclata de rire, but l'infusion que lui avait préparée Yusuf, appela Francesc et Bernat, puis tous les cinq sortirent de la pièce pour se joindre aux autres.

Les palefreniers amenèrent les montures destinées aux gens de la cathédrale ainsi qu'à la famille du médecin. Judith se hissa avec maladresse sur sa mule ; Raquel retroussa ses jupes et lança l'une de ses longues jambes pour enfourcher sa bête avec plus de détermination que d'expérience. Isaac monta sans peine sur la sienne. Yusuf devrait marcher, et il regardait avec envie l'élégant cheval blanc du capitaine. S'apitoyant un instant sur son sort, il songea que, si son père était encore vivant, il serait lui aussi à cheval, et sa monture serait encore meilleure que celle du capitaine.

Un fracas de sabots annonça que le dernier groupe était arrivé. L'abbesse de Sant Daniel était suivie de deux religieuses et d'un prêtre et accompagnée de deux membres de la garde épiscopale. Dame Elicsenda salua Berenguer avant de tirer son voile devant son visage. Sor Agnete ignora le prélat et enfonça ses talons dans les flancs de sa mule. Surpris, l'animal se mit au trot. Les deux gardes, chargés de veiller à ce que Sor Agnete rejoigne Tarragone pour y être jugée, éperonnèrent leurs montures et vinrent à sa hauteur. Bon gré mal gré, la procession se mettait en route.

La mule d'Isaac prit conscience de l'activité générale et partit au trot. Chargé de mener la monture de son maître aveugle, Ibrahim fut pris de panique et tira avec rudesse sur les rênes. L'animal s'arrêta aussi brusquement qu'il était parti. Puis il le fit à nouveau aller de l'avant.

— Doucement, Ibrahim, dit le médecin. C'est une mule, qui éprouve des sensations, pas une charrette embourbée.

— Oui, maître, se renfrogna Ibrahim.

— Quelle était la cause de tout ceci ?

— C'est Sor Agnete, papa, intervint Raquel. Elle a lancé un regard mauvais à l'évêque avant d'éperonner sa mule.

— Voilà un voyage qui devrait se révéler fort intéressant, murmura son père.

Une heure plus tard, alors que le soleil d'avril était déjà assez haut pour chasser la fraîcheur de l'air, une fillette de huit ans qui portait une cruche de terre quittait le pré de Sant Feliu pour aller chercher de l'eau à la rivière. Elle flânait, toute à sa rêverie, quand elle entendit une sorte de gémissement sourd en provenance des hautes herbes qui bordaient le chemin. Elle s'immobilisa et serra sa cruche dans ses bras, luttant contre son instinct premier, qui était de s'enfuir. Déjà, dans sa courte vie, elle avait appris que s'intéresser au comportement étrange des adultes ne pouvait que causer des ennuis. Mais détaler signifiait aussi revenir sans eau : des ennuis d'une autre sorte l'attendraient alors à la maison.

— Qu'est-ce que c'est ? demanda la fillette.

— Venez-moi en aide, fit une voix faible mais grave, et assurément masculine.

C'était exactement le cri de détresse que lançaient les créatures fantastiques des contes de sa tante. Elle était tiraillée entre terreur et curiosité. Prudente, elle déposa sa cruche — afin de mieux courir s'il le fallait — et écarta les herbes pour découvrir celui qui avait ainsi parlé.

C'était un homme. Il gisait à terre. Sa tête et sa poitrine étaient couvertes de sang. C'était un moine, elle l'avait compris, comme le père Bernat qui était un jour venu voir sa mère pour l'entretenir d'une chose importante et lui avait donné une petite pièce en partant.

— Quelqu'un vous a fait du mal ? demanda-t-elle.

Il ouvrit les yeux. Elle n'aurait pu dire s'il la regardait ou pas, et elle en avait encore plus peur. Il souleva le bras et lui prit la main.

— Tiens, donne ceci à...

Un spasme puis une quinte de toux l'ébranlèrent.

Elle vit que son autre main tenait quelque chose plaqué contre sa poitrine ensanglantée.

— À qui dois-je le donner ? demanda l'enfant.

— À qui ?

Ses yeux ternes ne parvenaient pas à se fixer sur elle.

— À... à l'évêque, dit-il dans un souffle. En... en main propre. Jure... que tu lui donneras...

Un peu de sang jaillit de sa bouche et il ferma les yeux.

— Jure, et laisse-moi mourir ici comme je le mérite, ajouta-t-il avec une vigueur soudaine.

Elle se détourna et courut, sans toutefois omettre de reprendre sa cruche.

Elle ne s'enfuyait pas vraiment, car elle se rendait bien compte qu'elle ne pouvait lui venir en aide seule. Mais les adultes compétents qu'elle pensait approcher semblaient tous avoir disparu de chez eux : mère, père, grand-père et voisins. Elle finit par dénicher son oncle Marc, qui dormait encore après une nuit particulièrement rude. Il quitta à regret son lit, envoya sa femme chercher sa sœur — la mère de la fillette — et suivit l'enfant jusqu'au pré.

Il était trop tard. Le jeune oncle contempla le moine mort et secoua la tête. Sans aucun doute, il était déjà trop tard quand sa nièce était partie chercher du secours. Il se pencha pour fermer les yeux du mort et n'accorda que peu d'attention à l'arrivée de la mère de la petite.

Elle serrait son nouveau-né contre son sein et paraissait partagée entre la peur et la satisfaction.

— Je t'avais bien dit de ne pas approcher les étrangers, fit-elle, hors d'haleine.

— Mais, maman, c'est un prêtre...

— Les prêtres peuvent aussi être des étrangers, non ? déclara-t-elle de façon assez énigmatique. En tout cas, tu as fait de ton mieux. Qui est-ce ?

— Je ne sais pas, répondit la fillette. Il ne m'a pas confié son nom. Il avait seulement quelque chose de très important qu'il fallait remettre à l'évêque. Il m'a obligée à jurer.

Elle désigna la main crispée sur une lettre.

La mère fit passer le bébé sur sa hanche, arracha le papier aux doigts morts et l'examina.

— Ce n'est que de l'écrit, fit-elle, déçue. Et c'est tout taché de sang. Je croyais qu'il y aurait peut-être de l'argent.

Marc lui prit la lettre.

— C'est peu probable, sœurette. Celui qui l'a tué lui a aussi arraché sa bourse. Je vais porter ça à l'évêque dès ce matin.

— Il est parti en voyage.

— Eh bien, je le porterai à son remplaçant. Il n'a rien dit d'autre ? demanda-t-il à sa nièce. Ils vont m'interroger.

— Je n'en sais rien.

Elle était peu encline à tout leur raconter.

— Je crois bien que c'est tout, reprit-elle. Je le comprenais, mais il ne parlait pas comme il faut.

— Non mais, qui es-tu pour juger de la parole des saints hommes ? s'exclama sa mère.

Elle se soulagea en pinçant l'oreille de sa fille.

— Et en plus tu n'es même pas allée chercher l'eau. Comment je vais cuire le dîner, moi ?

— Va au puits, conseilla Marc. C'est plus près d'ici.

— Elle n'arrive pas à tirer l'eau du puits, dit la mère. Le seau est trop lourd pour elle.

— Alors vas-y toi-même, feignante ! lui lança-t-il.

La fillette revint en larmes à la maison, laissant les adultes se chamailler entre eux.

Don Arnau de Corniliano, vicaire général du diocèse de Gérone pendant l'absence de l'évêque, contemplait le papier froissé et souillé que l'on avait posé devant lui. Il était possible de distinguer le mot « excellence » ainsi que des fragments du mot « évêque ». Le reste se perdait dans le sang de l'auteur de cette adresse, un sang qui avait également scellé la lettre, presque aussi solidement que de la cire. Nul n'avait encore tenté de l'ouvrir.

Don Arnau avait réagi avec dégoût en voyant arriver au palais cet individu malpropre, puant de ses excès nocturnes et insistant jusqu'à l'impertinence. Il s'était malgré tout conduit dignement : il avait écouté le message, pris du bout des doigts la lettre souillée et ordonné que le corps du moine fût amené au palais. Il était sur le point de demander à son secrétaire d'ouvrir la missive quand il s'était ravisé. Peut-être était-elle destinée à Berenguer en personne. L'ouvrir laisserait des traces. Il ne le ferait pas tant qu'il ignorerait qui était le mort.

— Priez l'homme qui nous a apporté cette lettre de nous attendre ici. Et assurez-vous de son obéissance.

Le corps reposait dans une pièce fraîche et sombre des sous-sols du palais. Un frère convers attendait la permission de le laver et de le préparer. Le vicaire général y jeta un coup d'œil rapide, puis un autre plus attentif. Ni l'un ni l'autre ne lui apporta de réponse. Ce moine était un étranger pour Don Arnau et, apparemment, pour tous ceux qui l'avaient observé.

— Il a dû faire un long voyage, dit-il.

— Peut-être était-ce un pèlerin, suggéra son secrétaire.

— Pardonnez-moi, mon père, dit le frère convers, mais nous avons trouvé ceci sur son pauvre corps. C'est quelque peu taché de sang, ajouta-t-il comme pour s'excuser.

Avec force cérémonie, il tendit au vicaire général un parchemin imprégné de sang.

Don Arnau le remit le plus vite possible à son secrétaire et quitta la pièce.

— Qu'était-ce ? demanda-t-il nerveusement à son secrétaire.

— Un document de voyage, Don Arnau. On peut lire son nom et quelques autres mots. Il s'agit d'un certain Norbert. Malheureusement, le reste est à peu près illisible.

— Se faire assassiner ici, à quelques pas de la cathédrale ! dit Don Arnau avec amertume, comme s'il s'agissait là d'une injure personnelle.

— À plus de quelques pas, messire. On peut même parler d'une certaine distance, objecta le secrétaire avant de saisir le regard du vicaire général et de faire silence.

Don Arnau réfléchissait. Le temps s'écoulait, et l'évêque s'éloignait de plus en plus. Devait-il lui envoyer un messager ? Ou pouvait-il ouvrir la lettre et en lire le contenu ?

Et s'il prenait conseil ? Si ce courrier avait un quelconque rapport avec le désaccord survenu entre l'évêque et l'archevêque, son envie de l'ouvrir pourrait paraître suspecte. Mais s'il traitait de quelque affaire diocésaine, urgente certes mais assez banale — un document exigeant une signature immédiate, une permission attendue depuis longtemps —, il serait ridicule de lancer un messager au triple galop. Ridicule et coûteux pour la cathédrale. Don Arnau était réputé pour sa bonne gestion des finances et l'attention qu'il portait aux moindres détails.

— Faites appeler quelqu'un ! aboya-t-il.

Le secrétaire s'empressa de sonner.

— J'aimerais voir immédiatement les chanoines, dit-il dès que la porte s'entrouvrit.

Sa voix discordante et sèche emplissait la pièce et s'envolait dans les couloirs.

— Pardonnez-moi, mon père, rétorqua le serviteur, mais la plupart des chanoines vaquent à leurs affaires.

— Alors allez me chercher ceux qui sont ici, reprit-il d'un ton glacial. Tout de suite.

En milieu de matinée, Daniel, fils du boulanger Mossé et héritier du gantier Ephraïm, travaillait à l'atelier pour tenter de donner vie à un nouveau style de gant de femme. Hélas, chaque fois qu'il prenait un gant, il voyait les longs doigts élégants de Raquel et sa main frêle se glisser dans cette peau de chevreau quasi immatérielle, il repensait à l'humiliation de la veille... et commettait une erreur. La dernière avait été fatale. Il était désormais impossible de sauver cette paire. Au désespoir, il laissa tomber les gants sur l'établi.

Le train de l'évêque était parti pour Tarragone une heure après le lever du soleil. Il le savait. Il l'avait observé depuis l'ombre de sa porte. Les voyageurs devaient maintenant se trouver à plusieurs lieues de là, à chaque instant plus près de Tarragone et de Ruben, ce répugnant cousin de Raquel que sa mère voulait lui faire épouser. Elle ne reviendrait jamais. Sa vie à lui s'arrêterait là. Il soupira, reprit le gant abîmé et alla avouer sa maladresse à son oncle.

— Ceci concerne-t-il le moine qui est mort ce matin ? demanda Galceran de Monteterno.

— D'une certaine façon, oui, lui répondit Don Arnau. Nous savons grâce à ce document qu'il avait la permission de se rendre en Avignon. Nul doute qu'il était en mission pour l'archevêque, peut-être même Sa Sainteté le pape. Il s'appelait frère Norbert.

Dans la pièce, la tension ne cessait d'augmenter.

— Ce moine portait une lettre avec lui, poursuivit Don Arnau en désignant l'objet posé sur la table, et il souhaitait la porter à l'évêque. L'oncle de l'enfant qui a découvert le mourant me l'a confiée. Selon toute apparence, elle s'adresse personnellement à Son Excellence.

— Selon toute apparence ? interrogea Pere Vitalis.

— Examinez-la de près et vous verrez que le nom du destinataire est masqué par le sang, mais l'on peut distinguer « excellence » et une partie du mot « évêque ». L'enfant aurait dit qu'il a insisté sur ce point.

— Puis-je en étudier le sceau ? demanda Galceran.

Don Arnau poussa la lettre dans sa direction. Galceran la prit, la retourna et l'observa avec attention.

— Je n'en vois aucun, fit-il. Il semblerait qu'il n'y ait qu'une ou deux feuilles de papier, mais il est, comme vous le dites, souillé.

— C'est là que réside la difficulté. Cette missive a été imbibée de sang, qui a séché. Je ne puis voir si elle a été scellée et ouverte ou pas scellée du tout. Mais si nous tentons de l'ouvrir, il sera clair que...

— ... nous l'avons ouverte, termina Galceran de Monteterno.

— J'hésite à le faire si cela le concerne seul, et pas les affaires du diocèse. J'ai besoin de votre avis.

Chacun avait compris pourquoi on les avait réunis. Quel que fût le contenu de cette lettre, Don Arnau était déterminé à ce que tous fussent loués ou blâmés pour l'avoir ouverte. Ramon de Orta, expert dans l'art de sauver sa peau, entrevit le gouffre qui s'ouvrait devant lui.

— Quelles étaient les paroles exactes du moine, Don Arnau ? Cela pourrait nous aider que de le savoir.

Il y eut un silence.

— Nous ne détenons que les propos de l'oncle, répondit enfin le vicaire. À savoir qu'il y avait une enfant. Et la version qu'il donne de ce qu'elle est censée avoir dit.

— La présence sur le banc, au pied de l'escalier, d'une créature féminine assez crasseuse permettrait de supposer qu'il y a bel et bien une enfant, dit Orta. Pourquoi ne l'appelons-nous pas pour l'interroger ?

— Elle aura trop peur pour parler, objecta le vicaire général.

— Dans ce cas, permettons à cet homme peu ragoûtant assis à côté d'elle et qui doit être son oncle de l'accompagner afin de la rassurer.

Don Arnau acquiesça.

— Je vais demander à mon secrétaire de les chercher tous deux.

Sur ce, il quitta le cabinet pour trouver de l'assistance.

— J'espère qu'il n'en aura pas pour trop longtemps, dit Galceran. Mon neveu arrive aujourd'hui et insiste beaucoup pour me voir. Nous dînons ensemble.

— Je ne m'aventurerais pas à deviner combien de temps cela lui prendra, lâcha Pere Vitalis. Mais pour notre bien à tous, ne faites pas état de votre neveu, je vous en prie. Cela le ralentira encore plus quand il envisagera les conséquences éventuelles d'un dîner entre un chanoine et son neveu.

Un murmure de conversation se faisait entendre à l'extérieur de la pièce.

— Combien d'instructions doit-il donner à son secrétaire pour ramener un ivrogne et une gamine ? s'étonna Ramon de Orta. J'en viens presque à me languir de Son Excellence.

Pere Vitalis mit de côté ce petit commentaire pour le resservir à Son Excellence lorsqu'il rédigerait son rapport confidentiel.

Le vicaire général et la fillette, suivie de son oncle, arrivèrent l'un après l'autre. Elle regarda les quatre hommes en robe noire assis autour de la table et fit une révérence élaborée. Ils étaient bien moins intimidants que ses parents.

— Petite fille, demanda Pere Vitalis, peux-tu nous dire très exactement ce que tu as vu et entendu ce matin ?

— J'allais chercher de l'eau, messire, et j'ai entendu quelqu'un gémir. J'ai posé ma cruche et je suis allée voir. C'était un prêtre, comme le père Bernat, et il m'a demandé de donner à l'évêque le morceau de papier qu'il avait à la main.

— Ah, vous voyez ? intervint l'oncle. C'est juste comme je vous l'ai dit.

— Du calme, bonhomme, dit Vitalis, qui avait l'habitude des enfants pour être entouré de nièces et de neveux. Je suis persuadé que tu ne peux pas me répéter ses paroles exactes. Tu auras oublié.

— Ah ça, non ! fit-elle, indignée. Il a dit...

Elle s'arrêta et ferma les yeux.

— « Tiens, donne ceci à... à l'évêque. En main propre. Jure... que tu lui donneras... »

Sur ce, elle s'arrêta.

Les quatre hommes la regardaient, stupéfaits. Dans cette petite voix haut perchée, ils parvenaient à entendre les accents, les halètements et les hésitations de l'agonisant.

— Est-ce bien tout ? s'enquit Pere Vitalis.

Elle devint écarlate.

— C'était un brave homme et je ne veux pas dire le reste.

— À nous, tu le peux, fit Don Arnau avec une douceur inattendue. Nous ne serons ni surpris ni choqués.

— Oh, messire...

Son oncle lui donna une bourrade dans l'épaule.

— Votre Excellence, il avait l'air si gentil, je ne veux pas...

— Allons, mon enfant, il est important que nous sachions exactement ce qu'il a dit. Et tu n'as pas besoin de m'appeler Excellence.

Les autres avaient cependant remarqué qu'il avait ébauché un sourire fait de plaisir et d'amertume quand elle avait employé cette expression.

— Oui, Votre Excellence... messire. Il m'a dit : « Jure, et laisse-moi mourir ici comme je le mérite », aussi vite que ça, et rien d'autre après.

Le vicaire général la fit venir à ses côtés et, sous la table, lui glissa une pièce dans la main tout en lui tapotant la tête.

— C'est très bien, mon enfant, très bien. Dieu te récompensera de ta bonté envers un mourant.

— Merci, messire.

Elle courut vers la porte.

— Oh... il parlait d'une drôle de façon, mais je le comprenais quand même, ajouta-t-elle.

— Attends, intervint Galceran qui avait oublié son impatience. Qu'entends-tu par là ?

— Il ne parlait pas comme les gens d'ici, mon père. Il parlait comme...

Elle fronça les sourcils.

— Oncle Marc, rappelle-toi, à la foire, l'homme qui faisait des sucreries et tu n'as pas voulu m'en acheter parce que tu disais qu'elles n'étaient pas bonnes. Tu m'as acheté un gâteau au miel à la place. Oui ?

— Non, dit l'oncle, qui avait l'air sincèrement perdu.

— Mais si. Il parlait comme ça.

Elle sourit, ébaucha une autre révérence et s'enfuit, les doigts serrés sur sa pièce.

— Il ne nous reste plus qu'à attendre six mois la prochaine foire, lança Ramon de Orta, et demander d'où il vient au marchand de sucreries.

— Ce n'est pas notre problème immédiat, répondit Galceran. Mais je pense qu'il est clair qu'il s'agit là d'une lettre très personnelle adressée à l'évêque. Et qu'elle a trait à quelque transgression de la part du moine. Il aurait été plus convenable qu'il envoie un message à son supérieur, mais cela ne nous regarde pas.

— Vous pensez donc que nous devrions la communiquer à l'évêque ? demanda Corniliano.

— Oui, ce serait plus sûr.

— Plus sûr ? reprit Don Arnau. Et s'il s'agit d'affaires diocésaines qui doivent être réglées sans plus attendre ?

— Dans ce cas, Son Excellence donnera ses instructions au messager qui nous les rapportera au plus vite.

— Voilà une excellente idée, dit Pere Vitalis, qui avait des raisons personnelles d'être de l'avis de Galceran.

— Je suis d'accord, déclara Ramon de Orta en se levant.

Les trois chanoines sortirent de concert du cabinet et descendirent l'escalier menant à la cour. Un jeune homme se tenait là, élégamment vêtu d'une tunique de soie bleue. Ses manches présentaient des crevés écarlates. Il s'inclina.

— Ah, Fortunat ! s'écria Galceran. Soyez le bienvenu. J'espère que vous avez voyagé sans encombre.

— Ce fut un voyage fructueux, maintenant que je

suis arrivé et que je peux vous voir, mon oncle, fit-il avec un petit sourire.

— Et tout va bien ?

— Tout va bien.

— Mon neveu Fortunat, dit-il à Pere Vitalis et à Ramon de Orta. Un beau jeune homme, n'est-ce pas ? J'avais espéré qu'il suivrait son oncle au sein de l'Église, où j'aurais peut-être pu l'aider à connaître quelque avancement, mais il souhaite faire son chemin dans le monde, sans l'aide de son oncle.

— Il est clair qu'il y est parvenu, dit Orta avec courtoisie.

— Merci, mon père, mais j'ai encore beaucoup à voir et à apprendre.

— Nous disposons d'une heure avant de dîner, dit Galceran. Peut-être aimeriez-vous parcourir les jardins de l'abbaye. C'est un endroit fort plaisant pour bavarder.

— J'en serais enchanté, mon oncle, mais je crains ne pas pouvoir dîner. J'ai une obligation pressante à remplir au nom d'un bienfaiteur. Je ne serai pas de retour avant demain ou le jour d'après.

— Dans ce cas, profitons au mieux de ces instants. Orta, Vitalis, dit-il en inclinant la tête. À cet après-midi.

— Il y a un petit problème, mon oncle, dit Fortunat, mais je suis persuadé que nous pourrons le régler.

Ils s'éloignèrent et les chanoines n'entendirent pas la réponse.

— Ah, le rôle des oncles ! fit Orta en secouant la tête.

— Vider leur bourse dans celle de leurs neveux ? J'ai peur que ce soit ici le cas. Ce jeune homme est bien trop propre pour quelqu'un qui vient d'entrer en ville à cheval, répondit Pere Vitalis. Il doit espérer un bon gros cadeau.

Vers la fin de la deuxième heure, le soleil avait réchauffé l'air printanier. Peu à peu, les chuchotements avaient cessé et une douce somnolence s'était abattue sur les voyageurs. Même les collines et les champs bien entretenus alentour semblaient paresser.

— Pourquoi allons-nous aussi lentement ? demanda Raquel au garde le plus proche.

Il avait l'air plus jeune qu'elle, et elle se sentait libre de le traiter comme son frère ou comme Yusuf.

Il lui adressa un sourire charmeur.

— Il y en a ici — les cuisiniers du palais, entre autres — qui ne sont pas de bons marcheurs. Autant essayer de presser un bœuf.

— Nous ne pourrions aller moins vite même si nous le voulions, reprit-elle. Je ne pensais pas que voyager serait si ennuyeux.

— C'est la première fois que j'accompagne Son Excellence en voyage. Je suis heureux d'avoir une aussi agréable compagnie, maîtresse Raquel. Je m'appelle Enrique et, si vous avez besoin de quoi que ce soit, je suis à votre disposition.

— Je ne vois pas de quoi ma fille pourrait avoir besoin, répliqua Judith de son ton le plus intimidant.

Raquel rougit.

— Mais, maman, il ne voulait rien dire par là.

— Je suis certain qu'une jeune dame aussi charmante n'aura pas besoin de moi, dit joyeusement le garde. Mais si nous rencontrons des problèmes, mon bras armé sera là pour vous protéger toutes deux.

— Nous n'avons besoin d'aucune protection, répéta la mère.

— Maman, vous savez bien que ce n'est pas ce qu'il voulait dire. Vous ne pensez pas que ce voyage serait plus intéressant si nous marchions ?

— Marcher ? s'écria Judith. Certainement pas. Avec tous ces serviteurs venus d'on ne sait où...

Ayant réussi à changer de sujet de conversation, Raquel contempla le paysage qui évoluait si peu sous ses yeux et s'abandonna à ses propres réflexions.

Ils rattrapèrent et accompagnèrent un temps des chars

à bœufs qui se traînaient sur la route, des marchands aux chariots regorgeant de ballots et de tonneaux et quelques autres groupes à pied. Une bande de musiciens ambulants leur proposa de rester avec eux et de les distraire pour une somme modique. Ils donnèrent un échantillon de leurs talents ; l'évêque leur lança quelques pièces et déclina leur offre. Des journaliers de fort bonne humeur, portant balluchons et outres de vin, quittaient, semble-t-il, une excellente place pour trois semaines de travail bien rémunéré.

— Uniquement au tarif prévu par la loi, Votre Excellence, s'empressa de préciser leur meneur. C'est pour tout ce qui concerne le logement et la cuisine de la femme du fermier — des comme ça, on n'en fait plus — qu'on a plus de chance que nos semblables.

L'évêque sourit. Depuis que la peste noire, survenue six ans plus tôt, avait décimé la main-d'œuvre, des lois imposaient des amendes assez sévères aux maîtres et aux travailleurs qui ne respectaient pas les tarifs assignés à chaque activité. Il y avait de grandes chances pour que cette petite bande d'hommes et de femmes d'allure très compétente fût surpayée, et autant de chances pour que chacun — homme, femme, enfant, maître — échappât aux conséquences.

— Je suis heureux que vous soyez si bien traités pendant trois semaines, dit Berenguer. Et je suis certain que votre bonne fortune ne vous fera pas oublier les pauvres.

Le meneur cligna de l'œil.

— Cela ne risque pas d'arriver, Votre Excellence, assura-t-il en retirant son bonnet.

À chaque colline, chaque tournant de la route et chaque borne milliaire, Ibrahim soupirait de plus en plus fort. Il haletait d'épuisement. Parfois il devait trottiner pour rester à hauteur de la mule. Maintenant il boitait.

— Qu'as-tu donc, Ibrahim ? lui demanda Isaac.

— Oh, maître Isaac, votre mule va d'un si bon pas que je ne peux la devancer pour la tirer.

— Eh bien, marche à côté et tiens-la par la bride.

— Papa, c'est ridicule, votre mule va si lentement qu'elle s'endort sur place. Et puis, Ibrahim, cesse de boiter et de soupirer.

— Oui, maîtresse, répondit Ibrahim en boitant de plus belle.

— Ibrahim, tonna alors une voix, fais ce que te suggère maîtresse Raquel. Tu vas tout à fait bien.

— Mais, maîtresse, dit-il en adressant à Judith un regard de rat pris au piège, j'ai un caillou dans mon soulier.

— Dans ce cas, arrête-toi pour l'ôter.

— Là, fit Raquel en plaçant sa mule à côté de celle de son père. Ibrahim, passe-moi les rênes. Je vais vous conduire, papa.

— En es-tu capable ?

— Bien entendu !

Ibrahim s'installa au bord de la route, ôta ses bottines, lava ses pieds dans un petit ruisseau, les sécha sur sa tunique et rassembla ses affaires. Avec une agilité dont on ne l'aurait pas cru capable, il courut pour rattraper un chariot presque vide. Il sauta dedans et s'installa sur le lit de paille, à côté de Naomi. Elle était là pour veiller sur ses ustensiles de cuisine, pas pour économiser ses pieds, bien habitués à la marche.

Le soleil était maintenant très haut, et les marcheurs commençaient à se plaindre. Quelques centaines de mètres plus loin, le capitaine de la garde eut un bref entretien avec l'évêque et ordonna la halte tant attendue. Le cuisinier de Berenguer et ses marmitons passèrent à l'action. Ils firent un feu, sortirent pots et marmites et réunirent toutes sortes d'ingrédients en vue de préparer un repas substantiel. À quelque distance de là, les employées du couvent firent de même. Naomi secoua Ibrahim pour que lui aussi s'occupe du feu. Les trois groupes purent alors préparer le dîner.

Isaac se consacra au genou de l'évêque : il lui palpa la jambe, l'étira, la lui fit plier, la massa avec une huile douce.

— Votre genou semble en raisonnable condition. Il serait sage que vous marchiez un peu. Vous êtes assis dans la même position depuis trop longtemps.

— Aussi longtemps que vous, maître Isaac. Prenez mon bras et marchez avec moi et Francesc.

Les trois hommes foulèrent un champ semé de cailloux.

— Nous allons chercher l'ombre d'un bosquet, dit l'évêque. Ah, Isaac, j'aimerais que vous ayez des yeux pour voir ce que je vois.

— Qu'est-ce, Votre Excellence ?

— Trois groupes s'affairent sur trois dîners pratiquement identiques, alors que mon cuisinier est prêt à faire manger tout le monde.

— L'épouse de maître Isaac craint peut-être que votre cuisinier ne lui serve une nourriture qui lui soit interdite, à elle et à sa famille, dit Francesc.

— Dans ce cas, qu'elle ne la mange pas.

— Je suis persuadé qu'elle pense le pire de votre cuisinier, s'excusa Isaac. Mais je vais avoir une discussion avec elle à ce propos.

— Quoi qu'il en soit, les religieuses n'ont pas ce genre d'excuse.

— Votre Excellence, je vous suggère d'oublier cela pour aujourd'hui, conseilla Francesc. Au fil du voyage, les groupes se mêleront certainement.

L'après-midi était déjà bien entamé quand les ustensiles furent rassemblés et accrochés autour du chariot. L'impatience de la matinée avait considérablement diminué, et ce n'est pas sans effort que tout le monde reprit la route. Mais chacun repartit, vers le sud et vers Tarragone. Sans réfléchir, Raquel avait pris les rênes de la mule de son père. Si quelqu'un avait songé à chercher Ibrahim, il l'aurait trouvé dans le chariot, assis à l'ombre aux côtés de Naomi.

Ils dépassèrent Caldes, puis l'embranchement qui

menait à Barcelone. Ils rencontrèrent d'autres groupes de voyageurs, échangeant des paroles amicales avec certains et des regards soupçonneux avec d'autres. Quand ils entendirent approcher le galop d'un cheval, la plupart étaient déjà trop fourbus pour tourner la tête. Mais le cheval ralentit et, une fois arrivé à hauteur de l'évêque, son cavalier mit pied à terre, s'inclina et présenta à Son Excellence un mince paquet enveloppé de cuir et fermé par un ruban.

— Des lettres de Don Arnau, le vicaire général, Votre Excellence.

— Déjà ? s'étonna Berenguer. Il se serait produit quelque chose ?

— Pas que je sache, répondit à voix basse le messager.

— Allons, parle. Pourquoi vas-tu ainsi au triple galop ?

— Le corps d'un moine a été découvert près de la rivière. Aux abords de Sant Feliu. C'est peut-être la raison de ma course. Ce moine a été assassiné, semble-t-il, et il portait une lettre destinée à Votre Excellence. C'était un franciscain, un certain père Norbert, selon toute apparence. Mais ils ne m'ont rien dit, sauf que l'affaire est des plus pressantes et que cette lettre doit vous être confiée.

— Ils ?

— Quatre personnes. Don Arnau, Votre Excellence, et trois autres : le père Pere Vitalis, le père Ramon de Orta et le père Galceran de Monteterno.

— Excellent. Tu as bien travaillé.

L'évêque récompensa le messager et se consacra au petit paquet.

Il en rompit le sceau fraîchement apposé et jeta un coup d'œil à la lettre. Un léger geste de la main fit venir auprès de lui Francesc et Bernat. Il murmura à l'oreille de Francesc, et ce dernier pria Raquel de faire marcher à côté d'eux la mule de son père. Quand tous furent rassemblés, il s'intéressa à nouveau à la lettre.

— Lisez-moi cela, demanda-t-il à Bernat. Elle est tachée et difficile à déchiffrer.

Bernat prit le document et l'examina rapidement. Arrivé à la seconde page, celle qui formait l'enveloppe, il fronça les sourcils.

— Une partie est illisible, Votre Excellence.

— Faites de votre mieux.

— Voilà, murmura Bernat, cela commence ainsi : « À Son Excellence l'évêque, ou à son très vénérable vicaire général. Je me trouve en fort délicate situation, et implore votre indulgence et votre assistance. J'ignore si le récit de mes actes a atteint vos oreilles. Si tel est le cas, vous comprendrez que, vu ma grande faute — mon crime —, je ne puis transporter ces documents sur ma propre personne. En manquant à faire cela, j'accumule péché sur péché, car j'ai fait la promesse la plus solennelle à un agonisant que je vous les porterais moi-même. Puisse Dieu me pardonner ma couardise.

« Puisqu'il m'est impossible de vous approcher, par crainte de la pendaison, je tenterai de décrire comment ces documents sont arrivés en ma possession. En fuyant Avignon, j'ai recherché les tavernes et les auberges les plus viles afin d'y trouver l'hospitalité, et j'ai fait mon possible pour ne pas m'attarder dans des villes où j'aurais pu être reconnu ou tourmenté. Hélas, aux abords de Figueres, je suis malencontreusement tombé sur un groupe de voyageurs que j'aurais préféré éviter. L'un d'eux était un messager porteur de documents destinés à vous-même ainsi qu'à Sa Majesté.

« Peu après l'arrivée à l'auberge où nous descendions tous, le messager est tombé malade et est entré en agonie. Il a demandé un prêtre, et il n'y en avait pas d'autre que moi à proximité. Ivre comme je l'étais et trempé du sang d'un innocent, on m'a demandé de faire de mon mieux pour lui. Juste avant de mourir, il m'a donné ces deux documents et expliqué en partie leur signification. Je les connaissais déjà, mais ne savais ce qu'ils contenaient. Il m'a fait jurer de les dissimuler à tout regard indiscret, y compris au mien, et de vous les remettre en main propre. Je ne les ai pas examinés, mais je ne puis vous les porter. Je chercherai quelque âme honnête qui pourra s'en acquitter. »

Bernat fit silence un instant.

— C'est la fin de la première page, expliqua-t-il, celle qui est pratiquement intacte.

— Et la seconde ?

— Je vais vous livrer ce que je peux en tirer.

— Si ses prêches étaient aussi longs que ce qu'il écrit, fit remarquer Francesc, pas étonnant qu'on l'ait assassiné.

— Il y a d'abord une tache qui dissimule plusieurs lignes de texte, dit Bernat. Puis cela continue ainsi : « ... me paraît étrange. Il est probable que le malheureux messager fut encouragé à mourir par quelque infâme poison. Au moins deux des hommes qui voyageaient avec nous avaient des raisons de souhaiter prendre connaissance de ces documents. Je ne sais s'il s'agit de leurs noms ou de leurs lieux de naissance, mais ils se faisaient appeler... » Un autre passage est obscurci.

— Lisez ce que vous pouvez, grogna Berenguer.

— Oui, Votre Excellence. Le premier nom n'est pas lisible, sauf qu'il se termine par « ca ». Le second est « Rodrigue de Lancia ».

— Lancia, fit Berenguer. Cette famille vient de ma partie du monde.

— Rodrigue ? s'étonna Isaac. Je ne connais que l'autre.

— Vous voulez dire Huguet ? Une affaire où son nom apparaît a été portée devant le tribunal pontifical d'Avignon. Ce Rodrigue, si je m'en souviens bien, est un jeune cousin.

— Si ces documents concernaient Huguet, cela expliquerait son intérêt, fit observer Isaac.

— Oui, renchérit l'évêque. Je me souviens de lui comme d'un garçon plaisant et intrépide, Isaac, aussi brave qu'un lion mais plutôt dépourvu de bon sens.

Complètement inconscient des conséquences de ses actes. Et maintenant son audace lui a causé plus d'ennuis qu'il ne l'aurait voulu. En revanche, Sa Majesté apprécie sa participation aux représailles contre les Génois.

— Mais ce ne sont pas les Génois qui...

— Non. À mon avis, il s'agit là d'une de ses erreurs de jugement. Ils n'auraient pas dû s'attaquer à Ancône, avec qui nous n'étions pas en conflit à l'époque.

Il se tourna vers les deux prêtres.

— Pardonnez-nous. Nous vous avons interrompu, père Bernat.

— Cela n'est rien, Votre Excellence. Il y a maintenant une ligne souillée. « ... Sa Majesté doit recevoir ce document, car il renferme une décision susceptible d'affecter ses préparatifs de guerre. Et vous-même avez trop longtemps attendu les résultats de l'autre. » Il termine ici par : « Je vous supplie de pardonner ma transgression et d'accorder vos prières à mon âme. Norbert de C. »

— Il s'agira d'un jugement de Sa Sainteté suite à la plainte déposée par Ancône, dit Berenguer. Cette lettre doit être portée à Sa Majesté. Il faut qu'elle sache qu'un jugement a été rendu avant peut-être d'avoir été perdu.

— Ou volé, fit remarquer Isaac. Mais à quelle décision fait-il référence que Votre Excellence attendrait depuis longtemps ?

— Je ne puis l'imaginer. À moins que...

— Votre Excellence, dit Francesc, peut-être croit-il que cela a un rapport avec l'archevêque et sa... Non, cette petite controverse est trop récente et n'a sûrement pu être rapportée à Sa Sainteté le pape.

— Je ne souhaite pas contredire le bon père, intervint Isaac, mais songeons aux rumeurs qui circulent en ville. À propos de la plainte envoyée en Avignon par l'archevêque. Je considère qu'elles sont fausses...

— Certaines ne le seraient pas ? Vous faites bien de nous le rappeler, maître Isaac, répliqua Berenguer.

Même si ce « trop longtemps » me semble un peu exagéré. Bien. Nous devons à présent prendre une décision. Sa Majesté le roi doit être mis au courant.

— En toute probabilité, il l'est déjà, dit Bernat.

— C'est tout à fait vrai, mais il faut tout de même le prévenir, n'est-ce pas ?

— Il le faut, Votre Excellence. Par messager ou irons-nous personnellement ?

— Personnellement, fit Isaac.

— Personnellement, je suis d'accord, reprit Francesc. Si Votre Excellence le veut.

— Oui, je le veux. Quand avons-nous croisé la route de Barcelone ?

— Capitaine, appela Bernat, sommes-nous loin de la route de Barcelone ?

— Elle se trouve à une bonne lieue derrière nous, dit le capitaine en rejoignant le groupe. Si vous deviez envoyer une lettre à Barcelone, le messager serait plus rapide que n'importe lequel d'entre nous.

Ils se consultèrent.

— Ce sont peut-être les délires d'un ivrogne, conclut Berenguer, et cela ne vaut même pas le prix du papier sur lequel ils sont portés, mais je pense que nous devons tous y aller, capitaine. C'est-à-dire que je dois y aller et que je ne peux me déplacer seul.

— Cela ajoutera plusieurs journées à notre voyage, Votre Excellence. Nous ne nous déplaçons pas très vite.

— Combien ?

Le capitaine prit le temps de la réflexion.

— Au moins deux, Votre Excellence. Mais plus vraisemblablement trois, en plus du temps passé en ville.

— Je ferai de mon mieux pour réduire cela, dit l'évêque. Les jours supplémentaires ne seront pas perdus. En plus du service de Sa Majesté, il y a certaines fondations que je dois visiter.

— Dois-je demander aux chariots de faire demi-tour, Votre Excellence ? demanda le capitaine.

— Avez-vous au moins expliqué à l'évêque que nous avions hâte d'arriver à Tarragone ? demanda Judith, qui dissimulait mal sa colère de voir tous ses projets si bien échafaudés réduits à néant en un seul instant.

Son mari lui sourit avec une indifférence amusée.

— Ah, ce sont les aléas du voyage, surtout en compagnie d'un évêque, répondit Isaac. Il n'était pas utile que vous nous accompagniez.

CHAPITRE VI

Près de Vidreres

Le seigneur du Castell de Sant Iscle, près de Vidreres, avait appris la visite imminente de l'évêque — et des trente membres de sa suite — une heure avant l'arrivée de la procession.

— Quoi ? tonna-t-il à l'adresse de son intendant harassé. Que fait donc l'évêque ici aujourd'hui ?

— Si vous vous en souvenez, monseigneur, vous avez demandé son aide dans l'affaire de ce champ réclamé par un monastère...

— Je sais ce que j'ai demandé, rugit-il, mais je ne m'attendais pas à ce qu'il arrive en personne et amène toute sa maison avec lui. Comment allons-nous loger tant de monde ?

— Nous ferons de notre mieux. Les serviteurs dormiront dans les greniers et les écuries, et cela signifie que nous avons des lits pour...

Sur ce, les deux hommes s'attelèrent à la tâche compliquée qui consiste à offrir l'hospitalité à un haut dignitaire de l'Église.

Chacun trouva sa place dans la grande salle, puis l'on servit une excellente soupe, un savoureux ragoût de bœuf aux légumes et aux oignons, ainsi que du pain et du fromage. Chaque membre de la troupe de l'évêque se vit offrir un lit, même s'il ne s'agissait que d'un gros ballot de paille propre dans l'écurie. Berenguer avait calmé l'humeur de son hôte en lui promettant de traiter sommairement avec certain ordre religieux un peu trop gourmand, un ordre dont les actions l'avaient poussé à solliciter la visite de l'évêque.

Judith était assise en silence à côté d'Isaac. Devant elle, on avait posé un solide morceau de pain et une assiette de soupe. Elle perçut le raclement d'une cuiller et se tourna vers son mari.

— Isaac, murmura-t-elle, vous ne mangez tout de même pas cela ?

— Mais si, ma mie. C'est même excellent.

— Mais nous n'avons nulle idée de ce qu'il y a dedans.

— L'intendant m'a assuré que c'était un bon bouillon de mouton aux légumes.

— Cela ne sent pas le bouillon de mouton.

— Le cuisinier du châtelain n'est peut-être pas aussi expert que Naomi en matière d'herbes et d'épices, mais je vous assure que c'est très bon. Et je vous rappelle, ma chère, que se laisser mourir de faim dans des circonstances difficiles — c'est le cas du voyage — n'est pas digne d'une femme vertueuse. Nous devons manger ce qui nous est proposé si c'est là tout ce qui est disponible.

Judith soupçonnait depuis longtemps son mari d'interpréter la loi selon sa propre convenance, mais elle n'avait ni les connaissances ni la capacité nécessaires pour discuter de cela. Elle prit sa cuiller et goûta à la soupe. Elle avait grand-faim et c'était, comme il l'avait dit, délicieux. Avant de se rendre compte de ce qu'elle faisait, elle avait terminé et s'intéressait déjà au ragoût.

— Un jambon est posé sur le buffet, dit-elle.

— Alors je vous conseille de ne pas en manger, ma mie.

— Comme nous serons à Barcelone en fin de semaine, expliqua Bernat quand ils eurent mangé et alors qu'ils se promenaient dans le parc attenant au château, nous ne pourrons décemment repartir avant lundi. Cela pourrait susciter des commentaires malvenus.

— Nous partirons, dit Berenguer, dès que j'aurai confié cette lettre à Sa Majesté, qu'il m'accorde ou non une audience. Si nous restons jusqu'à lundi, nous n'arriverons pas à Tarragone à temps pour le conseil.

— Dois-je dire aux autres de se préparer à partir à tout moment ? demanda Francesc. À l'abbesse ? Ainsi qu'au médecin et à sa famille ?

— Oui. Dites aussi à maître Isaac que j'aimerais m'entretenir avec lui.

Dame Elicsenda se tenait à l'écart de la table de la grande salle. Elle convoqua sa compagne d'un regard que la sœur ne connaissait que trop bien. Sor Marta n'accourut pas — Sor Marta n'accourait jamais — mais elle s'empressa tout de même de rejoindre l'abbesse.

— Nous arriverons jeudi soir à Barcelone et nous en repartirons samedi ou dimanche matin, lui annonça dame Elicsenda.

— J'ai pensé qu'il pourrait en être ainsi, madame. Séjournerons-nous au palais épiscopal ?

— Je ne le crois pas. Nous prendrons nos propres dispositions.

— Certainement, madame. L'abbesse de Santa Clara sera enchantée de nous accueillir.

— Non.

— Elles ne nous recevront pas ?

— Nous ne pouvons nous permettre de rester auprès d'elles. On a parlé de conduite frivole... d'un certain manque de discipline au couvent. J'aimerais beaucoup voir l'abbesse. C'est une personne agréable, dont la grande vertu se double d'un grand savoir, mais...

— Elle a quelque difficulté à surveiller ses filles. J'ai entendu dire cela.

— Et comme nous ne sommes pas là pour notre distraction, je suggère que nous cherchions refuge auprès des sœurs de Sant Pere de les Puelles, fit Elicsenda avec vivacité. Nul ne pourra nous blâmer de séjourner dans leur maison.

— Laquelle n'est pas très éloignée du palais, ajouta Sor Marta.

— Cela devrait plaire à l'évêque.

— Je pense qu'il serait de mauvaise politique de ne pas fréquenter les plus chastes de nos sœurs, dame Elicsenda.

— Isaac, mon ami, dit Berenguer, je crains de vous avoir arraché à votre famille pour ce soir. Sans grande raison, peut-être.

— Êtes-vous souffrant, Votre Excellence ?

— Pas du tout. Je n'ai pas ce genre d'excuse. Je désirais simplement m'entretenir avec vous.

— Rien ne pourrait me faire plus plaisir. Ces jardins sont agréables, et une bonne compagnie ne peut qu'agrémenter ce moment.

— Nous assiérons-nous ? Il y a, non loin d'ici, un banc confortable, raisonnablement éloigné des oreilles et des regards indiscrets.

Isaac posa une main sur le bras de l'évêque et se laissa conduire vers le banc. Assis à côté de lui, Berenguer resta longtemps silencieux.

— Ce sont donc là des affaires privées dont nous allons parler, Votre Excellence ?

— Sinon, pourquoi me protégerais-je des regards indiscrets ? Malgré tout, je n'en suis pas certain, maître Isaac. Votre logique imparable va certainement m'aider. Isaac, la mort de ce moine m'emplit d'appréhension.

— D'appréhension, Votre Excellence ? Pourquoi ? Je puis comprendre que l'on éprouve de la pitié et de l'horreur devant un tel crime, mais de l'appréhension...

— Vous étiez présent à la lecture de cette lettre, Isaac. Elle était tout imprégnée de terreur avant de baigner dans le sang. Le père Norbert — et qui était-il,

Isaac ? —, le père Norbert m'implorait quand il l'a rédigée.

— Votre vue vous abuse. Le sang qui souille cette lettre vous fait éprouver la terreur d'un agonisant, Votre Excellence. Mais moi qui n'ai pas vu ce sang, je n'ai entendu que les justifications intéressées d'un homme qui craint d'être châtié pour ses méfaits. Quand il l'a écrite, il redoutait la disgrâce et la prison plus qu'une mort brutale.

— Vous êtes trop détaché, Isaac. Il y avait de la terreur dans ses propos.

— Admettons. Je vous accorde un peu de terreur, Votre Excellence, mais en échange, accordez-moi beaucoup de justification intéressée.

L'évêque prit un temps avant de répliquer :

— La clarté de votre esprit me réconforte. Mais qui était-il ? Un certain Norbert de C., que ne reconnaissent pas les chanoines de la cathédrale. Il parle comme quelqu'un qui me connaît bien, maître Isaac. Je ne parviens toutefois pas à me rappeler un Norbert qui serait franciscain et dont le nom commencerait par un C.

— Cela me semble étrange. Vous avez une excellente mémoire. Il doit y avoir une explication et, si nous découvrons qui il est, la raison pour laquelle vous ne l'avez pas reconnu nous apparaîtra aussitôt.

— J'ignore qui il était, Isaac, mais il doit être vengé. Quels qu'aient été ses péchés, il est mort en accomplissant un acte généreux. Il a cherché mon pardon. Il s'inscrivait au nombre de mes ouailles et méritait ma protection. Au lieu de cela, il a été massacré aux abords de la cathédrale.

— Il serait plus facile de le venger si nous connaissions son identité, fit remarquer Isaac.

— C'est vrai, mais comment la découvrir ? Ah, Isaac, je suis persuadé que ce problème est fort simple, mais je suis si las et si entouré d'ennemis que je ne parviens pas à voir ce que je dois faire. C'est pourquoi j'ai besoin de vous. Bernat et Francesc ne s'intéressent qu'à ma protection et à mes intérêts, et ils désirent sincèrement que je ne fasse rien à propos de ce Norbert.

— Que savons-nous de lui ?

— Rien, fit Berenguer d'un air las. Rien du tout. Si ce n'est qu'il portait l'habit des franciscains.

— Non, le corrigea Isaac. Nous savons qu'il a reconnu Rodrigue de Lancia ; l'homme dont le nom est masqué ne lui était pas étranger. Peut-être connaissait-il Huguet de Lancia. Si Votre Excellence écrivait à ce Huguet de Lancia...

— Non, pas à Huguet, dit Berenguer d'une voix un peu moins morne. Je n'aggraverai pas ses problèmes. J'ai un ami plus proche qui vit non loin d'ici. C'est une excellente idée. Bernat ! Oh, Isaac, Francesc a pour vous un message de ma part concernant nos projets de voyage. Francesc !

— Il semble que nous devions implorer un vieil ami de nous accueillir une nuit ou deux à Barcelone, dit Isaac.

Francesc l'avait rendu aux membres de sa famille qui déambulaient dans les jardins.

— Pourquoi ? demanda Judith.

— Parce que, ma mie, l'évêque a décidé que nous passerons deux ou trois jours dans cette ville.

— Papa... si c'est vraiment un vieil ami, nous n'aurons pas à l'implorer.

— Effectivement, Raquel, lui répondit son père avec amusement.

— À quoi ressemble Barcelone ?

— Tu le sauras bientôt. À présent, rentrons nous asseoir auprès du feu. Le vent se lève et le temps se rafraîchit.

Quand ils regagnèrent la grande salle, ses murs hospitaliers abritaient deux voyageurs de plus.

— Une botte de paille dans l'écurie sera pour nous un véritable luxe, messire, dit le premier, le plus grand des deux. Nous avons manqué notre route, et il nous est impossible d'arriver ce soir à destination. Une nuit dans les champs ne serait pas très plaisante. Je sens que l'air est à la pluie.

L'intendant leva une main, et un serviteur apporta de la soupe et du pain.

Les deux hommes étaient couverts de la poussière de la route et paraissaient fatigués et affamés ; un calme relatif régna jusqu'à ce qu'ils eussent terminé leur soupe. Puis le plus petit des deux, porteur d'une barbe blonde et vêtu d'une courte tunique rouge sombre à la coupe étrange pour ne pas dire démodée, scruta la salle comme s'il cherchait un public.

— Messires et gentes dames, nous nous excusons de nous immiscer dans votre groupe. Nous vous sommes très reconnaissants de nous accueillir ici. Mon nom est Andreu, et mon taciturne compagnon s'appelle Felip.

— Qu'est-ce qui vous met sur la route de Barcelone, messieurs ? les interrogea Berenguer.

— Nous venons du nord avec le désir de voir le monde, d'étudier et d'apprendre les hommes et la philosophie, répondit Andreu.

— Et de gagner notre vie en chemin, ajouta Felip, prouvant ainsi qu'il pouvait parler quand les circonstances l'exigeaient.

— Et comment vous y prenez-vous ?

— Honnêtement, Votre Excellence, je vous le jure. Felip, ton instrument...

Felip se pencha vers le balluchon posé à ses pieds avant d'en sortir un rebec et un petit archet. Il l'accorda soigneusement, les sourcils froncés, puis se tourna vers son compagnon qu'il interrogea du regard. Andreu hocha la tête et Felip entama un air plaintif, exposant d'abord le thème avant d'y ajouter quelques fioritures. Puis Andreu se mit à chanter d'une douce voix de ténor qui emplit toute la salle : les paroles évoquaient le chagrin de quitter sa terre natale. C'était une chanson mélancolique dans laquelle ils mirent beaucoup de sentiment. Puis Felip joua un accord joyeux, et tous deux se lancèrent dans une chanson au comique bon enfant qui parlait de séparation et de retrouvailles. La voix de baryton de Felip n'était pas aussi précise que celle d'Andreu, mais elle avait une sonorité agréable, et tout le groupe riait de bon cœur aux dernières notes.

— Voilà, Votre Excellence, comment nous gagnons notre vie sur la route, dit Andreu.

— Vous êtes musiciens de profession ? lui demanda l'évêque.

— Oh, non, Votre Excellence. Mais nous chantons et jouons indifféremment, et sommes heureux de le faire quand quelqu'un se montre assez généreux pour partager son repas avec nous.

— Nous ferez-vous la faveur d'une ou deux autres chansons ? Vous nous apportez un délassement bienvenu après la monotonie du chemin.

Les compliments des auditeurs marquèrent la fin de la chanson. Les deux hommes engloutirent un peu de vin pour humecter leur gorge sèche.

— Où votre soif de connaissance vous conduira-t-elle demain, messieurs ? demanda Berenguer.

— Le plus loin possible sur la route de Barcelone tant que la nuit ne nous contraint pas à faire halte, répondit Andreu.

— Je vous suggère de vous joindre à nous, proposa l'évêque. Vos chansons et votre joyeuse conversation adouciraient considérablement notre voyage et, en retour, vous voudrez bien partager notre humble nourriture.

— Nous en serions honorés, dit Felip.

— Et rien ne nous ferait plus plaisir, ajouta Andreu.

Au pied de l'escalier, l'intendant avait l'air d'un cerf aux abois face à l'abbesse de Sant Daniel, de Sor Marta et de Sor Agnete, la pécheresse. Le garde assigné à sa surveillance nocturne était impassible.

— Ce n'est pas une prison, madame, dit l'intendant.

Nous n'avons pas coutume d'enfermer nos hôtes dans leur chambre.

— Que cela soit la coutume ou pas m'importe peu, répliqua l'abbesse. Est-ce possible ?

— Certes, fit l'intendant après un temps de réflexion, c'est possible, mais il nous faut loger tant de personnes que la seule chambre où elle pourrait être seule n'est pas digne d'une dame de son rang.

— Elle se pliera au manque de commodités, trancha l'abbesse. Le garde se tiendra dehors avec la clef.

Sur ce, elle tourna les talons et regagna ses propres appartements, suivie de près par Sor Marta.

— Ce ne sera pas la première nuit que je passe adossé à un mur, dit le garde avec philosophie.

— Je vais vous apporter une couche qui vous protégera du froid et de la dureté de la pierre, murmura l'intendant.

— Pourquoi avez-vous incité ces deux-là à voyager avec nous ? demanda Francesc alors qu'ils se dirigeaient vers leur logement.

— Oui, Votre Excellence, ajouta Bernat. C'est la question que je désirais vous poser. Je ne leur fais pas confiance. Pas entièrement.

— Vous pensez qu'ils constituent une menace à notre égard ?

— Non, je ne dirais pas une menace, mais ce sont, dans le meilleur des cas, des jongleurs et des baladins qui ont appris à bien manier le langage.

— Pour ma part, dit l'évêque, je crois qu'il est peu probable qu'ils nous soulagent de notre bourse. Ils me semblent relativement inoffensifs et ce ne sont que des gagne-petit. Dans le pire des cas, ils s'adonnent peut-être à quelque filouterie, mais c'est totalement sans danger. Leurs talents valent bien le prix de leurs repas. Avez-vous remarqué ce qu'il est advenu de notre groupe quand ils se sont mis à chanter ?

— Il ne s'est rien passé, dit Bernat. Tous les ont

écoutés et, plus tard dans la soirée, certains ont même chanté avec eux. C'était prévisible.

— C'est pourquoi je les ai invités à se joindre à nous. Je n'aime pas me déplacer avec un groupe où l'on est à couteaux tirés. Cela contribue à rendre le voyage lassant, pour ne pas dire dangereux. Même les serviteurs chantaient de concert au lieu de se jeter des regards noirs. Bonne nuit, mes amis. Dieu vous apporte la paix du sommeil.

La pluie s'abattit jusqu'à l'aube sur le toit du château. Le vent faisait claquer les volets et hurlait dans les cheminées. Rares furent ceux qui dormirent bien. Le garde posté devant la chambre de Sor Agnete y parvint pourtant : avec une longueur de corde, il s'était attaché les poignets à la porte verrouillée et s'était ensuite installé pour la nuit. La paillasse de l'intendant était douce et épaisse, et il dormit à poings fermés. Dans la grande salle, Yusuf s'était allongé aux côtés de son maître et dormait lui aussi profondément. Les serviteurs installés dans l'écurie avaient plus de chance que leurs maîtres : les murs de pierre en étaient aussi résistants que ceux du château, et, à l'instar de Yusuf et du garde, ils étaient trop épuisés pour se préoccuper du mauvais temps. Couchés dans le foin, ils partageaient la chaleur des bêtes qui vivaient à l'étage inférieur ; pour lutter contre la froidure du vent, cela valait mieux qu'une douzaine d'âtres allumés.

Tous n'avaient pas cette chance. Dans la petite pièce qu'elle partageait avec sa mère et Naomi, Raquel écoutait le vent et la pluie. Elle regrettait de ne pas avoir été autorisée à rester à la maison et de devoir se marier. Puis elle songea à la douleur qu'elle avait remarquée sur le visage de Daniel et repensa à toutes les fois où il l'avait trouvée malheureuse et où ses traits d'esprit lui avaient arraché un sourire. Elle qui priait pour ne pas se marier ajouta « pas encore » à sa supplication.

La situation de l'évêque n'était pas meilleure. Confortablement installé dans les appartements privés du châtelain, il était trop las et trop soucieux pour dormir, et c'est à envisager l'avenir qu'il consacra les longues heures qui le séparaient de l'aube.

Mercredi 23 avril

Il tombait un crachin pénétrant quand les mules furent attelées aux chariots. Dans la cour, marcheurs et cavaliers étaient prêts. L'air morose, ils abaissèrent leur capuche sur leur front et attendirent que Berenguer fît ses adieux à leur hôte quelque peu soulagé. Enfin, il descendit les marches et se mit en selle.

— Nous pouvons partir, ordonna-t-il avec énergie, et sa mule, aussi impatiente que son maître, démarra au trot.

Au-dessus de la première colline les nuages se dissipèrent et la pluie s'arrêta. À l'horizon, le ciel s'éclaircissait.

— Je crois, dit Raquel, toute joyeuse, à personne en particulier, que nous aurons finalement une belle journée.

— Je suis trempée jusqu'aux os, se plaignit sa mère. Et il y a un détestable vent froid.

— Le soleil et le vent vous sécheront bientôt. Vous êtes également trempé, papa ?

Son père ne lui répondit pas.

— Papa ? Êtes-vous trempé ?

Il sursauta.

— Trempé ? Pas que je sache. Non, Raquel, je me disais que ce temps était néfaste au genou de Son Excellence. Il doit souffrir après le long trajet d'hier.

— S'asseoir sur une mule pendant quelques heures exige peu d'efforts, papa. Et vous savez que le genou de l'évêque va beaucoup mieux. Pourquoi êtes-vous si préoccupé ?

— Ah, Raquel, tu ne comprends pas, dit-il avec brusquerie. C'est l'ennui, ma chérie. Je n'ai pas l'habitude de n'avoir qu'un seul patient, surtout quand il est aussi robuste que Son Excellence.

— Nous pourrions peut-être convaincre quelques serviteurs de tomber malade pour vous satisfaire, lui lança Judith.

Il accepta volontiers cette réprimande.

— Vous avez raison, ma mie. Je devrais me réjouir de ce répit, même si je ne l'ai pas choisi. Hélas, ce n'est pas le cas, mais je ne voudrais pas que quelqu'un tombe malade pour satisfaire mon désir d'activité.

Raquel s'ennuyait, elle aussi, et ne s'intéressait pas au désœuvrement de ses parents. Elle soupira.

— Je me demande quand nous verrons la mer. Quand la verrons-nous, maman ?

— Je l'ignore, ma fille. Je ne chevauche pas ainsi chaque jour. Mais ce que je sais, c'est que tu commences à parler comme ton petit frère quand le temps est à la pluie.

— Vers l'heure du dîner, je pense, maîtresse Judith, dit le sergent qui était arrivé à leur hauteur. Entre la pluie, la boue dans la cour et la mauvaise humeur de chacun, nous nous sommes mis tard en chemin.

Et puis, au-dessus d'eux, le soleil creva la couverture de nuages. Un son aigrelet s'élevait sur la route, devant eux.

— Regardez, fit Raquel.

Andreu et Felip marchaient en tête de la colonne entourés d'une petite cour d'admirateurs. Andreu jouait une danse joyeuse sur un chalumeau aigrelet, accompagné au rebec par Felip.

— C'est Andreu, papa, qui joue du flûtiau. Et un des serviteurs s'est mis à danser.

Elle plaça sa main en visière pour se protéger du soleil.

— Pourquoi le cheval de l'évêque est-il sellé aujourd'hui ? demanda-t-elle.

En effet, luisant et harnaché, paré d'une bride frangée et ornée d'argent, le cheval de l'évêque marchait au pas derrière les chariots, à côté du garçon d'écurie chargé de veiller sur lui.

— Ah bon ? s'étonna Isaac. Son Excellence doit manifester de l'impatience devant notre lenteur, elle doit aussi se sentir mieux.

Un cri retentit à l'avant de la colonne, qui interrompit les musiciens. Le marmiton de l'évêque montrait frénétiquement un point au bord de la route.

Berenguer poussa sa mule et rejoignit le capitaine de sa garde.

— Qu'y a-t-il ?

— Un homme, Votre Excellence, sur le bas-côté, dit le capitaine. Là, juste sur la droite. Le gâte-sauce qui est allé le voir dit qu'il est vivant, mais grièvement blessé.

L'évêque mit pied à terre.

— Faites demander le médecin. Venez ensuite le voir.

Le capitaine envoya un cavalier chercher Isaac, puis il suivit l'évêque au sommet d'un petit tertre. Un jeune homme gisait dans un enchevêtrement d'herbes folles et de broussailles qui le dissimulaient à moitié. Son bras formait un angle anormal, et ses habits étaient trempés de sang.

— Ce garçon a la vue perçante pour l'avoir remarqué. On dirait qu'il a été délibérément caché.

— Il serait peu judicieux d'ignorer cette éventualité, Votre Excellence.

— Señor, demanda l'évêque avec force, vous m'entendez ?

Le jeune homme gémit.

— Nous avons un médecin avec nous. Il va prendre soin de vos blessures.

Le jeune homme ouvrit des yeux apeurés.

— Non, murmura-t-il.

Il ferma les paupières, les rouvrit et s'efforça de distinguer les visages qui se présentaient à lui.

— Qui êtes-vous ?

— Berenguer de Cruilles, évêque de Gérone.

— Dieu soit loué, fit le jeune homme avant de s'évanouir.

— C'est son bras, affirma Raquel. L'articulation est déboîtée et il est plein de sang.

— Quoi d'autre ? Peut-il parler ?

— Il est en pâmoison. Il semble jeune — vingt ou vingt-cinq ans, peut-être. Son visage est trop gris et trop hâve pour que je sois plus précise.

Le médecin s'accroupit à côté du jeune homme et Raquel guida sa main vers le bras blessé.

— Découpe ses habits afin que je le palpe.

Raquel prit les ciseaux d'argent qu'elle rangeait dans un petit sac accroché à son côté et coupa les dentelles qui fermaient la manche.

— Voilà.

— A-t-il d'autres blessures ? demanda Isaac après avoir laissé ses doigts courir sur le bras déformé.

— Oui, des entailles, mais il est difficile de dire si elles sont profondes.

— Yusuf, va chercher des linges propres dans la charrette. Est-ce qu'il a perdu beaucoup de sang ?

— Il y en a pas mal répandu à terre, papa, dit Raquel qui s'occupait à découper sa culotte de belle facture. Cela vient d'une blessure à la cuisse. Je suis désolée d'être si lente, papa, mais l'étoffe est gorgée de pluie ainsi que de sang. Il est difficile de faire mieux. J'ai coupé jusqu'au genou et même un peu plus loin. Le saignement a repris quand j'ai bougé l'étoffe avec mes ciseaux. Je crois...

— Chut. Laisse-moi le palper, tu me diras ensuite ce que tu penses.

Isaac fit descendre ses mains le long de la cuisse, s'arrêtant sur la chair meurtrie d'une blessure, puis continuant plus bas que le genou. Ses doigts étaient pleins de sang.

— Yusuf est-il là ?

— Oui, seigneur. J'ai apporté des linges. Et le sergent est venu pour vous aider au cas où.

— Va chercher de l'eau, du vin et une bassine.

À nouveau, ses doigts effleurèrent le genou.

— Dès qu'il revient à lui, Raquel, lave la blessure avec de l'eau et du vin et panse-la. Tu nettoieras ensuite le reste du sang, car je ne pourrai travailler si mes mains sont poisseuses.

— Il y a aussi beaucoup de sang sur ses doigts, dit Raquel.

— Peut-être a-t-il essayé d'étancher la blessure qu'il a à la cuisse, murmura-t-il. Je vais les toucher.

Il frôla l'une des mains du blessé avec la délicatesse d'un papillon, fronça les sourcils, voulut appuyer un peu plus fermement et ne réussit qu'à arracher un gémissement à l'homme à demi inconscient.

— N'y touche pas, Raquel. Yusuf est-il là avec l'eau ?

— Je suis ici, seigneur. Tendez vos mains que je les lave.

Dès qu'elles furent débarrassées du sang et séchées, Isaac se releva.

— Nous devons commencer par nous occuper de ce bras.

Il posa un pied contre le torse de l'homme pour le bloquer, saisit le bras bien au-dessus de la main et, d'un coup sec, le remit en place.

— Peut-on faire quelque chose pour sa main ? s'enquit le sergent.

— Peut-être, répondit Isaac, mais pas ici. Je dois d'abord savoir s'il a d'autres fractures. Comment est son autre main, Raquel ?

— Elle n'a rien, papa.

— Il me faut une planchette pour poser sa main dessus...

Il énuméra au sergent les choses dont il avait besoin.

— Ouvre sa tunique, ma chérie, dit-il ensuite à sa

fille. Nous devons savoir tout ce qui lui est arrivé avant de songer à le déplacer.

— Va-t-il vivre ? demanda l'évêque.

— Il l'a bien fait jusqu'à maintenant. Il semble accroché à la vie, lui répondit Isaac.

— Quelles sont ses blessures ?

— Un coup d'épée à la cuisse, assez profond et qui lui a fait perdre beaucoup de sang. Son corps, que ce soit sur les flancs ou dans le dos, porte de nombreuses marques.

— On l'aura battu ?

— Très certainement. Son bras était désarticulé et sa main écrasée.

— Torturé, dit l'évêque. Pris dans un combat à l'épée, capturé, frappé et torturé.

— Je ne vois pas de meilleure explication à ses blessures. Deux côtes sont cassées — je lui ai bandé la poitrine et nous avons attaché son bras et sa main à une planchette rembourrée. Je vais lui donner quelque chose pour le faire dormir et tenter de soigner ses doigts.

— Le sergent et le chef cuisinier sont les hommes les plus robustes et les plus calmes que je connaisse, dit l'évêque, qui les fit appeler.

— Ses habits sont trempés, et il grelotte de froid. Nous devons le sécher et le réchauffer. Tant que cela ne sera pas fait et que nous n'aurons pas vu comment il se porte, je ne pourrai dire en combien de temps il se remettra. Ma fille me dit que Naomi est déjà installée dans la charrette, elle pourra veiller sur lui. Quand il se réveillera, Votre Excellence, vous pourrez l'interroger.

— Je m'incline devant vos connaissances supérieures, maître Isaac. S'il est possible de le sauver, nous y parviendrons, et peu importe qui il est. Ami ou ennemi, c'est toujours une créature de Dieu.

Le jeune homme blessé fut déposé doucement sur des couvertures étalées sur la paille et les tapis déjà installés. Un oreiller moelleux fut placé sous sa tête. Raquel prit un gobelet de vin et d'eau dans lequel elle avait versé cinq gouttes d'un concentré amer et le porta à ses lèvres.

— Buvez ceci, señor, lui ordonna-t-elle. Vous vous sentirez bien mieux.

— Êtes-vous un ange descendu du ciel ?

— Non. Faites comme je vous dis.

— Mais je me sens déjà beaucoup mieux, reprit-il avec galanterie.

— Silence. Et buvez.

Quand il fut tombé dans un sommeil assez profond pour ne ressentir qu'en partie la douleur, Isaac entama le travail délicat qui consistait à remettre en place les os de sa main gauche. Raquel les cala avec de petits morceaux de bois retenus par de l'étoffe. Quand tous eurent été remis du mieux possible, elle plaqua son poignet sur une petite planche et la fixa à sa poitrine à l'aide d'un bandage.

— Il est heureux, dit-elle, qu'ils aient fait cela à sa main gauche. À sa façon de porter l'épée, je déduis qu'il est droitier.

— Ce n'est pas heureux, la corrigea Isaac, mais délibéré. Détruire la main dont on se sert le moins, puis menacer d'en faire autant avec celle qui reste. Cela suffit à faire parler.

— Croyez-vous que c'est ce qu'il a fait ?

— Non. Ils ont dû s'arrêter quand ils l'ont cru mort.

Cet incident avait immobilisé les voyageurs, et la plupart s'étaient regroupés à quelque distance des chariots, discutant et argumentant avec quiconque voulait les entendre.

— Je crois qu'on devrait le laisser là où on l'a trouvé, dit Ibrahim.

Comme c'étaient pratiquement les premières paroles qu'il prononçait, elles suscitèrent un intérêt considérable.

— Pourquoi ? demanda l'un des marmitons.

Ibrahim réfléchit. Donner la véritable raison — à savoir que ce jeune homme prenait sa place dans la charrette et qu'il lui faudrait à nouveau marcher et peut-être même mener la mule de son maître — ne lui vaudrait pas l'amitié de ses compagnons.

— C'est peut-être un coupe-jarret qui a été battu et laissé pour mort, et il nous tuera tous dans nos lits dès qu'il ira mieux, expliqua-t-il.

— Il y a du vrai là-dedans, surenchérit un garçon d'écurie.

Les servantes du couvent, qui s'étaient jusqu'ici tenues à l'écart du gros de la troupe, l'avaient néanmoins écouté avec grand intérêt.

— Il n'a pas l'air d'un coupe-jarret, objecta l'une d'elles. Il a plutôt l'air d'un beau gentilhomme, et c'est lui qui a été victime de coupe-jarrets. Et je ne me fierais pas à votre charité !

— On ne pouvait pas le laisser au bord du chemin, dit un palefrenier. Ç'aurait été mal de la part d'un évêque. Mais on aurait pu le déposer à la prochaine auberge, ils se seraient occupés de lui en attendant que ses amis viennent le chercher.

— Oui, dit le marmiton qui s'était assis sur un gros rocher pour découper un morceau du pain destiné au dîner. C'est une surcharge de travail.

— Tiens, donne-nous-en un peu, lui lança l'un de ses compagnons.

— Il n'y en aura pas assez pour tout le monde. Va nous chercher une ou deux miches.

Le cuisinier leur jeta un pain et envoya quelqu'un chercher à manger dans la charrette où s'entassaient les provisions.

— Il n'y aura pas assez à manger avec toutes ces bouches supplémentaires à nourrir, annonça un garçon d'écurie qui était depuis peu au service de Son Excellence et s'inquiétait de son prochain repas.

— Silence, dit une des servantes du couvent en se

tournant vers les deux musiciens que tout le monde appréciait déjà.

— Et pourquoi me tairais-je ?

La discussion se poursuivit jusqu'à ce que chacun trouve un coin où s'asseoir et manger son morceau de pain, en attendant que quelqu'un d'autre décide de ce qu'il convenait de faire.

Non loin des chariots, l'évêque et le capitaine de la garde menaient avec Isaac le même genre de discussion.

— A-t-on décidé ce que l'on fera de lui ? demanda le capitaine.

— C'est encore trop tôt, répondit Isaac. Je puis à peine dire dans quelle condition il se trouve.

— Nous aurons de la place pour le coucher.

— S'il peut supporter les cahots de la charrette, dit Berenguer.

— Nous n'avons malheureusement pas emporté de litière, reprit le capitaine. Mais, en toute humanité, nous ne pouvons l'abandonner ici.

— Le problème est de savoir si nous le laissons à la prochaine auberge, expliqua Isaac, ou chez les frères de Sant Pol. Je serai plus à même de juger de son état quand il se sera réveillé.

— Nous sommes donc d'accord ? Nous l'emmenons avec nous et prendrons plus tard notre décision, trancha Berenguer. Nous ferions bien de repartir.

Yusuf amena sa mule à Isaac et tint la tête de l'animal quand son maître l'enfourcha. Raquel monta sa propre mule et voulut en prendre les rênes, mais déjà Yusuf plaçait la douce créature derrière le chariot. Lentement, l'un après l'autre, chacun reprit sa place, et la colonne s'ébranla à nouveau sur la route.

Ils étaient à peine partis qu'Isaac perçut le galop d'un cheval derrière eux.

— Cette personne me semble bien pressée, murmura-t-il à l'adresse de sa fille.

— Oui, papa.

Elle se retourna pour voir de quoi il s'agissait.

— Papa... c'est un grand louvet. Je ne crois pas en avoir vu de plus gigantesque. Et la pauvre bête n'a pas de cavalier.

— Est-il sellé ?

— Oui, papa. Les étriers et les rênes volent au vent. Il ralentit maintenant qu'il nous a rattrapés.

Tout le monde regardait le cheval à présent. Quelques marcheurs tentèrent de saisir ses rênes quand il passa à côté d'eux, mais personne ne voulut s'approcher de ses sabots qui voletaient. Il arriva à la hauteur de la mule d'Isaac et se mit au pas.

— Il n'est pas du tout louvet, dit Raquel. Il est couvert de boue séchée. Et il a l'air terrorisé.

Yusuf s'empara des rênes pendantes et murmura quelque chose à la bête apeurée. Tant qu'il put le maintenir auprès de la mule du médecin, le grand cheval resta tranquille.

Le capitaine et le sergent s'approchèrent pour mieux le voir.

— C'est un bel animal, dit le capitaine.

— J'ai l'impression qu'il y a non loin d'ici un cavalier qui recherche sa monture. Si tu le laisses partir, mon garçon, dit le sergent à l'adresse de Yusuf, il regagnera son écurie.

Yusuf noua les rênes pour qu'elles ne gênent pas le cheval puis il les lâcha. L'animal continua de marcher calmement à côté de la mule — il ne cherchait nullement à s'échapper.

— Il semble apprécier la mule de maître Isaac, fit remarquer le sergent. Et son jeune apprenti.

— Oui, répondit le capitaine, mais il doit tout de même avoir un propriétaire.

Le sergent fit un signe de tête en direction du chariot.

— C'est possible, reprit le capitaine. Mais tant qu'on

n'en est pas certain, il vaudrait mieux envoyer quelqu'un sur la route pour se renseigner.

— Jusqu'où ?

— Jusqu'au château, je dirais. Il se renseignera et reviendra ensuite.

Le sergent alla parler à l'un des palefreniers et le capitaine se retrouva à côté de Raquel.

— Est-ce que les chevaux peuvent se lier d'amitié avec d'autres animaux ? demanda la jeune fille.

— C'est étrange, mais cela peut arriver, dit le capitaine. J'en ai justement connu un qui...

Sur ce, il prit la bride de la mule d'Isaac et, pendant toute cette fin de matinée, rapporta des histoires de chevaux amis avec des animaux domestiques.

Le jeune homme dormit profondément jusqu'au moment où le groupe s'arrêta pour un dîner tardif. Le repas de la mi-journée — moins élaboré que celui de la veille — fut préparé par les cuisiniers de l'évêque. Naomi se demandait comment bien faire la cuisine et veiller sur son nouveau compagnon quand celui-ci s'éveilla. Elle le confia à son maître pour ne plus se consacrer qu'à ses ustensiles.

— Comment allez-vous ? lui demanda Isaac.

— J'ai soif.

Raquel lui souleva la tête et porta un gobelet à ses lèvres. Il but avidement et retomba sur les coussins.

— Je vous suis très reconnaissant — non, en toute honnêteté, je suis étonné d'avoir trouvé des sauveteurs aussi charitables. Êtes-vous le magicien qui a remis en place ma main et mon bras ?

— Pas un magicien, dit Isaac, mais un simple médecin. Depuis combien de temps votre bras était-il déboîté ?

— Quand m'avez-vous trouvé ?

— En milieu de matinée. Vous sembliez avoir passé toute la nuit sous l'orage. Vous étiez trempé.

— Hier, peu avant le coucher du soleil. Je ne pourrais vous dire l'heure exacte.

— Vous êtes donc resté ainsi plus d'une demi-journée, murmura Isaac en secouant la tête.

— Comment est-ce arrivé ? demanda Berenguer.

— J'étais...

Il respira à fond et reprit.

— J'étais à cheval, il était tard et je cherchais une auberge quand j'ai été assailli par des voleurs. J'ai tiré mon épée pour me défendre et en ai marqué quelques-uns, mais l'un d'eux m'a frappé à la cuisse.

Il s'arrêta et Raquel lui donna à boire.

— Cela m'a affaibli, et tous se sont jetés sur moi. Ils m'ont mis à bas de ma monture. C'est là que je me suis blessé. Je suis très mal tombé.

— Une telle blessure pour une chute ? s'étonna Isaac.

— Oui. Ils m'ont dérobé ma bourse, mon épée et mon cheval, et ils m'ont tiré sur le bas-côté pour poursuivre leur chemin, du moins je le suppose. C'est surtout mon cheval que je regrette. Nous avons vécu beaucoup de choses ensemble.

Berenguer le contempla d'un air songeur.

— Je vous prie d'excuser notre piètre confort. Vous ne devez pas être bien dans cette charrette.

— Oh, je suis bien mieux que la nuit dernière, répondit le jeune homme. Et puis, j'ai une garde très attentionnée.

— Ah, Naomi... c'est ma cuisinière. Elle aime pardessus tout s'occuper des malades. Nous ne lui apportons pas grand-chose de ce côté-là. Mais dis-moi, Raquel, quelle mine a-t-il ?

— Il est toujours très pâle, papa, mais son regard est clair. Il est un peu fiévreux.

— Il serait étrange qu'il ne le fût pas.

— Mon Dieu, s'écria le jeune homme, vous ne voyez pas ! Vous avez remis en place mon bras et ma main, vous avez pansé ma blessure, et vous ne voyez pas ! Vous êtes un magicien.

— Non, mon fils, dit l'évêque. Pas un magicien, rien qu'un homme fort habile. Doit-on le conduire à l'auberge, maître Isaac ? Elle ne se trouve pas très loin d'ici.

— Il sera mieux auprès des moines, Votre Excellence. Leurs soins compenseront la longueur du trajet.

— Je vous supplie, Votre Excellence, de m'emmener avec vous si vous allez jusqu'à Barcelone. Je supporterai de voyager, dans ces conditions luxueuses.

Sa voix s'épaissit et il toussa pour s'éclaircir la gorge.

— Attendons ce soir pour voir comment il va, proposa Isaac.

— Bien, dit Berenguer. Nous vous conduirons à Sant Pol et saurons ainsi si vous supportez le déplacement.

Naomi lui souleva doucement les épaules et approcha le gobelet de ses lèvres. Mais, au lieu de boire, il regarda quelque chose, au-delà des épaules de l'évêque. Berenguer se retourna et découvrit le grand cheval noir.

— Vous devez boire, señor, lui dit Naomi.

— Pardon, fit le blessé, j'admirais ce bel étalon.

Il but et retomba, épuisé.

— Et comment pouvons-nous vous appeler, jeune homme ? demanda Berenguer. Puisque nous allons voyager de conserve pendant quelque temps.

— J'ai manqué de courtoisie, Votre Excellence, en ne songeant qu'à mes propres maux. Je suis... Gilabert. Vous pouvez m'appeler Gilabert.

— Fort bien, Don Gilabert.

— Simplement Gilabert. Je suis issu d'une famille honnête et respectable mais modeste.

— Et où cette famille modeste réside-t-elle ?

— Entre Barcelone et Tarragone.

— Que pensez-vous du jeune Gilabert, maître Isaac ? demanda Berenguer.

— C'est un menteur, mais un jeune homme agréable.

— Oui. Peut-être un cavalier expérimenté pourrait-il se faire cela au bras quand on le jette à bas d'un animal qui, selon ses dires, se tenait tranquille, mais comment s'est-il écrasé les doigts et brisé deux côtes de l'autre côté du corps ? Sans parler de son dos. Quelqu'un lui aura fait cela.

— Assurément.

— Ce n'est pas quelqu'un qu'il protège, en tout cas, car qui protégerait un ennemi aussi pervers ?

— Non. C'est peut-être quelqu'un qu'il fuit.

— Ou qu'il poursuit, non ? Il a d'exquises manières pour un jeune homme d'aussi modeste extraction, maître Isaac. Il m'intéresse beaucoup.

Le capitaine s'approcha d'eux alors qu'ils se préparaient à repartir.

— Votre Excellence, dit-il, le palefrenier envoyé retrouver le maître du cheval est revenu. Personne ne signale sa disparition. Quand je l'ai vu pour la première fois, j'aurais parié qu'il n'avait pas parcouru une longue distance.

— Je crois, dit Berenguer, que nous allons également l'emmener avec nous.

CHAPITRE VII

Sant Pol de Mar

Quand ils arrivèrent à Sant Pol de Mar, le soleil était bas et jouait sur la crête des vagues qui se brisaient sur les rochers et le sable de la grève. Cette visite au monastère n'était ni nécessaire ni pratique — même s'il y avait bien des points que le père abbé et l'évêque voulaient aborder à leur avantage mutuel —, mais Berenguer s'accrochait à cette excuse pour prendre la route de Barcelone.

Un des gardes était parti en avant pour prévenir les frères de leur arrivée imminente. Ils furent accueillis dans la cour par l'abbé et l'infirmier.

Le père abbé semblait sidéré, l'infirmier effaré.

— Vous avez avec vous un homme grièvement blessé ? répéta l'abbé comme si ces mots n'avaient eu aucun sens pour lui la première fois.

— Tout à fait. Dans la charrette. Cela pose-t-il un problème ? Nous pouvons vous aider à prendre soin de lui, pour cette nuit tout au moins.

L'infirmier hocha la tête avec humilité.

— Nous ferons de notre mieux pour lui, Votre Excellence. Je crains, cependant, qu'il y ait des... complications.

— Des complications ?

— Parmi les novices. Et certains frères d'âge plus

avancé. Ils souffrent des fièvres et se plaignent de maux de gorge. L'infirmerie est surchargée, et mes aides manquent cruellement de sommeil.

— Avez-vous de quoi nous loger tous ?

— Nous disposons d'assez de lits, sans compter les bancs du réfectoire, mais nous avons peu de choses à vous offrir et notre hospitalité est bien modeste. Le peu que nous avons, nous vous l'offrons bien volontiers. Cependant, ce malade...

— Le contact avec des fiévreux n'aiderait en rien ce jeune homme, fit remarquer Isaac. Avez-vous loin de ces gens un endroit où il puisse se reposer ?

— Certainement.

— Si vous nous donnez un toit, trancha Berenguer, nous nous occuperons seuls de nous-mêmes. Nous avons assez de cuisiniers, de nourriture et de serviteurs pour nourrir et servir notre compagnie ainsi que tous les frères assez bien portants pour s'asseoir à notre table.

— Le frère Johan vous montrera le chemin et vous apportera toute l'assistance dont vous avez besoin.

Gilabert fut conduit dans une grande pièce aérée, pourvue d'un lit douillet. L'infirmier l'examina et secoua la tête.

— Il est très malade, Votre Excellence. Il y a peu que nous puissions faire pour lui, je le crains.

— Il s'est remarquablement remis depuis que nous l'avons découvert ce matin, observa Berenguer.

— Le bon frère a cependant raison, intervint Isaac avec diplomatie. Dans ces cas, après une brève rémission, la fièvre fait souvent son œuvre pour emporter le plus robuste des hommes.

— Précisément, surenchérit l'infirmier. Il vaut mieux le tenir à l'écart de nos frères malades ou de ceux qui veillent sur eux. J'oserais suggérer un bon bouillon. Pensez-vous que c'est recommandable ?

— Un bon bouillon et une chambre à l'écart, c'est exactement ce que je conseillerais, dit Isaac. Et nous avons avec nous suffisamment de gens aptes à garder les malades. Vos cuisines pourront-elles nous fournir du bouillon, ou devrais-je demander à nos cuisiniers...

— Ne dérangez pas les cuisiniers de Son Excellence !

L'infirmier imaginait très bien le chaos et la mauvaise volonté que cela susciterait dans les cuisines.

— Nous lui donnerons un excellent bouillon. Et s'il peut le supporter, peut-être un œuf battu et du vin.

— Rien ne pourrait être meilleur, conclut Isaac.

L'infirmier partit alors donner des ordres avec une double impression, celle d'avoir évité à ses aides une nuit impossible et celle d'avoir fait grand bien à un hôte de santé défaillante.

Quand l'évêque vint voir comment allait la jeune victime, la pièce était déjà pleine de visiteurs. Isaac était penché, l'oreille posée contre la poitrine du blessé. Près du lit, Raquel avait une bougie toute prête à la main.

— Comment allez-vous, jeune Gilabert ? s'enquit l'évêque.

— Je suis entouré d'excellentes personnes et ne manque de rien.

Comme l'évêque lui adressait un sourire rassurant et se préparait à repartir, le jeune homme leva sa main indemne pour l'attraper par la manche.

— Mille pardons, Votre Excellence, mais puis-je parler ?

— Certainement, si cela ne vous fatigue pas trop.

Berenguer s'assit sur la chaise placée près du chevet du patient et se pencha vers lui.

Gilabert relâcha son étreinte et parla à voix basse.

— Votre Excellence, je ne me rends compte que maintenant que vos compagnons et vous-mêmes vous rendez à Tarragone. Je vous supplie de ne pas me laisser dans ce monastère — si doux soient les moines — et de m'emmener avec vous.

— C'est un voyage très éprouvant pour qui est dans votre état.

— Non, non, pas du tout. Je suis très fort, je vous

l'assure. J'ai survécu à pire que cela. Et si je ne survis pas cette fois-ci, je serai plus heureux dans les mains de Dieu que dans celles des hommes. Non, je vous en prie, ne m'interrompez pas avant que je vous aie tout dit. Mon père vit dans une minuscule *finca*, elle est très pauvre, mais c'est la sienne, et j'ai récemment appris qu'il était très malade et souhaitait me revoir avant sa mort.

Il chercha son souffle.

— Votre Excellence, nous avions échangé des propos terribles avant mon départ, et je ne pourrais supporter de le voir descendre dans la tombe sans qu'il sache combien je regrette chacun de ces mots, sans qu'il sache que je l'aime et le révère plus que tout autre homme sur cette terre. Si je meurs en tentant de le retrouver, qu'il en soit ainsi. J'aurai essayé. Mais je prie... Votre Excellence, c'est Dieu qui vous a envoyé à moi. Être découvert sur le point de mourir par un saint évêque, accompagné d'un habile médecin... ce n'est pas là un simple coup de chance. Qui d'autre pourrait me ramener aussi bien chez moi ?

— Vous plaidez votre cause avec beaucoup d'éloquence, jeune homme, dit Berenguer. Je parlerai de cela avec le médecin et, si cela nous est possible, nous accéderons à votre requête.

— Est-il en état de voyager ? demanda Berenguer.

Isaac secoua la tête.

— Le problème est plutôt de savoir s'il est raisonnable de le laisser dans une maison où ceux qui ont les capacités de le soigner sont eux-mêmes en proie à l'infection. Non, nous ne pouvons le laisser ici. Il faut l'emmener avec nous.

— Et ensuite ?

— À Barcelone, avec la permission de Votre Excellence, il viendra avec moi. Nous séjournerons dans la maison de Mordecai ben Issach, un médecin de ma connaissance. Là, il recevra tous les soins possibles.

Après, nous aviserons. J'ai la ferme impression qu'il n'est pas encore marqué par la mort, même si l'expérience et le bon sens me disent que son emprise sur la vie est plutôt précaire en cet instant.

— J'aimerais le conduire à la maison de son père, dit l'évêque.

— Si c'est possible, Votre Excellence, vous le ferez. Mais son état empire. La fièvre monte. Cette nuit, il aura besoin de beaucoup d'attention.

Ce fut une très longue nuit que celle passée au monastère de Sant Pol de Mar. Naomi fut envoyée se coucher, assez fermement d'ailleurs, par Isaac.

— Qui veillera sur lui demain matin, lui dit-il, si tu dors debout ?

En rechignant, elle lui obéit.

Il se tourna alors vers sa fille.

— Moi aussi, je dormirai, quelque temps tout au moins. Que l'on n'hésite pas à me déranger si l'on a besoin de moi. On m'a donné une chambre toute proche.

— Yusuf marche depuis deux jours, papa. Il garde difficilement les yeux ouverts.

— Dans ce cas, lui aussi pourra se reposer.

— Je resterai auprès du jeune homme, déclara Raquel. Ce ne sera pas la première fois.

— Moi aussi, Isaac, je resterai auprès de lui, fit une voix familière. Raquel et moi nous partagerons la tâche.

— Judith, ma mie, s'étonna le médecin, n'êtes-vous pas harassée par le voyage ?

— C'est une question qu'il faudrait poser à la mule qui me porte, répliqua-t-elle d'un ton acerbe. Comment pourrais-je être fatiguée ? Je serai la première à le veiller. Raquel a besoin de dormir quelques heures. Elle ne cesse de bâiller depuis une heure ou deux.

— Pouvons-nous nous aussi vous aider ?

Raquel sursauta en entendant cette voix agréable.

— C'est Andreu, dit-il modestement. Si vous voulez bien vous rappeler le pauvre musicien de la nuit dernière. Maître Isaac, maîtresse Judith, maîtresse Raquel... Pardonnez-moi si je vous ai effrayés.

Il les salua de façon théâtrale.

— J'ai quelque expérience dans les soins à porter aux malades.

— Moi aussi, renchérit Felip qui s'était matérialisé derrière lui. Nous pouvons porter un malade si besoin est, et nous adorons aller chercher ce que l'on nous demande. Nous sommes aussi plus dignes de confiance que nous n'en avons parfois l'air quand nous avons nos instruments à la main et que nous sommes vêtus de nos habits un peu fantaisistes.

— Excellent, déclara Judith qui les avait observés et jugés compétents. Nous serons quatre, ainsi. Vous nous serez très utiles. Raquel et moi nous relaierons et vous ferez de même, à moins qu'il n'aille plus mal. Mais les autres ne doivent pas trop s'éloigner. Y a-t-il d'autres chambres près de celle-ci ?

— Mon premier travail consistera à le découvrir, répondit Andreu.

— Et moi je m'occuperai du feu, ajouta Felip. Le vent de la mer se lève et le feu se meurt. Je vais chercher du bois pour le ranimer. Nous revenons tout de suite.

Les autres discutaient toujours de ce qu'il fallait faire quand les musiciens revinrent avec un gros fagot et une marmite noire pleine de bouillon. Felip raviva le feu et Andreu posa la marmite sur la plaque. Puis il plongea la main dans sa capuche et en sortit une grosse miche de pain.

— Avec les prières et les souhaits de la cuisine pour la guérison de notre compagnon. Les frères ont remarqué que ceux qui veillaient la nuit auprès des malades avaient également besoin de se sustenter. Je reviens dans un instant avec autre chose. J'ai aussi trouvé deux cellules vides non loin de celle-ci. Les fièvres et les maux de gorge ont quelque avantage : leurs occupants habituels sont à l'infirmerie.

Il était aussi efficace qu'il le prétendait. Il revint donc avec une grosse cruche de vin, une coupe chargée de fruits secs et de noix et, posée sur celle-ci, une autre coupe pleine d'olives provenant des oliviers du monastère.

— Ceux qui ont choisi de dormir cette nuit vont manquer le meilleur.

— Vous vous êtes montré très persuasif avec les habitants de la cuisine, semble-t-il, fit remarquer Judith.

— J'ai promis de bientôt revenir les voir et de les distraire avec mes chansons tandis qu'ils travaillent. Entre l'arrivée quasi inopinée de tant de monde et la maladie qui frappe les moines, les frères convers travaillent jour et nuit.

Judith l'envoya amuser le personnel de cuisine et prendre un peu de sommeil, Raquel se retira dans la chambre voisine et le calme revint. Judith tamponna le front du jeune homme, le força à boire. Un peu de bouillon, une gorgée de vin coupé d'eau, une cuillerée de tisane à la menthe, une autre d'infusion apaisante à base de gingembre et d'épices aromatiques. Puis elle le laissa dormir, écoutant ses murmures et les cris qu'il poussait parfois. Elle se demandait quelles horreurs il pouvait bien voir dans ses rêves.

Peu de temps avant que Raquel ne prenne le relais de sa mère, la fièvre de Gilabert se mit à monter.

— Je dois dormir un moment, fit Judith à voix basse. Je reviendrai bientôt. Donne-lui encore à boire. Humecte ses lèvres et veille à ce qu'il n'ait pas trop chaud. S'il va plus mal, fais-nous appeler, ton père et moi.

Raquel embrassa sa mère et s'assit près du lit. Elle mouilla un morceau d'étoffe et épongea la sueur qui se formait sur le front de Gilabert. À un moment, ce dernier ouvrit les yeux.

— Est-ce que je suis déjà mort ?

Raquel le fit taire en lui donnant un peu de bouillon. Ses paupières se refermèrent.

Judith revint peu après.

— J'ai dormi quelque temps. Je vais me reposer ici, à moins que tu aies besoin de moi.

Andreu et Felip continuaient d'apporter de l'eau fraîche et des chiffons propres. Ils alimentèrent le feu et offrirent aux deux femmes du pain, des olives et des fruits.

Gilabert s'agita dans son lit, cherchant à remuer sa main blessée, puis tirant sur les bandes qui la lui plaquaient au corps. Raquel posa une main ferme sur son bras, mais elle fut repoussée.

— Maman, venez m'aider. Il essaye de se dégager. Et s'il bouge trop, je crains qu'il n'abîme aussi les pansements de sa jambe. Ils ne sont pas trop serrés, ajouta-t-elle. Il est très fort, et je ne puis le contenir.

— Nous devons aller chercher ton père, dit Judith.

Andreu, qui se tenait tout près de Raquel, désireux de l'aider, quitta la pièce sans un mot.

Isaac écouta patiemment le cœur de son patient et sa respiration difficile, s'appuyant sur lui pour qu'il ne bouge pas pendant l'examen.

— Nous devons le calmer et faire baisser sa fièvre, fit-il en se redressant. J'avais espéré que sa forte constitution viendrait à bout des pires effets de son expérience, mais peut-être était-ce trop demander.

— Pourquoi vous montrez-vous si hésitant, papa ? l'interrogea Raquel.

— Parce qu'il a besoin de calme et de repos, et bientôt nous devrons le contraindre à partir d'ici. De plus, il y a le bien et le mal dans chaque médicament. Tu le sais. L'usage de ces substances n'est pas aisé. Mais mesure bien les quantités et humecte-lui-en les lèvres. Andreu lui maintiendra les épaules sur le lit.

Felip avait rejoint son compagnon tandis qu'Isaac se penchait vers le malade.

— Je m'en chargerai, dit-il, mes bras sont plus longs que ceux de mon ami.

— Où en est la nuit ? demanda Isaac.

— Les premières lueurs de l'aube troublent le ciel, répondit Andreu. Et le vent est tombé.

Raquel effleura les lèvres du jeune homme avec la puissante décoction et, peu à peu, ses épaules s'affaissèrent, son bras intact retomba sur le côté et il s'endormit.

— Il est calme, papa. Est-ce que je dois...

— Ne lui en donne plus. Mets seulement de l'eau sur ses lèvres, et laisse-le dormir.

Isaac regagna sa chambre, laissant son épouse et sa fille auprès du patient. La lumière s'affirmait au-dehors et pénétrait par les fentes des volets pour rendre blafarde la lueur de la bougie. Raquel observa attentivement le jeune homme.

— Sommes-nous sur le point de gagner, maman ?

— En tout cas, nous ne sommes pas battus. Va faire ta toilette et te préparer. Tu te sentiras mieux.

Dans le couloir, Raquel perçut les bruits du monastère qui se réveillait. Andreu apparut, porteur d'une cruche et d'un panier recouvert d'un linge.

— Les frères sont déjà debout et ne vont pas tarder à éveiller les autres, dit-il.

— Devons-nous partir bientôt ? Il vient seulement de s'endormir.

— Je ne puis vous répondre. Mais j'ai apporté du poulet froid et quelques autres friandises venues de la cuisine. Avec votre permission, maîtresse, nous déjeunerons en votre compagnie dans la chambre du malade, puis nous remballerons nos propres affaires et reviendrons vous aider à hisser notre pauvre jeune seigneur dans la charrette.

— Jeune seigneur ?

— Ce n'est qu'une manière de parler un peu affectée, maîtresse Raquel. Avec tous ses serviteurs, ce ne peut être qu'un seigneur, pour le moins.

Elle rit et revint auprès de sa mère, où ils déballèrent le contenu du panier. Pas une seule fois au cours de cette longue nuit sans sommeil Raquel n'avait eu le temps de songer à ses propres craintes.

Berenguer entra dans la chapelle bien avant prime, suivi de Bernat et de Francesc, les yeux encore bouffis d'avoir été tirés de leur lit quelques minutes auparavant. L'évêque s'agenouilla pour prier, évitant ainsi toute question et surtout toute récrimination, et il demeura dans cette attitude jusqu'à l'arrivée du chœur et des moines. Il attendit la fin du service religieux pour s'adresser à son secrétaire et à son conseiller.

— Rassemblez vos affaires et venez au réfectoire. Nous déjeunerons d'une bouchée de pain tandis qu'ils sellent ma monture. La cuisine du monastère nous a préparé de quoi nous sustenter sur la route.

— Nous partons ?

— Oui. Le plus tôt possible. Nous serons à Barcelone à temps pour dîner. Les palefreniers sont debout et vont bientôt charger les charrettes. Mais nous ne les attendrons pas. J'ai l'intention de m'en aller avant même que vous puissiez dire un Pater noster.

Tout en parlant, il se dirigeait à grands pas vers le réfectoire.

— Le jeune homme a survécu à cette nuit, poursuivit-il. Nous attendions seulement cette nouvelle.

— Mais, Votre Excellence, votre genou ! s'écria Francesc.

— Le spectacle de ce jeune homme m'a fait comprendre que moi seul accordais de l'importance à mon genou. Peut-être dois-je y ajouter mon médecin. Si vous êtes rapides, mes amis, vous n'aurez pas à voyager le ventre vide.

Avant que les charrettes fussent chargées, avant même que les palefreniers eussent déjeuné, Berenguer et ses deux prêtres — escortés par deux gardes — firent leurs adieux aux moines de Sant Pol et partirent tranquillement pour Barcelone.

Plus d'une heure plus tard, un petit groupe attendait dans la cour, prêt à s'en aller. Le train des chariots à bagages s'était déjà ébranlé, laissant les autres le rattraper comme ils pouvaient. Tous les serviteurs étaient partis, à l'exception d'un palefrenier. Le sergent sortit des écuries à vive allure et remarqua Yusuf.

— Eh bien, jeune Yusuf, le toisa-t-il, je croyais que, toi aussi, tu t'en étais allé. Mais comme tu n'es pas lourd, tu pourras te mettre en selle derrière moi jusqu'à ce que nous les rattrapions, si cela ne t'effraye pas, bien entendu.

— Pas du tout, sergent, répondit-il poliment.

— Sergent, qu'est-ce qu'on fait de l'étalon noir ? appela le palefrenier. On le laisse ici ? Il devrait déjà être parti.

— Je vais le monter, dit Yusuf avec assurance.

— Toi ? Qu'est-ce que tu sais de l'art de l'équitation ? Ce n'est pas un petit âne que nous avons là !

— Je crois qu'il sait beaucoup de choses, intervint Isaac. N'est-ce pas, Yusuf ?

— Oui, seigneur. J'ai monté toute ma vie, jusqu'à...

— Il est allé de Grenade à Valence à cheval, renchérit le médecin. Vous devriez le laisser essayer.

— Mets-toi en selle, ordonna le sergent.

Le cheval quitta l'écurie. Il avait été débarrassé de sa boue et sa robe luisait d'avoir été étrillée : on eût dit un autre animal. Yusuf le prit des mains du palefrenier, posa un pied dans l'étrier et se hissa en selle comme s'il escaladait un haut mur. Sous leurs regards, il se pencha pour raccourcir les étrivières, puis fit trotter l'étalon dans la cour. Il lui tourna alors la tête et le ramena vers le sergent. Il faisait tout son possible pour dissimuler sa satisfaction derrière un masque désabusé.

— Il a une excellente allure, mais il est plus grand que les chevaux auxquels je suis habitué. Je suis certain d'être tout vermoulu demain matin.

— Tu es un drôle de gamin, dit le sergent. Où as-tu appris à monter ?

— Chez moi, répondit-il un peu gêné. J'ai toujours été à cheval, aussi loin que je puisse m'en souvenir.

— Dans ce cas... ça épargnera à l'un des palefreniers de le tenir. Et je suis sûr que son maître n'y trouvera rien à redire.

L'étalon fut surpris par l'éclat de rire général et fit un écart loin de la foule. Le palefrenier accourut pour le saisir par la bride, mais une voix l'en empêcha.

— Attends. Voyons ce que ce garçon sait faire.

Le sergent regarda attentivement Yusuf calmer le cheval et le mettre au pas près de la mule de son maître.

— Cet enfant a dit vrai. En route, messires, une longue journée nous attend.

Il avait à peine fini de parler que sa propre monture franchissait la porte du monastère et s'engageait sur la route de Barcelone.

Le chemin qui s'offrait à eux était assez fréquenté et il semblait improbable qu'ils puissent rencontrer des problèmes ; c'est pourquoi seuls deux gardes les escortaient, dont l'un était entièrement voué à la surveillance de Sor Agnete. Deux autres étaient partis avec l'évêque, et le capitaine avait assigné les deux derniers à la surveillance du train de chariots.

— Nous rattraperons bientôt nos compagnons, maître Isaac, dit la voix plaisante du sergent. Trouvez-vous votre mule à votre goût ?

— C'est une bonne bête, reconnut Isaac. J'en ai monté de pires à maintes reprises.

— Vous êtes habitué à leur allure ?

— Eh oui, sergent. Quand j'étais enfant et jeune homme, j'ai parcouru de nombreuses lieues à dos de cheval ou de mule, j'ai monté des bêtes de tout genre, certaines têtues, nerveuses et imprévisibles, d'autres d'excellente nature. Les mules de Son Excellence sont des créatures supérieures.

— Oui, c'est une bête patiente et docile. Le capitaine vous l'a lui-même choisie.

— Elle doit effectivement l'être puisque ma fille, qui n'a rien d'une amazone, est capable de la conduire.

— Elle sera bientôt dégagée de cette responsabilité, maître Isaac. Je prendrai moi-même les rênes.

Il s'avança pour joindre le geste à la parole.

— Je vais me charger de la mule de votre père, maîtresse Raquel. Vous jouissez depuis déjà longtemps de ce privilège. Nous pourrions même tenter un bref galop, ajouta-t-il en riant.

Menée par le sergent, la mule marcha aussitôt d'un pas plus rapide. Tous accélérèrent, et ils commencèrent à combler leur retard.

C'était un groupe silencieux. La nuit de veille de Raquel faisait payer son dû. Ses pensées confuses allaient de la route à la maison pour se changer en rêves éveillés où Daniel gisait, grièvement blessé : quand elle tentait de l'aider, il se transformait de façon inexplicable pour prendre les traits du jeune étranger. Les religieuses chevauchaient sans échanger le moindre mot. Marta tenta bien de converser avec l'abbesse mais, devant son mutisme, elle abandonna. Timide et malheureux, privé de la présence amicale de Bernat et de Francesc, leur prêtre et confesseur regardait fixement la route qui s'ouvrait devant lui.

— Sommes-nous encore loin de Barcelone ? finit par demander Raquel. Est-ce là la montagne qui domine la ville ?

Elle désignait un sommet qui se dressait en direction du sud-ouest.

— Oh non, maîtresse Raquel, lui répondit le sergent, nous ne sommes pas aussi près. Nous aurons de la chance si nous arrivons avant le coucher du soleil.

— Nous allons tout de même plus vite qu'hier, sergent, dit le prêtre.

— C'est vrai, mais ceux qui nous devancent sont plus

lents que nous et vont encore ralentir. La chaleur aidant, la fatigue se fera sentir.

Dès qu'il eut prononcé ces mots, chacun prit subitement conscience que le soleil était de plus en plus chaud. Porteuse d'odeurs de poisson et de sel, et aussi de toutes les fragrances mystérieuses de la mer, une brise légère les avait rafraîchis, mais chaque fois que la route serpentait derrière les collines omniprésentes qui protégeaient la côte des vents du large, la matinée printanière ressemblait à un après-midi estival. Les bêtes ralentissaient et cherchaient à s'écarter du chemin, et leurs cavaliers perdaient leur bonne humeur au fur et à mesure qu'ils avançaient.

Devant eux, le train des chariots s'était engagé sur une longue ligne droite bien abritée. Comme Gilabert, Naomi et Judith avaient investi l'un des véhicules et que les bagages s'empilaient dans l'autre, tous ceux qui étaient censés aller à pied durent effectivement le faire au lieu de profiter d'une charrette. Quelques-uns auraient pu marcher nuit et jour auprès de la mule la plus robuste, sans jamais se plaindre, mais les autres ne cessaient de ronchonner.

À la place privilégiée qu'il occupait dans le chariot, Gilabert, brûlant de fièvre, se réveillait parfois pour retomber aussitôt dans l'inconscience.

— Nous devrions nous arrêter un peu, maîtresse, dit Naomi. Il va plus mal. Tous ces cahots ne sont pas recommandés.

— C'est possible, lui répondit Judith, mais je crois que c'est la chaleur de la route qui l'affecte le plus.

Elle passa un linge humide sur son visage et son cou, puis sur sa main intacte et son avant-bras. Quand elle déplaça le bandage posé sur sa jambe, elle fronça les sourcils.

— Il faut s'occuper de sa blessure. Et nous devons reconstituer nos réserves d'eau fraîche.

— Comment va votre patient, maîtresse Judith ? lui

demanda le capitaine de la garde ainsi qu'il le faisait souvent depuis le début du voyage.

— Pas très bien. Nous devons nous arrêter prendre de l'eau et panser sa plaie.

— Son Excellence m'a prié de m'assurer qu'il reçoive les meilleurs soins, et j'y veillerai, même s'il est encore tôt. Mais l'endroit n'est pas idéal pour une halte.

— Non, dit Judith en regardant autour d'elle, je suis de votre avis, capitaine.

— À une demi-lieue d'ici, la route s'élève pour conduire à un bosquet de part et d'autre d'une rivière. Nous y trouverons de l'ombre et de l'eau fraîche, pour lui et les bêtes.

— Mais nous venons de dépasser un cours d'eau. Je me suis étonnée que vous ne nous ayez pas fait arrêter pour au moins nous permettre de prendre un peu d'eau.

— Il est boueux et d'un cours trop lent, maîtresse Judith. Je n'y abreuverais pas les bêtes si je pouvais en trouver un meilleur. Celui dont je vous parle est clair et rapide, nous nous y arrêterons, dit-il avec fermeté.

Effectivement, peu de temps après, la route s'éleva et le vent souffla à nouveau. Derrière eux, les retardataires et leurs gardes supplémentaires les rattrapaient doucement. Felip décrocha l'instrument qu'il portait dans le dos et se mit à jouer. Andreu but un peu d'eau à une outre et chanta. Bientôt la moitié des marcheurs se joignirent à eux. Les mules avançaient d'un pas pesant dans la côte, puis elles atteignirent le bosquet et son ruisseau limpide.

Gilabert fut transporté jusqu'à un endroit paisible et frais, sous un chêne, et Raquel défit aussitôt les bandages qui recouvraient sa cuisse. Les palefreniers emmenèrent boire les mules, et chacun se mit à l'écart pour se laver le visage, les mains, bien souvent les pieds et le reste du corps.

Isaac envoya chercher le capitaine de la garde.

— Votre patient semble poser des problèmes, dit ce dernier. Je le lis dans les regards de tous.

— C'est tout à fait exact. Sa blessure s'est rouverte. Nous l'avons nettoyée et couverte une fois de plus d'herbes cicatrisantes, mais même une seule heure de repos avant de repartir lui serait profitable.

Il s'arrêta de parler et attendit une réponse. Comme celle-ci ne venait pas, il poursuivit.

— Je me rends bien compte, capitaine, que ce n'est pas le moment idéal pour faire halte. La journée est chaude et le sera encore plus avant peu. Cela nous obligerait à voyager quand nous devrions nous reposer.

— Ah, nous ferons contre mauvaise fortune bon cœur, s'exclama le capitaine. Je n'aimerais pas voir mourir ce jeune homme parce que j'aurais épargné une heure ou deux de soleil à cette bande de paresseux. De plus, la route redescend bientôt vers la plaine, comme vous le savez certainement. Le soleil sera chaud, certes, mais la progression plus facile, et un petit vent marin devrait se lever. Prévenez-moi quand vous voudrez repartir. J'ai certains préparatifs à assurer.

Sur ce, le capitaine partit à grandes enjambées vers les chariots. Les cuisiniers bavardaient à l'ombre d'un arbre.

— Je crains, leur dit-il sans préambule, que nous ne devions nous attarder quelque temps ici. Le jeune homme va de plus en plus mal. Je préférerais ne plus m'arrêter ensuite. Nous n'atteindrions jamais Barcelone.

— Combien de temps reste-t-on ? demanda le chef cuisinier.

— Une heure ou plus.

— Bien. Nous avons le temps de préparer un repas qui se mangera froid plus tard. Nous n'avons assurément pas parcouru plus de deux lieues et demie ou trois lieues.

— Ce serait trop beau. Nous ne sommes qu'à deux lieues de Sant Pol. J'escomptais faire deux fois plus de route avant de m'arrêter.

Les changements de plan furent mis en œuvre avec une vitesse étonnante. Dès que Naomi vit le cuisinier de l'évêque faire du feu, elle appela Abraham, et son propre dîner fut en route. Les palefreniers laissèrent paître les bêtes, les gardes jetèrent un coup d'œil rapide au site et le reste du groupe s'éparpilla à l'ombre.

Chacun s'installa confortablement pour somnoler, à l'exception des cuisiniers qui travaillaient et des gardes qui fouillaient lentement les lieux à la recherche d'un éventuel danger. Cela accompli, ils firent leur rapport et se séparèrent à nouveau pour monter la garde. Le capitaine regarda le sergent et secoua la tête.

— Cet endroit ne vous plaît pas ? demanda le sergent.

— Au contraire, mais nous devrons nous arrêter une fois encore. Vous le savez très bien. Que nous les pressions ou non, nous n'arriverons jamais ce soir à Barcelone, dit-il en désignant vaguement les chariots.

— Eh bien, nous passerons la nuit sur la route, répondit le sergent, philosophe. Mais, au moins, nous aurons eu une heure ou deux de repos.

Ce qui rendit l'attaque, quand elle survint, d'autant plus étonnante. Les cuisiniers de l'évêque surveillaient la cuisson d'un plat de riz et de lentilles tout en bavardant paresseusement. Les moines leur avaient donné du pain frais, de la viande froide et un bon fromage en guise d'accompagnement ; il n'y avait que peu à faire, sinon attendre que le plat refroidisse. Naomi cherchait à rivaliser avec eux en confectionnant du riz au safran. La senteur des épices mêlée à celle de la mer et de la prairie était des plus agréables.

Isaac prépara pour Gilabert une autre décoction destinée à apaiser sa douleur et sa fièvre et, enfin, il dormit profondément. À ses côtés, Judith l'éventait et somnolait un peu. Non loin, Raquel s'étirait sur l'herbe et écoutait Yusuf parler du voyage, des moines, du splendide cheval noir et de tout ce qui pouvait lui passer par la tête. Elle dérivait entre sommeil et éveil.

Les bêtes étaient rassemblées tout près, à l'endroit où la prairie rencontrait le bouquet d'arbres, en un point d'herbe abrité de l'éclat du soleil. Elles paissaient, dormaient ou regardaient tout simplement l'espace qui les entourait, parfaitement en paix avec le monde. Elles étaient confiées à trois enfants — les garçons d'écurie n'étaient pas très âgés —, trois enfants qui dormaient profondément, insouciants et fatigués. Les deux palefreniers étaient invisibles.

Les religieuses étaient assises ensemble dans une petite dépression, les unes à côté des autres comme trois gros oiseaux noirs sur une branche, et parlaient à voix basse. À vrai dire, Sor Marta et l'abbesse s'adressaient à Sor Agnete, qui se contentait de remuer le pied et de secouer la tête d'un air rebelle. Le garde assigné à la surveillance de Sor Agnete s'était un peu éloigné pour embrasser du regard la colline et le creux du vallon. Il avait l'impression qu'il était plus important d'observer l'horizon que de suivre leur conversation. Le prêtre était assis à côté de lui.

— C'est un endroit bien solitaire ici, dit ce dernier à voix très basse. Je n'ai pas envie de me joindre à l'abbesse. Vous permettez que je vous tienne compagnie ?

— Bien sûr, fit le garde que cela ennuyait précisément. Je dirais que l'abbesse n'est pas très agréable.

— Agréable ? Vous ne me croiriez pas. Surtout en ce moment. Je n'aime pas beaucoup voyager. Particulièrement sur cette maudite mule. Je n'ai pas demandé à suivre les religieuses, elles sont vraiment impossibles, mais malgré tout j'ai un bon poste et...

Il se rendit soudain compte qu'il manquait de discrétion, rougit, grommela quelques mots et se leva avec beaucoup de dignité.

Le garde le contemplait avec un amusement à peine dissimulé quand le craquement d'une branche sèche sous un pied mit tous ses sens en éveil. Du coin de l'œil, il vit quelque chose qui le fit instantanément bondir sur ses pieds.

Deux hommes d'allure imposante, armés de longs poignards et apparemment inconscients de sa présence, avaient surgi de la colline, sur sa droite, et se dirigeaient vers les trois sœurs.

CHAPITRE VIII

Le bosquet ombragé

Une douzaine d'hommes ou plus — en fin de compte, personne ne fut jamais sûr de leur nombre — étaient descendus en silence des collines alentour, s'étaient faufilés dans le bois et avaient contourné les rochers avant de se diriger vers les voyageurs disséminés et somnolents. Le capitaine se tenait sur une petite butte d'où il pouvait voir les animaux paître et leurs gardiens endormis tout en bavardant avec son sergent.

Isaac fut le premier à remarquer que quelque chose n'allait pas. Mollement appuyé contre un gros arbre à l'écorce douce, il était assis près de son patient blessé et réfléchissait. La plupart des membres du groupe avaient l'air agité et malheureux, à l'exception de Judith qui allait revoir sa sœur et était aussi gaie qu'un enfant qui vient de recevoir un nouveau jouet. De Yusuf, aussi, pour qui monter ce cheval semblait un plaisir incomparable. Mais, même ainsi, le jeune garçon paraissait nerveux et inquiet tandis qu'il faisait route vers le sud. Isaac ne savait que peu de choses du long chemin qu'il avait parcouru depuis Valence et des années passées après que son père eut été tué pendant la rébellion. Nul doute qu'il était agité par des souvenirs douloureux et effrayants.

Penser à tout cela ne l'empêchait en rien d'être

conscient des bruits innombrables qui l'entouraient. La voix grave des gardes qui chuchotaient, le tintement des marmites, Yusuf à ses pieds, Judith et Raquel à son côté, et la respiration paisible de ceux qui dorment. De temps en temps il percevait les voix aiguës des religieuses. Mais nullement les animaux, que l'on avait dû mettre à paître à quelque distance de là, rien non plus des garçons d'écurie qui, quand ils n'étaient pas au travail, jouaient et criaient comme n'importe quel enfant. Harassés, eux aussi devaient s'être endormis. Et puis, soudain, les quelques oiseaux qui piaillaient et se disputaient dans le bosquet firent silence. Des branches sèches craquèrent sous un pied, à plusieurs reprises et en plusieurs endroits. Des feuilles sèches bruirent plus intensément que sous l'effet de la brise qui soulevait ses cheveux.

Il se pencha et posa la main sur l'épaule de Yusuf.

— Tu es réveillé ? murmura Isaac.

Un instant d'hésitation.

— Oui, seigneur.

— Ne fais pas de bruit. Je crois qu'il y a dans le bois quelqu'un qui vient vers nous. Dis-le au capitaine. Où est mon bâton ?

— Près de votre main gauche, seigneur, répondit Yusuf avant de disparaître.

Avant que Yusuf pût trouver le capitaine, la voix de ténor un peu nasillarde du confesseur des religieuses se fit entendre dans le bosquet.

— Laissez cette femme ! hurla-t-il.

Et ce fut le chaos général.

— Judith ! Raquel ! Emmenez Gilabert et cachez-vous ! lança Isaac.

— Maman, vous voyez ce gros tronc d'arbre abattu sur le sol ? Nous serons à l'abri derrière, dit Raquel en se relevant.

Elle se pencha pour attraper une extrémité de la litière improvisée pour le blessé.

— Aidez-moi à le soulever.

— Isaac, vous devez venir avec nous, exigea Judith qui n'avait pas bougé. Je ne vous laisserai pas ici.

— Ridicule. Je demeurerai derrière cet arbre. Maintenant, ma femme, allez-vous-en, je vous l'ordonne !

Il se leva et, bâton à la main, fit en sorte que l'arbre se trouve entre lui-même et le bruit de l'attaque.

Judith se leva à son tour, mais ne chercha pas à soulever la litière.

— Isaac, vous ne pouvez rester ici.

— Emportez notre malade dans un lieu sûr et ne le quittez pas. Je ne puis voir pour le faire moi-même. Allez, sur-le-champ !

Judith et Raquel emmenèrent la litière dans un buisson. Elles déposèrent Gilabert derrière le tronc couché et se tapirent à côté de lui.

Et brusquement le bois, la clairière, tout fut envahi par des hommes qui couraient.

Naomi entendit des bruits étranges alors qu'elle remuait le riz dans un pot. Elle écouta, ajouta du safran et remua de nouveau. Les bruits ne cessaient pas. Elle s'immobilisa, le front plissé, et s'adressa à Ibrahim.

— Je ne sais pas trop ce qui se passe par là, mais si ça continue trop longtemps, le dîner va être gâché.

Elle prit un grain de riz dans la cuiller qu'elle tenait à la main et le mâcha d'un air songeur. Puis elle se saisit d'une grosse louche en métal.

— Éteins le feu, Ibrahim, et pose un linge sur le riz. Je m'en vais voir ce qui se passe.

Elle s'empara d'un grand couteau de cuisine, au cas où il y aurait vraiment du danger, et s'en alla. Pas une seconde il ne lui serait venu à l'esprit d'envoyer Ibrahim à sa place.

Naomi rencontra Yusuf à la lisière du bois. Il posa un doigt sur ses lèvres, la prit par le poignet et l'entraîna, courbée en deux, vers son maître et sa maîtresse. Près de l'arbre, Isaac écoutait attentivement, son bâton prêt à parer toute attaque. Yusuf abandonna Naomi et franchit la courte distance qui le séparait de son maître. Isaac se retourna en entendant le bruissement des pieds de Yusuf sur le sol et leva son bâton.

— C'est moi, seigneur, murmura l'enfant. Je l'ai dit au capitaine et, en revenant, je suis tombé sur Naomi. Où est la maîtresse ?

— Vois-tu un tronc d'arbre couché sur le sol ?

— Oui.

— Ils sont derrière.

— On ne peut les voir d'ici. Nous sommes assaillis par des brigands, seigneur. Pour l'instant, ils sont encore loin de nous, et s'ils restent où ils sont, vous ne craignez rien près de cet arbre. Mais s'ils se rapprochent, vous ferez une cible très visible. Restez avec la maîtresse et le blessé, on ne pourra vous voir. Je vous en supplie, seigneur. Les brigands connaissent les bois, pas vous.

— Qui va là ? demanda Isaac en tournant la tête.

— C'est Andreu, dit Yusuf.

— Maître Isaac, fit le musicien d'une voix douce, si vous m'autorisez à me servir de ce bâton, je pourrai offrir mon aide aux officiers car je n'ai pas d'arme.

— Je vous en prie, seigneur, intervint Yusuf, donnez-le-lui. Ensuite mettez-vous à l'abri.

En silence, Isaac confia son bâton à Andreu et laissa Yusuf l'emmener dans un endroit sûr.

Au moment où Naomi s'avançait armée d'une louche et d'un couteau pour régler la querelle qui avait éclaté dans le bois, le capitaine et son sergent traversaient le pré en direction des bruits de lutte. Soudain le sergent saisit son capitaine par la manche et le fit se baisser.

— Regardez, messire, sur votre gauche. En lisière du bois. Le soleil se reflète sur de l'acier.

— Combien sont-ils ? demanda le capitaine, car son sergent avait la réputation d'avoir la vue perçante.

— Six... dix... peut-être même une douzaine.

— Ils se dirigent vers les chariots à bagages, je les vois à présent.

— Ils vont tuer tous ceux qu'ils rencontrent.

— Nous ferons ce que nous pourrons. Où sont les autres ?

— Toujours à leurs postes. Comme nous n'étions pas par paires, je crains qu'ils n'aient été submergés.

— Et les palefreniers ? murmura le capitaine. Qu'est-il arrivé à ces deux imbéciles ?

— Je ne les ai pas vus depuis que nous avons fait halte, répondit le sergent sur le même ton.

— Nous n'avons aucune chance sans eux.

— Dois-je leur ordonner de venir ?

Le capitaine fit signe que oui.

— Je vais ramener ces vilains par ici, prévint le sergent.

— Qu'il en soit ainsi.

— Jaume ! Marc ! rugit le sergent en se relevant et en tendant la main à son officier supérieur.

Il n'y eut pas de réponse des palefreniers, mais les hommes qui marchaient dans le bois se retournèrent, virent deux soldats seuls et traversèrent la prairie. Ils étaient six.

Les officiers tirèrent leurs épées et se consultèrent du regard. Le sergent indiqua un traînard, sur la gauche, et le capitaine désigna celui qui venait en tête. À moins que leurs assaillants fussent des novices en matière de maniement d'armes, leur seul espoir — bien faible au demeurant — consistait à les prendre l'un après l'autre, très rapidement.

Deux guerriers entraînés faisaient face à six hommes désorganisés, à l'air indiscipliné. Même ainsi, et indépendamment de l'allure peu impressionnante de leurs adversaires, les chances de les battre étaient assez minces. L'affrontement avait lieu en terrain découvert. Six ou huit brigands cachés dans les bois étaient prêts à prendre la place de ceux qui tomberaient. Les deux gardes ne pouvaient compter sur aucun renfort. Les palefreniers étaient partis ; les autres gardes étaient, de toute évidence, également attaqués — l'un d'eux avait pour ordre de ne jamais laisser seule Sor Agnete, quelles que fussent les circonstances. À moins que les assaillants ne trébuchent tout seuls, ils étaient parfaitement conscients que leur projet optimiste de s'en débarrasser deux par deux n'avait pas la moindre chance d'aboutir.

Le capitaine se jeta sur son homme dès qu'il fut assez près et lui porta un coup de taille. La blessure qui en résulta — à peine plus qu'une égratignure — aurait pu décourager un opposant plus faible, mais celui-ci était plus aguerri qu'il n'y semblait. Le capitaine attaqua à nouveau et rencontra une défense digne de lui. Désormais prévenu, son adversaire se battait avec hargne : tout espoir d'en finir rapidement s'était envolé.

L'homme de gauche n'était pas de même force que le sergent mais, quand il tomba en saignant abondamment, deux comparses surgirent pour le remplacer. Puis un nouvel attaquant vint de la droite et bondit sur le capitaine alors qu'il parait un coup porté par son premier adversaire. Il était perdu.

Yusuf avait laissé Naomi avec sa maîtresse, puis il était monté dans un arbre pour voir ce qui se passait. Quand il eut compté les silhouettes dans le bois ou à découvert dans la clairière, il sauta à bas de l'arbre, retomba dans les feuilles mortes et courut vers les chariots. Il n'avait pas de projet précis, mais il savait que des armes étaient rangées dans le chariot à bagages, faciles à prendre pour qui savait exactement où elles se trouvaient. Et il voulait être armé.

Il dénoua la corde qui enserrait la toile protectrice et la jeta par terre. Des épées étaient cachées là : il en tira une et l'essaya. Elle était trop longue et trop lourde pour sa main. À sept ans, il maniait parfaitement l'épée d'enfant que son père lui avait offerte, mais il n'avait pas le temps d'apprendre à se servir de celle-ci. Il la rangea, sortit une lance longue et robuste à la pointe acérée, remit la toile en place et partit en courant.

Parmi les autres bruits de la bataille, le capitaine eut à peine conscience du cheval qui galopait dans sa direction. Juste avant que le coup qui lui était réservé ne vînt le frapper, son adversaire tourna sur lui-même, tituba et jura en tombant en arrière. Le capitaine comprit trois choses en cet instant, et cela faillit nuire à sa concentration. La pointe d'une lance était entrée dans l'épaule du brigand, quelqu'un d'autre se battait à leurs côtés et, surtout, ils avaient peut-être une chance de s'en tirer. Mais, devant lui, les six hommes étaient maintenant huit ou douze, et il écarta toute espérance avant qu'elle ne le rende imprudent. Il porta un coup invalidant à celui qui se tenait directement devant lui et se tourna vers les trois individus prêts à se jeter sur lui.

Derrière, Yusuf, toujours agrippé à sa lance, mais projeté au sol par la force de son attaque, se remettait debout. Le cheval noir avait reculé et frémissait dans l'attente d'être guidé. Yusuf arracha la lance de l'épaule où elle s'était fichée.

C'est alors que, de la gauche, un lourd bâton manié avec arrogance, sinon avec précision, déséquilibra l'ennemi du sergent avant d'atterrir sur l'épaule d'un des assaillants du capitaine. Il se trouvait entre les mains d'Andreu qui, arrivé derrière les brigands, fauchait tout ce qu'il rencontrait avec une étonnante rapidité. Le musicien était suivi de Felip, armé d'un petit poignard qu'il tenait très bas. Andreu fit tomber un autre homme à terre ; Felip se jeta dans la bataille, ramassa l'épée de celui-ci et lui planta son propre couteau dans la poitrine avant de se retirer un instant de la mêlée.

Près des feux, le cuisinier et ses deux marmitons étaient occupés par la préparation du dîner. Ils mirent un certain temps à comprendre la situation. De toute évidence, on ne comptait pas sur eux. Nus jusqu'à la taille, et portant juste assez de culotte et de tablier pour satisfaire les exigences de la pudeur, ils n'avaient pas l'air de guerriers. Il y avait là un garçon qui n'avait même pas atteint ses douze ans ; quant à l'autre, c'était un homme d'allure mélancolique qui, quand il s'était trop adonné à la boisson, entonnait des chansons tristes d'une voix brisée. Le cuisinier était pour sa part grand et fort, et il avait le tempérament plutôt vif.

— Va me chercher mon bâton, mon gars, dit-il au jeune garçon. Je crois que je vais aller voir ce qui se passe là-bas.

— Et le mien, ajouta son aide d'un air laconique.

Le garçon partit en courant.

Il revint porteur de deux bâtons longs et lourds.

— Garde un œil sur le feu et ne laisse pas le riz coller.

Les deux cuisiniers se saisirent de leurs bâtons comme s'il s'agissait de fétus de paille et s'avancèrent vers la lisière du bois avec autant de légèreté qu'un couple de danseurs. C'est que leurs cuisses étaient musclées, et qu'ils avaient des bras et des épaules à faire envie à un lutteur. Chaque jour, ils luttaient, non contre des hommes, mais contre de lourdes marmites, des sacs de farine, des barriques pleines d'huile ou de vin. Chacun d'eux pouvait porter un mouton aussi facilement qu'un chaton ou lancer un quintal de riz comme si c'était une balle d'enfant. Sans un bruit, l'air parfaitement détaché, ils firent irruption sur le champ de bataille.

Les deux hommes armés de longs couteaux qui s'étaient attaqués aux religieuses avaient dû mal comprendre les ordres qui leur avaient été donnés, car ils s'étaient emparés non pas de la riche et puissante abbesse ni de la convoitée Sor Agnete, mais de Sor Marta. Surpris par les cris de leur confesseur, ils l'avaient relâchée, s'étaient jetés dans le combat où ils avaient aussitôt rencontré une farouche opposition. Le garde s'était prestement débarrassé de l'un d'eux : il l'avait tailladé au bras et désarmé, avait posé le pied sur son couteau, l'avait jeté à terre et s'était tourné vers le second assaillant. Ce ne fut pas nécessaire. Celui-ci avait également perdu son couteau, et il subissait les coups rapides que le confesseur lui assenait avec une lourde bûche. Le dernier coup s'abattit sur son poignet et le projeta en arrière.

Du coin de l'œil, le garde vit Sor Agnete grimper la colline et fuir vers la liberté. Mais le second assaillant se tenait le poignet en hurlant de douleur. Le garde lui donna un coup de pied pour l'inciter à rester à terre, puis il tendit au prêtre son propre poignard.

— Ramassez l'autre couteau et veillez sur eux, lui dit-il.

Il s'élança derrière la sœur pécheresse. C'était un jeune homme bien entraîné. Empêtrée par sa tenue, elle s'essouffla. Il la rattrapa facilement et la ramena à l'abbesse, furieuse, et à Sor Marta, indignée.

Le blessé tombé à terre avait disparu. Le garde haussa les épaules, confia au prêtre les religieuses et l'homme au poignet cassé, puis s'en alla — contrairement aux ordres reçus — aider les autres.

Quand il arriva, deux gardes, deux musiciens, un jeune garçon et deux cuisiniers enragés, armés en tout et pour tout de quatre épées, une lance et deux bâtons, étaient venus à bout de plus d'une douzaine de bandits armés. Les cuisiniers avaient trouvé Andreu et Felip encerclés. Le capitaine avait au bras une blessure qui saignait abondamment, et Felip avait été entaillé à la hauteur du mollet et non loin du poignet. Andreu avait échangé le bâton d'Isaac contre l'épée d'un de leurs agresseurs, qui s'était brisée, le laissant désarmé au milieu du combat.

Blessé, essoufflé, le capitaine avait titubé et relâché sa garde ; son attaquant se préparait à lui porter un coup fatal. Yusuf avait tenté de se servir à nouveau de sa lance ; il avait raté sa cible, mais cela avait tout de même désemparé son adversaire. Le capitaine en avait profité pour s'esquiver, et l'épée de son ennemi n'avait rencontré que l'air printanier. L'homme s'était retourné, furieux, pour affronter cette nouvelle menace, et il n'avait vu qu'un enfant étalé sur le sol.

Au même moment, quelqu'un avait levé son épée pour pourfendre Andreu.

Le cuisinier arriva en poussant un beuglement, et le premier coup porté par son bâton rencontra la nuque de l'individu qui s'apprêtait à embrocher Andreu. Il tomba comme une pierre. Le deuxième coup trouva un bras, et le craquement de l'os se fit entendre malgré le tumulte général.

Son aide, homme méthodique, s'en prenait aux jambes. Son premier coup écrasa le genou de l'adversaire du capitaine, qui s'effondra en hurlant. Le deuxième fut réservé à sa tête, ce qui mit un terme à ses hurlements. Le troisième rencontra un tibia, et un autre combattant s'étala dans l'herbe. Le vent avait tourné et la chance était maintenant du côté des voyageurs. Bientôt, les agresseurs ne furent plus que quatre à pouvoir encore se battre. Comme un seul homme, ceux qui pouvaient encore courir s'enfuirent. Le troisième garde courut derrière eux, en rattrapa deux, et laissa partir les autres. Le reste des défenseurs épuisés se consacraient à leurs blessures.

Andreu regarda autour de lui, un peu étourdi, lâcha son épée brisée et ramassa le bâton d'Isaac.

— Du fond de mon cœur, mon bon seigneur, dit-il au cuisinier, je vous dois la vie. Il eût été dommage de la perdre pour une telle bande de ruffians.

— Nous ne jouirions plus de vos joyeuses chansons

s'ils vous avaient tué, répondit le cuisinier. Cela ne pouvait être.

D'un commun accord, les défenseurs se retirèrent du champ de bataille et revinrent vers les chariots et les feux, récupérant leurs compagnons au passage. Derrière le tronc d'arbre, le patient d'Isaac, preuve éclatante de l'efficacité de ses potions, dormait toujours. Des mains volontaires soulevèrent sa litière et la remirent au frais sous le chêne.

Raquel et Judith baignaient et pansaient les blessures. En silence, le cuisinier mit en perce un tonnelet du meilleur vin de l'évêque, et tout le groupe fêta joyeusement la victoire. Car il n'y avait pas seulement des triomphes individuels à célébrer, mais aussi un public — les femmes, le médecin et les enfants qui avaient été tenus à l'écart de la bataille — désireux d'entendre chanter la valeur des gardes, la bravoure d'Andreu, les talents inattendus de Felip, les dons étonnants de Yusuf et l'extraordinaire prestation des cuisiniers.

Naomi et Ibrahim apportèrent leurs gamelles et, bien qu'il fût encore tôt, tous découvrirent qu'ils étaient affamés. Ils mangèrent ensemble avec un mépris certain pour les manières, les convenances et tout le reste. Même si le riz était un peu trop cuit, ils n'avaient jamais fait de repas aussi délicieux. Et jamais triomphe n'avait eu si suave parfum.

Seuls les gardes étaient absents. Ils retrouvèrent leurs camarades, l'un étourdi, l'autre blessé au tout début de l'attaque. Dès que leurs plaies furent pansées, ceux qui le purent revinrent sur le champ de bataille. Cinq brigands gisaient à terre, vivants, mais impotents ; deux autres étaient ligotés à un arbre.

— Qu'est-ce qu'on va faire d'eux ? demanda Enrique, le cadet des gardes, quand il vit les victimes.

Trois d'entre eux avaient reçu de terribles coups de la part des cuisiniers ; ils étaient inconscients et le resteraient certainement. Les deux qui avaient la jambe brisée juraient et gémissaient sans pouvoir bouger. Les autres s'étaient enfuis pendant la bataille.

— Pour ces trois-là, il n'y a rien à faire. Ils vont mourir. On devrait pendre les autres, dit le capitaine.

— Je ne crois pas que nos ayons assez de corde, remarqua le sergent, pragmatique. De la corde à gaspiller, je veux dire. On n'était pas censés pendre quatre personnes.

— Dans ce cas, prenez votre couteau. Mon bras droit ne m'est pas d'un grand usage, sinon je m'en serais chargé moi-même.

— Ne vous inquiétez pas pour ça, le rassura le sergent. À nous deux, on va s'en débarrasser.

— On n'a pas envie de savoir pourquoi ils nous ont attaqués ? demanda Enrique.

— Cela me semble assez clair, lui répondit son capitaine.

Il donna un coup de pied dans l'un des prisonniers.

— Toi, pourquoi tu nous as attaqués ?

— On nous a dit de le faire. Qu'est-ce que vous croyez ? Il y a tout plein de richesses dans ces chariots.

— C'est bien ce que je pensais, fit le capitaine.

— On voulait aussi la sœur, celle qui est importante, ajouta-t-il obligeamment.

— Importante ? De qui veut-il parler ? s'étonna le sergent.

Ils réfléchirent. Elicsenda, grande et mince, et surtout abbesse ? La grosse Marta ? Ou Agnete, avec ses larges épaules ? Toutes étaient « importantes », à des titres différents.

— Qui la voulait ? demanda le capitaine.

— J'en sais rien. C'est pas mes affaires. En tout cas, il avait passé un accord avec Mario. Il se faisait payer, et nous on prenait le contenu des chariots. Ils ont jamais dit qu'il y aurait une armée pour les garder.

— Peu importe. Cela me suffit. Hâtez-vous, dit-il aux

deux gardes, avant qu'ils ne soient trop soûls pour faire le reste du chemin.

— Laisserai-je partir celui-ci ? demanda le sergent en désignant celui qui s'était montré complaisant.

— Si vous voulez. De toute façon, il n'ira pas très loin.

— Dois-je aller chercher les palefreniers ? demanda le sergent une fois qu'il eut nettoyé et mis au fourreau son poignard.

— Vous savez où ils peuvent être ?

Le capitaine contemplait le pré, où mules et chevaux se mêlaient les uns aux autres de façon amicale.

— Non, dit le sergent en secouant la tête. Soit ils sont morts, soit on les aura payés.

— Bien sûr, répondit le capitaine, impatient. Et nous n'avons pas de temps à perdre.

— Je suis curieux. Je préférerais apprendre qu'ils ont été cupides plutôt qu'assez sots pour se laisser trancher la gorge. Je les ai entraînés. Oh, je ne m'attends pas à retrouver leurs cadavres, capitaine. Leurs chevaux ne sont pas là. Mais je crois que Son Excellence aimerait que nous fassions un tour dans le champ avant de partir. Rien que pour vérifier.

— Je le crois aussi.

— Mais pourquoi est-ce qu'ils soudoieraient des palefreniers ? demanda le jeune Enrique.

— Parce que ces bâtards n'étaient pas de véritables palefreniers, lui expliqua le sergent. C'étaient des gardes, des hommes à nous. Armés, expérimentés. Son Excellence pensait que c'était une bonne idée que d'avoir dans une expédition comme celle-ci un ou deux hommes de plus qui ne fussent pas en uniforme. C'est un homme prudent. Et un bon tacticien. Mais malgré tout... il est difficile de prévoir la trahison.

En fin de compte, cette halte dans le bosquet leur fit perdre près de trois heures — bien au-delà des plus sombres prévisions du capitaine. Dans une ambiance de célébration abondamment arrosée, le repas, le nettoyage et le rangement des ustensiles puis la remise en route prirent beaucoup de temps. Le sergent scruta le ciel, où quelques nuages passaient devant le chaud soleil de midi, et il secoua la tête.

— Je doute que nous ayons une chance, capitaine.

Ce dernier acquiesça.

— Nous allons marcher jusqu'à ce que le soleil soit au-dessus des collines. Si nous ne sommes pas en vue de Barcelone, quelqu'un devra nous précéder pour chercher un logement.

Le reste du groupe s'ébranla gaiement et connut le sort de ceux pour qui tout commence trop bien. Quand la route les eut menés dans la plaine, l'effet du vin se dissipa et, avec lui, la joie et la torpeur qu'il avait suscitées. À l'exception des cuisiniers, tous les combattants portaient quelque trace de la bataille — coupures profondes ou superficielles, bleus, égratignures —, et ce sauvage affrontement avait laissé leurs corps endoloris. Devant eux, il n'y avait qu'une route plate et interminable qui menait à Barcelone, seulement ponctuée de rivières ou de villages endormis dans la chaleur de midi.

Le soleil tapait fort, et le rythme de la marche ralentit. Une fois encore ils firent halte là où il y avait de l'eau et de l'ombre, par pitié pour les bêtes plus que pour les humains. Les cuisiniers distribuèrent la viande froide, le pain et le fromage en provenance des cuisines du monastère. Gilabert dormait mal et parlait dans son sommeil, apparemment inconscient de la chaleur, des mouches et des soubresauts du chariot. Judith et Naomi l'éventaient à tour de rôle et faisaient couler de l'eau fraîche sur son front.

Ils repartirent après avoir repris ce qui devenait peu à peu leur formation habituelle. La charrette transportant le jeune homme malade venait en tête afin de lui épargner la poussière soulevée par le reste du train. Raquel, son père et Yusuf chevauchaient à ses côtés ; il était également accompagné des musiciens. Le cuisinier et ses marmitons marchaient entre les chariots, un œil sur les vivres et l'autre sur le reste des serviteurs. Tous les autres changeaient de place selon leur humeur ou l'état de la route.

Le soleil rougissait déjà et plongeait vers les collines qui se dressaient sur leur droite.

— Elle est encore loin, la ville ? s'inquiéta le jeune marmiton.

— Oui, lui répondit l'aide-cuisinier.

— Nous n'y serons jamais ce soir, ajouta le confesseur des religieuses.

La solitude et le désir de conversation l'avaient poussé à s'attacher au groupe des cuisiniers. Il avait mis pied à terre et conduisait sa mule : il lui était plus facile de la diriger ainsi que juché sur l'animal entêté.

— Qu'est-ce qu'on va faire ? demanda le marmiton dont la voix tremblait un peu.

— Allez, haut les cœurs ! s'écria Andreu. Nous pouvons dormir dans un champ. Nous l'avons fait souvent, Felip et moi, pas vrai ?

— Certainement, dit Felip avec gravité. C'est une chose fort agréable, à moins qu'il ne pleuve, bien entendu. Ou que les lions ne sortent de la forêt.

— Des lions ?

— Oh, de tout petits seulement. Il n'y a pas de quoi s'inquiéter.

— Il y a des auberges, intervint le confesseur, méfiant à l'égard des jeunes gens.

— Pleines de coupe-jarrets, dit Andreu. S'il ne pleut pas, je préfère les champs et les bêtes sauvages aux auberges de cette route.

— Cessez de l'effrayer ! dit Raquel d'un ton sec.

Les deux musiciens s'inclinèrent, lui sourirent et se mirent à jouer un air entraînant. Un nuage de poussière s'élevait sur la route, devant eux, et le sergent en émergea.

Le capitaine l'écouta et demanda que l'on fît halte.

— Si vous regardez droit devant, expliqua-t-il, vous verrez le sommet d'une montagne. C'est là que se situe Barcelone. Nous ne pouvons l'atteindre ce soir, mais il y a deux auberges dans un village à moins d'une lieue d'ici. Nous serons à Barcelone à temps pour le dîner de demain. Maintenant, allons-y, le plus rapidement possible.

Il avait l'air extrêmement las.

Il approcha son cheval du chariot qui transportait le jeune homme.

— Alors, messire le médecin, comment va votre patient ?

— Il ne va pas plus mal. Et cela augure bien de sa guérison. C'est plutôt vous qui m'inquiétez, capitaine. Vous devriez être dans ce chariot, à vous reposer.

— J'aurai bien le temps demain, répliqua le capitaine avant de poursuivre sa tournée.

DEUXIÈME PARTIE

CHAPITRE PREMIER

Barcelone

Berenguer de Cruilles et ses deux prêtres arrivèrent en tout début d'après-midi au palais épiscopal, salis par le voyage, épuisés par le soleil et l'effort. Ils furent conduits dans le cabinet de Francesc Ruffach, vicaire général de Barcelone. Comme toujours, l'évêque, Miquel de Riçoma, se trouvait en Avignon, en congé permanent de son diocèse.

Ruffach vint les accueillir.

— Votre Excellence, c'est un plaisir très inattendu. Je suis enchanté, dit-il avec plus de politesse que de sincérité. Êtes-vous en route pour Tarragone accompagné d'une escorte ? Nous devons...

— Mon cher Ruffach, ne soyez pas décontenancé, lui répondit Berenguer. Nous nous rendons effectivement au conseil, mais aucune escorte d'importance ne nous attend dans la rue. Pas encore, tout au moins. Nous trois sommes venus en avance, et les autres arriveront plus tard. Je ne les attends pas avant la tombée de la nuit.

Ruffach agita une petite cloche.

— Dès que vous aurez eu la possibilité de vous débarrasser de la poussière du voyage, Votre Excellence, et de vous reposer, nous serions ravis si vous partagiez avec nous un dîner frugal.

— Bernat doit d'abord adresser une courte missive à Sa Majesté, ensuite nous nous préparerons pour dîner.

— Votre Excellence ? demanda Bernat.

— Informez Sa Majesté de notre arrivée et demandez-lui une audience de ma part pour demain.

— Pourquoi attendre demain, Votre Excellence ? dit Francesc Monterranes. Nous avons peu de temps. Sa Majesté aura peut-être quelques instants à vous consacrer dans la soirée.

— Parce que, lors de l'audience avec Sa Majesté, je veux être en mesure de lui assurer que Sor Agnete se trouve bien à Sant Pere de les Puelles.

Don Pedro, comte de Barcelone et roi d'Aragon, écouta la requête de Berenguer et adressa un signe de tête à son secrétaire.

— Dites à Son Excellence que nous la recevrons demain. Non, qu'elle attende. Samedi, à midi. Et qu'elle amène notre pupille, le jeune Yusuf, s'il voyage avec elle.

— L'évêque de Gérone est un sage et loyal ami... et sujet, fit remarquer Doña Eleanor, la reine, après que les portes se furent refermées sur le secrétaire.

— Qui peut se montrer lent à obéir quand l'humeur l'en prend. Cela fait près d'un an que nous lui avons ordonné de nous livrer cette sœur du couvent de Sant Daniel. Il lui a fallu jusqu'à aujourd'hui. Si elle est avec lui. Un sujet loyal ne se comporte pas ainsi.

— Mon pauvre père, qui n'avait pas votre expérience dans ce genre de choses, disait souvent que seul un sot fait confiance à un homme au passé chargé de méfaits, mais qu'un sage peut aussi se défier d'un homme trop vertueux. Le premier vous trahit pour le profit, le second pour prouver sa droiture. Prenez le cas de Don Vidal de Blanes. Un homme admirable, dit-elle très vite. Et digne de confiance. Il préconisera toujours — contre le monde entier, si besoin est — qu'il faut faire ce qui est juste, quelles qu'en soient les conséquences.

— C'est un homme dont la vertu et les nobles principes ne sauraient être remis en question, railla Don Pedro.

— J'ai observé que Berenguer préfère rechercher le compromis pour préserver la paix dans son diocèse, et que cela va bien souvent dans le sens des intérêts de Votre Majesté. Don Vidal établirait une paix durable entre deux voisins querelleurs en les faisant pendre tous deux.

— D'où vous vient cette sagesse politique ? dit en riant Don Pedro.

— La cour de mon père, à Palerme, était une excellente école, Votre Majesté. Grouillante à souhait d'intrigues et de complots. J'ai appris très tôt à faire la différence entre le vautour et l'oiseau chanteur.

— Don Vidal était une petite concession faite à Sa Sainteté le pape, dit le roi. Et aussi un moyen de rappeler à Don Berenguer d'améliorer ses manières.

— Sa Sainteté n'est pas d'un abord plus facile malgré toutes les concessions qu'on lui a faites.

— Mais la vertu inébranlable de Don Vidal refusera également de se plier devant Avignon, surtout en matière de politique. Souhaitons ne pas nous trouver assez longtemps hors de nos frontières pour que les choses empirent.

— Tant que je serai avec Votre Majesté, peu me chaut le temps que nous pourrons passer en mer, murmura la reine en baissant les yeux.

Il sourit avec indulgence en la voyant ainsi soumise.

— Mais vous avez raison à propos de Berenguer de Cruilles, reprit-il avec effusion. Nous exercerons une certaine pression sur l'archevêque de Tarragone et arracherons l'évêque de Gérone à la position inconfortable qui est la sienne aujourd'hui.

— Don Sancho est un homme raisonnable, n'est-ce pas, Votre Majesté ?

— Pour un archevêque, oui.

Bernat apporta à Berenguer la réponse de Sa Majesté.

— Eh bien, s'impatienta l'évêque, va-t-elle me recevoir ? Ou toute cette diversion n'a-t-elle été qu'une perte de temps et d'énergie ?

— Certainement pas, dit Francesc Monterranes. Nous avons peut-être sauvé la vie d'un jeune homme.

— C'est possible. Mais que dit Sa Majesté ?

— Qu'elle sera enchantée de vous recevoir samedi à midi.

— Samedi, répéta Berenguer. J'avais espéré demain et craint dimanche soir. Elle souhaite seulement me donner le temps de réfléchir, et non me causer beaucoup de dérangement.

— Sa Majesté ne se soucie certainement pas de détails aussi infimes que nos projets de voyage... dit Bernat.

— Sa Majesté se préoccupe toujours des détails. C'est pourquoi c'est un grand seigneur à qui tout a réussi.

Le jour suivant, bien avant que le soleil ne fût au zénith, le reste des voyageurs — sales, dépenaillés et de mauvaise humeur — arriva à Barcelone. Ils avaient passé la nuit dans des chambres petites, crasseuses et bondées ; leur conversation sur la route menant à la ville tourna sans cesse autour de la même question : quelle auberge était la pire et quel groupe avait le moins bien dormi. Le capitaine et ses officiers avaient veillé toute la nuit et chevauchaient à présent dans un silence pesant.

Les religieuses partirent les premières. Elles furent cordialement accueillies à Sant Pere de les Puelles, couvent bénéficiant du calme relatif des faubourgs. Le reste de la troupe reprit la route principale en direction de la ville.

Une fois franchies les portes de Barcelone, Felip et Andreu murmurèrent leurs adieux au capitaine et se fondirent dans la foule. Isaac, sa famille, ses domestiques, mais aussi le malade, furent conduits à la porte du Call, où deux palefreniers furent chargés de porter Gilabert vers la maison de Mordecai et de son épouse. Le capitaine conduisit alors sa troupe grandement réduite vers la cathédrale.

La maison de Mordecai ben Issach était spacieuse, son garde-manger et son cellier bien remplis. Son épouse enjouée et lui-même étaient hospitaliers et généreux : pour eux, l'arrivée de cinq hôtes inattendus — dont l'un semblait plus mort que vif — et de leurs serviteurs constituait un plaisir imprévu. Cependant, le séjour ne parut pas très bien commencer. La maison était grande, mais bondée. Judith était énervée, Yusuf morose, Raquel soucieuse et de mauvaise humeur.

— Papa, dit-elle dès qu'elle put attirer son attention sans passer pour grossière, vous trouvez que Gilabert va plus mal ?

— Non, mon enfant, et toi ?

— Non, s'étonna-t-elle. Mais je n'ai pu faire autrement qu'entendre quand vous avez dit à ce prêtre que vous n'aviez pas grand espoir quant à sa survie.

Elle-même n'avait remarqué aucun changement, mais elle s'en remettait toujours à l'extraordinaire capacité de son père à déceler la moindre amélioration ou la plus infime détérioration de l'état de santé d'un patient.

— Je ne suis pas surpris que tu m'aies entendu. J'ai parlé très fort. Parfois il vaut mieux avertir les amis du pire à venir : quand le patient guérit, ils sont bien plus heureux, expliqua Isaac.

— Je ne pensais pas que le prêtre se préoccupait des chances de Gilabert de s'en tirer.

— Probable que non, mais moi, je m'y intéresse, et j'ai le sentiment qu'il sera plus en sécurité s'il circule une rumeur selon laquelle il n'y aurait plus d'espoir pour lui.

— Vous voulez que celui qui a tenté de le tuer le croie.

Elle prit le temps de réfléchir à cela.

— Je vais voir ce que je peux faire pour qu'il se sente mieux. Maman est trop fatiguée.

— Oui. Laisse ta mère profiter un instant de la compagnie d'une autre femme. Je vais me laver pour chasser la poussière du voyage. Où est Yusuf ?

— Ici, seigneur, dit le garçon d'une voix terne.

— Il est temps que tu te laves et que tu manges quelque chose, dit le médecin. Ensuite, nous nous mettrons au travail.

La maison de Mordecai était située dans la rue principale du quartier juif, une avenue assez large pour que les plus grosses charrettes y passent sans difficulté. Yusuf ouvrit la porte et se plongea dans une foule de ménagères en train d'examiner poissons et volailles, de palper des légumes et de houspiller des enfants indisciplinés. Des serviteurs et des femmes trop pauvres pour se faire aider se frayaient un chemin avec les lourdes jarres pleines d'eau qu'ils rapportaient de la fontaine. Tout le monde était sorti car, que l'on fût riche ou pauvre, c'était vendredi, et il y avait encore beaucoup à faire avant que le coucher du soleil n'annonce le début du sabbat. Yusuf s'engagea dans une rue plus calme, puis une autre plus animée, et arriva enfin à la porte ouest du Call.

À l'extérieur du quartier juif, la rue était bordée de hautes maisons et de commerces bien achalandés : elle était presque aussi bruyante et passagère que les artères du Call. Mais elle lui était aussi, il s'en rendit subitement compte, totalement étrangère. Avant de quitter la maison, il avait assuré à son maître que ses voyages l'avaient conduit à Barcelone et qu'il connaissait bien cette ville. Mais il ne reconnaissait rien du tout. La ville devait être plus grande qu'il ne le croyait, et le quartier où, perdu et sans domicile, il avait erré deux ans plus tôt, n'en constituait qu'une petite partie.

« Tu as une langue pour demander, non ? se dit-il. Le premier venu pourra t'indiquer le palais de l'évêque. » Il traversa la rue et se dirigea vers un marchand d'olives à l'air très respectable. L'homme rentrait tonneaux et tonnelets dans sa boutique en vue de l'heure du dîner.

— Pardonnez-moi, messire, pouvez-vous me dire où se trouve le palais épiscopal ?

— Par là, dit le marchand occupé avec un geste vague de la main.

Puis il leva pour la première fois les yeux de ses marchandises et parut frappé par un détail.

— Pourquoi voudrais-tu voir l'évêque ? lui demanda-t-il. Ou peut-être que tu viens d'arriver en ville et que tu ne sais pas où est la cathédrale ?

Et soudain, sa main jaillit pour le saisir par le bras.

— Laissez-moi ! cria Yusuf.

— Un garçon comme toi me serait bien utile. Tu n'as pas de maître, c'est ça ? Ou tu t'es enfui ?

Yusuf s'agitait désespérément et repoussait le marchand d'olives.

— Laissez-moi ! répéta-t-il.

— Tu plaisantes, mon gars.

— Holà, Esteve, fit une voix dans une boutique voisine. Qu'est-ce que tu fais avec ce gamin ? Il n'est pas à toi.

— Si, justement, répliqua le marchand. Je viens de l'acheter.

— Ah oui ? Pendant que tu roulais tes tonneaux ?

Distrait par cette attaque latérale, le marchand d'olives relâcha son étreinte. Yusuf n'attendit pas le terme de la discussion. Il se dégagea et se sauva dans la rue au bout de laquelle se dressait la masse imposante de la cathédrale.

Haletant, plus de peur que de fatigue, il interrogea cette fois-ci une jeune femme qui traînait deux enfants pleurnichards.

Elle le regarda comme s'il était fou.

— Mais juste là, mon garçon, dit-elle. Où pourrait-il être autrement ?

Elle donna une bourrade au plus bruyant de ses deux enfants et passa son chemin.

C'était également l'heure du dîner au palais épiscopal. L'évêque ne pouvait être dérangé. Yusuf insista. Têtu, le portier ferma à demi les yeux.

— Je porte à Son Excellence un message de la plus haute importance de la part du médecin personnel de Son Excellence. Son Excellence sera chagrinée quand elle apprendra qu'un portier qui ne connaît rien des soucis de Son Excellence l'a empêchée de recevoir ce message.

On ne saura jamais si c'est l'aspect élaboré du discours de Yusuf ou tout simplement l'envie de dîner qui poussa le portier à faire marche arrière, mais quand Berenguer se rendit à pas lents dans la salle à manger en compagnie de Francesc Ruffach, le vicaire général de Barcelone, le jeune garçon se vit autoriser à porter son message à l'évêque.

— Je suis enchanté de te voir, jeune Yusuf, dit ce dernier. As-tu dîné ?

— Pas exactement, Votre Excellence.

— Dans ce cas, tu peux te joindre à nous, n'est-ce pas, Ruffach ? Tu me donneras alors ton message. À moins qu'une crise capitale exige mon attention immédiate.

— Oh non, Votre Excellence, dit Yusuf qui se retrouva bientôt installé à côté de l'évêque dans la vaste salle à manger.

Dix-huit hommes étaient réunis dans la salle du palais épiscopal. La plupart d'entre eux — des prêtres occupant une quelconque fonction au sein de la cathédrale — se seraient trouvés là de toute façon. En plus de Yusuf et des quatre membres du clergé de Gérone — l'évêque, son secrétaire, son confesseur et le prêtre chargé des religieuses —, il y avait trois laïcs : un propriétaire terrien très affable du nom de Gonsalvo de

Marca et deux habiles marchands, qui faisaient partie du Conseil des Cent, organisme chargé de gérer la ville de Barcelone.

— Pourquoi sont-ils ici ? demanda Bernat à voix basse.

— Selon le père Bonanat, murmura Francesc Monterranes en désignant le prêtre assis en face d'eux, les conseillers ont des affaires urgentes à discuter avec le vicaire général. Je ne sais rien de ce gentilhomme, ni même pourquoi il a abandonné ses vaches et ses pourceaux pour visiter la ville, ajouta-t-il en indiquant Gonsalvo de Marca. Seulement qu'il est riche et que son grand-oncle, mort depuis bien longtemps, était un seigneur de quelque importance.

Ce repas fut étonnamment marqué par le mutisme. La plupart des voyageurs étaient fatigués et leur humeur, maussade. L'homme de la campagne, Don Gonsalvo, s'était lancé dans une laborieuse explication des causes de mécontentement de la paysannerie, explication qui aurait plongé dans le sommeil son partisan le plus fervent. Il vida enfin sa coupe, tenta de reprendre le fil de ses idées et n'y parvint pas. Après un moment de silence gêné, Francesc Monterranes se tourna vers l'évêque pour relancer la conversation.

— Votre Excellence a-t-elle d'autres nouvelles du malheureux Gilabert ? Il était en pitoyable état quand nous l'avons quitté hier matin, me semble-t-il.

Il avait parlé assez fort pour couper l'envie à Don Gonsalvo de développer son exposé.

— Un autre malheur se serait-il abattu sur vous ? s'empressa de demander le vicaire général. En plus de cette attaque ?

— Non, pas sur nous, expliqua Berenguer. Mais nous avons découvert un gentilhomme sur le bas-côté de la route. Il avait été agressé par des voleurs, semble-t-il, et laissé pour mort. Je ne sais rien de lui depuis hier. Va-t-il mieux aujourd'hui, Yusuf ?

Son hôte fit signe que non avant d'expliquer calmement qu'aucune amélioration remarquable n'était intervenue dans son état.

Il y eut un murmure de sympathie, mais aussi des regards un peu perdus de la part de ceux qui ignoraient complètement de quoi l'on parlait. Un des chanoines de la cathédrale détourna alors son attention du plat de mouton posé devant lui.

— Ils sont partout. Il semble malheureux que les routes qui mènent à la ville soient si mal gardées que des bandits venus des collines puissent se sentir libres d'attaquer d'honnêtes chrétiens.

— Voyager est toujours risqué. Vous, messire, dit Gonsalvo à Berenguer, vous avez beaucoup voyagé et vous êtes conscient de ce danger. Quand j'ai quitté ma *finca*, j'ai pris soin d'emmener trois rudes gaillards avec moi en plus de mes serviteurs.

— On ne pouvait s'attendre qu'un groupe aussi important que le nôtre soit assailli par des ruffians armés, répliqua Francesc, sur la défensive.

— Je suis heureux de dire, précisa Berenguer, que tous ceux de mon escorte, de ce jeune garçon aux gardes en passant par mon cuisinier, se sont défendus avec bravoure et talent. Mais quel était le but de ce périlleux voyage, messire ? demanda-t-il à Gonsalvo sans lui adresser le moindre sourire.

— Le droit, Votre Excellence, répondit Gonsalvo, resplendissant. Quand on est en quête de justice, on ne peut relâcher sa vigilance un seul instant. Ne l'avez-vous pas constaté vous-même ? demanda-t-il à l'un des marchands, en pleine conversation avec le vicaire général.

L'homme parut un peu étonné.

— Certes, messire, fit poliment celui-ci avant de reprendre sa conversation.

Il n'avait pas la moindre idée de ce à quoi il avait acquiescé.

— Une affaire vous mène devant les tribunaux ? lui demanda Berenguer.

Gonsalvo prit un temps avant de répondre.

— D'une certaine façon, oui. C'est une petite affaire, de peu de conséquence.

— Dans ce cas, je me demande pourquoi vous vous êtes donné tant de mal pour la suivre.

— Cela m'était pratique pour d'autres raisons, dit Gonsalvo en adressant un clin d'œil à Bernat. Chacun a de la famille, des amis et des relations, ajouta-t-il sur le ton de la confidence. Pour ma part, j'ai une fille qui atteint l'âge du mariage.

Il eut un signe de tête en direction du vicaire général.

— J'ai saisi l'occasion pour demander une audience au vicaire général afin de savoir si l'on a des nouvelles de mon affaire.

— Ah, fit Berenguer, c'est devant un tribunal épiscopal que se traite votre affaire ?

— Je fais preuve de négligence, Votre Excellence. Ce n'est pas mon affaire, mais celle d'un voisin dont les terres relèvent du diocèse de Barcelone. Une petite partie de mes propres terres, arrosées par un certain cours d'eau, pourrait être touchée par cette controverse.

— Le voisin est-il ici pour plaider sa cause ? s'enquit Bernat.

— Pas que je sache, répondit Gonsalvo. Mais l'affaire ne se juge pas à Barcelone. Elle a été portée devant la cour pontificale.

— Je crains, dit Francesc Ruffach, vicaire général de Barcelone, que nous n'ayons pas reçu de nouvelles d'Avignon concernant cette affaire. Pas encore, tout au moins.

Il parlait avec froideur, comme s'il en avait assez des revendications de Don Gonsalvo. Ou de Don Gonsalvo en personne.

— Ne vous en faites pas, mon père, dit de Marca. La rumeur prétend que les documents sont partis. Le sage se prépare toujours au jugement, surtout quand il pense qu'il peut lui être contraire.

Berenguer se leva.

— Mon cher Ruffach, aussi agréable soit ce repas, je dois vous prier de m'excuser. Je vais emmener le protégé de Sa Majesté faire quelques pas dans votre verger puisque nous avons des nouvelles à échanger. Si vous pouvez me consacrer une demi-heure seul à seul, il y a de nombreux problèmes qui nous concernent tous deux et sur lesquels j'aimerais connaître votre position.

Francesc Ruffach se leva et escorta l'évêque ainsi que Yusuf jusqu'à la porte de la salle.

— Mais que dirai-je à Sa Majesté si elle me demande de rester à la cour ? demanda Yusuf d'une voix tremblotante. Je ne pense pratiquement qu'à ça depuis notre départ de Gérone, Votre Excellence, et cela me cause beaucoup de tourment. Mon maître est aveugle. Je ne puis le laisser. Et il a beaucoup à m'enseigner.

— Tu comptes beaucoup pour ton maître, Yusuf, mais il n'est pas aussi impotent que tu le penses. Cependant, si tu devais décider de ne pas le quitter, sache que Sa Majesté comprend comme tout un chacun l'affection et la loyauté. Elle te trouvera peut-être ridicule, mais elle ne sera pas offensée. De même, son épouse, la reine, ne sera pas davantage froissée, et elle a plus d'emprise sur ses pensées que n'importe lequel de ses conseillers.

— Merci, Votre Excellence.

— Je vois que Ruffach se dirige droit sur moi, dit Berenguer. Peux-tu attendre un instant ? Après avoir discuté de certaines affaires avec le vicaire général, je saurai quel message retourner à mon bon maître Isaac.

— Certainement, Votre Excellence. J'attendrai votre retour près de la porte.

À pas feutrés, comme toujours, Yusuf revint vers la grande salle à manger. Il trouva à s'installer dans l'embrasure d'une haute fenêtre dont les pièces de verre qui la constituaient étaient si adroitement façonnées qu'elles empêchaient le vent d'entrer et permettaient à la lumière de passer. Il voyait le jardin aussi nettement que s'il n'y avait rien devant ses yeux. Yusuf était impressionné. Même maître Mordecai — assez riche pour avoir des gobelets et des carafes à vin en verre — n'avait qu'une fenêtre vitrée. Ici, la salle en était pleine.

Deux hommes s'attardaient à table et lui tournaient le dos, tout à leur conversation. Comme il s'ennuyait, le garçon décida de s'intéresser un peu à eux. Les serviteurs débarrassaient la longue table et emportaient les reliefs du somptueux repas. Alors qu'ils achevaient leur tâche et s'éloignaient, les voix des hommes se firent plus nettes et plus difficiles à ignorer. Il écouta donc, saisit quelques mots et regarda pour voir de qui il s'agissait. Ce n'étaient pas des prêtres. L'un d'eux était Gonsalvo, car nul autre à ce dîner ne portait de tunique ainsi coupée ; l'autre était plus jeune et paraissait vêtu à la dernière mode. Il n'avait pas mangé au palais, pourtant Yusuf avait l'impression de l'avoir déjà vu.

C'est alors que le mot « Gilabert » le fit sursauter. Il écouta pour de bon.

— C'est tout ce que je sais de son état, dit Gonsalvo.

La réponse fut trop faible pour que Yusuf l'entendît.

— Et qu'est-il advenu de l'argent que j'ai versé à Norbert ? reprit Gonsalvo.

Son compagnon se leva.

— Je ne sais rien de cela, dit-il. J'en suis désolé.

Il sourit, posa une main consolatrice sur l'épaule de Gonsalvo et se pencha pour murmurer à son oreille.

Gonsalvo secoua la tête. Tandis que le jeune homme se retirait, son regard sembla se porter droit sur Yusuf, mais ses yeux étaient aussi vides que ceux d'une statue. Il se leva à son tour, attendit quelques instants, puis sortit d'un pas rapide.

— Son Excellence m'a chargé de vous dire qu'elle

ne s'est jamais sentie mieux. Sa Majesté a consenti à la recevoir demain et lui a demandé de me faire venir.

C'était de toute évidence une question, et Isaac y répondit.

— Bien entendu, tu peux y aller. Tu dois y aller, puisque Sa Majesté le souhaite. Quoi d'autre ?

— Elle n'a pas besoin de vous en tant que médecin, mais elle aimerait avoir quelque conversation avec vous si vous pouvez la retrouver demain matin.

— Alors nous irons. Tu as trouvé le palais épiscopal sans difficulté ?

— Oui, seigneur, fit Yusuf d'une petite voix.

— Que s'est-il passé ? demanda Isaac dont l'oreille remarquait la moindre hésitation.

— J'ai été attrapé par un marchand d'olives. Il m'a pris pour un esclave musulman, ajouta-t-il avec beaucoup d'amertume. Bien que je sois de meilleure naissance que lui.

— Je pense que pendant notre séjour ici il vaudrait mieux que tu ne sortes pas seul de la maison de Mordecai.

— J'ai vécu en sécurité pendant si longtemps que je croyais être trop vieux pour tomber aux mains d'avides marchands, répondit-il. J'ai honte.

— Oublie ta honte, Yusuf, mais méfie-toi d'un excès de confiance. Nous ne sommes pas vraiment en sécurité ici où l'on ne nous connaît pas.

CHAPITRE II

Le sabbat

Le long et cérémonieux repas de sabbat semblait ne devoir jamais s'achever. Raquel se sentait fatiguée et seule, prise dans le feu nourri des conversations. Sa mère et la jeune épouse de Mordecai étaient entièrement absorbées par les enfants du couple, deux garçons et une fille, qui riaient et se bousculaient, puis se montraient pleins de timidité quand les étrangers assis à table leur prêtaient attention. Pendant toute la soirée, Isaac parla calmement avec son confrère de médecine, de politique et de la triste situation que vivaient les juifs de Paris et des autres villes où l'on parlait le francique.

Dès qu'elle le put, Raquel emprunta l'escalier pour se rendre dans la vaste chambre où la femme de Mordecai avait installé Gilabert.

— Comment va-t-il, Naomi ? demanda-t-elle.

— Il dort, murmura la cuisinière. Il a bu du bouillon et mangé un morceau de pain, puis il s'est endormi. Sa fièvre n'est plus aussi forte, me semble-t-il.

Raquel posa la main sur son front et acquiesça.

Gilabert ouvrit les yeux.

— Holà, bel ange, quel est cet endroit ?

— C'est une chambre dans la maison de Mordecai le médecin.

— Vous ne me laisserez pas ici, n'est-ce pas ? Quand vous vous rendrez à Tarragone ?

— Je ne le crois pas, dit Raquel d'un ton hésitant. Mais je demanderai à papa.

— Je suis sûr qu'il n'y a pas d'ange dans la maison de Mordecai, dit-il.

Sur ce, il se rendormit.

Isaac fit courir ses doigts sur le genou de l'évêque sans lui tirer la moindre plainte.

— La chaleur et le gonflement de l'articulation ont enfin disparu, Votre Excellence, dit le médecin. Nous devons maintenant les empêcher de revenir.

— Chaque chose en son temps, maître Isaac. Parlons de choses plus plaisantes. Sa Majesté souhaite voir son pupille aujourd'hui même.

— Sa Majesté est toujours très aimable. Yusuf attend sur les marches. Je lui dirai de vous accompagner au palais.

— Mais vous aurez besoin de lui pour rentrer, maître Isaac. Il peut me rejoindre au palais royal.

— Je répugne à l'envoyer seul en ville. Il attire la convoitise de ceux qui font commerce d'esclaves.

— Dans ce cas, vous devrez nous attendre ici. Venez avec moi au verger. C'est un endroit fort agréable pour y passer le temps. J'enverrai Francesc et Bernat vous amuser en vous racontant le récit de mes péchés.

— Votre Excellence est très aimable.

— Venez, maître Isaac, descendons ensemble. J'ai écrit une lettre à mon ami à propos de frère Norbert. Je suis certain qu'il détient des informations.

— Quand attendez-vous une réponse ?

— Pas avant notre retour à Gérone. S'il sait se montrer prompt.

— Ensuite, j'en suis certain, Votre Excellence dormira sur ses deux oreilles.

Le verger était frais et plaisant en dépit de la chaleur matinale. Quelqu'un lui apporta une boisson fraîche à la menthe et au citron, et il attendit dans l'ombre tachetée de lumière tandis qu'une brise légère frôlait son visage. Le voyage et les bruits inhabituels de la maison de Mordecai l'avaient désorienté. Ils perturbaient son audition et, avec elle, tous ses autres sens. Il espérait que les bons pères ne se hâteraient pas. Il avait besoin de temps pour réfléchir et jouir de la tranquillité.

C'est alors qu'il entendit des pas sur les marches du palais. Il allait être interrompu plus tôt qu'il ne le souhaitait, et il soupira, résigné.

— Sortons et faisons nos affaires en paix, dit une voix qu'il ne connaissait pas. Tu te rends à Tarragone ?

Ce n'était pas une voix désagréable, mais le médecin ne put s'empêcher de frissonner.

— Oui, señor, répondit une autre voix. J'ai un plein sac de courrier à remettre à l'archevêque avant le début de la conférence.

— Ceci ne pèsera pas lourd sur le dos de ton cheval. Peux-tu porter un message pour moi ? Je t'en serais très reconnaissant.

— Quelle sorte de message, señor ?

— À la taverne de la rue des Scribes, demande mes amis Benvenist et Miró. Annonce-leur qu'ils doivent se livrer aux préparatifs dont on a parlé en vue de mon retour. Si tu peux te souvenir de cela, j'ai ici la moitié de ton salaire ; mes amis te donneront l'autre moitié.

— Je m'en souviendrai, señor. Je connais cette taverne. Je dois rencontrer Benvenist et Miró et leur recommander de faire les préparatifs dont vous avez parlé en vue de votre retour. Dois-je leur donner votre nom, señor ?

— Ta mémoire est bonne. Tu peux leur dire que c'est un message de la part de leur jeune maître.

— La mémoire est mon métier, señor.

Isaac entendit cliqueter une bourse qui renfermait un nombre non négligeable de pièces, puis les pas des deux hommes disparurent à l'intérieur du palais. Il secoua la tête. C'était une façon trop compliquée et trop coûteuse de prévenir des serviteurs du retour de leur maître. Ce jeune homme à la voix menaçante — car il avait des accents juvéniles — avait empoisonné l'air printanier.

— Maître Isaac, nous nous excusons pour ce retard, fit la voix familière du secrétaire de l'évêque. J'espère que le temps ne s'est pas écoulé trop lentement.

— Pas du tout, père Bernat. Cela a même été fort intéressant. Ce verger abrite des oiseaux qui chantent de bien étranges chansons.

Berenguer suivit un valet dans l'escalier qui menait aux appartements privés de Sa Majesté. Don Pedro, comte de Barcelone et roi d'Aragon, avait passé la matinée en compagnie de son secrétaire et de son trésorier, Bernat d'Olzinelles. Les hommes travaillaient à une table couverte de documents, et seuls deux gardes veillaient sur eux. Berenguer scruta rapidement le visage du monarque pour tenter d'estimer le degré d'agacement que Don Pedro éprouvait à son égard

— Votre Majesté, dit-il en s'inclinant. Je vous suis très reconnaissant de m'avoir accordé cette audience.

— Nous sommes toujours enchanté de vous voir, Don Berenguer.

Un discret geste de la main de la part de Don Pedro enjoignit à l'évêque de s'asseoir. Quelqu'un entra dans la pièce pour déposer devant lui du vin et de l'eau ainsi que des coupelles contenant des amandes et des olives épicées.

— Vous êtes à Barcelone pour nous porter une lettre, Don Berenguer ? s'étonna le roi. Voilà une curieuse mission pour un évêque.

— Je l'admets, Votre Majesté. Mais cette lettre est entrée en ma possession dans des circonstances si singulières que je n'ai pu décider si elle était ou non de grande conséquence. Comme voir Votre Majesté est toujours pour moi une source de réconfort et de plaisir, j'ai profité de cette excuse pour vous l'apporter moi-même.

— Quelles étaient donc ces singulières circonstances ?

— Cette lettre a été découverte par une petite fille sur le corps d'un franciscain assassiné. Un frère que personne ne connaît. Ce qui, dans mon diocèse, est assez singulier.

— Nous aimerions voir cette missive.

— Certainement, Votre Majesté.

Le secrétaire de Don Pedro s'avança, prit la lettre des mains de l'évêque et la déposa devant le roi.

Don Pedro la retourna.

— Elle parle avec beaucoup d'éloquence de son histoire récente.

— Assurément, Votre Majesté.

— Lisez-la-nous, dit-il à son secrétaire avant de fermer les yeux et de s'adosser à son siège.

— L'auteur a un beau style rhétorique, dit Berenguer quand le secrétaire eut terminé sa lecture. Mais cette lettre ne m'a rien appris.

— Quelle est cette décision que vous avez si longtemps attendue, Don Berenguer ? demanda le roi, les yeux toujours clos comme pour se couper du monde.

— J'ignore de quoi il peut s'agir, Votre Majesté.

— Et Rodrigue de Lancia ?

— C'est un parent de Huguet de Lancia Talatarn, Votre Majesté, expliqua le secrétaire. Il était en Avignon pour observer l'évolution de la plainte déposée par Ancône devant le pape. Une affaire de bateaux.

— De piraterie, oui. Et la décision s'est également perdue.

— Aucun frère du nom de Norbert n'était associé à cette affaire, murmura le secrétaire.

— Et vous ne connaissez pas ce Norbert ? s'enquit Olzinelles, le trésorier.

— Je ne le crois pas, répondit Berenguer. De même

que j'ignore tout de ce qu'il a fait, même s'il semble qu'il ait tué un homme.

— Il a le sang bien vif pour un religieux, Don Berenguer, fit remarquer le trésorier. Il est dommage qu'il ne précise pas en quoi le document de Sa Majesté pourrait affecter ses préparatifs de guerre.

— Mais nous connaissons la décision, n'est-ce pas ?

— Pas sous sa forme définitive, Votre Majesté, dit Olzinelles. Où sont les documents dont il parle ? Pas avec l'enfant, j'espère.

— Avec ceux qui ont versé son sang, dit Berenguer. Du moins on peut le supposer.

Don Pedro rouvrit les yeux et toisa Berenguer.

— Nous reparlerons plus tard de cette lettre. Il nous faut assister à une réunion du conseil, mon noble ami, ajouta-t-il. Nous avons besoin de votre opinion sur un sujet mis en discussion.

— Je suis toujours à la disposition de Votre Majesté.

— Comment va notre jeune protégé, le petit Maure, Yusuf ? demanda Don Pedro alors qu'ils se dirigeaient à pas lents vers la salle du conseil.

— Très bien, Votre Majesté. Il grandit en sagesse et en savoir tout autant que physiquement. Il attend à l'étage inférieur.

— Qu'on le fasse chercher, murmura-t-il.

Un des serviteurs, omniprésents mais toujours discrets, disparut afin d'accomplir sa tâche.

Cinq ou six conseillers assis à une grande table attendaient l'arrivée de Don Pedro.

— Don Berenguer va se joindre à nous pour la première partie de ce conseil, déclara le roi. Nous avions parlé d'une nouvelle paire d'yeux et d'oreilles à Tarragone. Don Berenguer y sera dans quelques jours. Montrez-lui le dernier rapport.

Sur ce, Olzinelles s'assit, feuilleta des documents et poussa devant lui une page unique.

On y relatait sans détour comment un certain marchand juif avait été frappé et ses biens incendiés, dans la partie la plus éloignée du quartier juif de Tarragone. Le marchand était mort, ainsi que deux de ses employés, un esclave et un petit enfant. Berenguer releva la tête quand il eut terminé.

— C'est le dernier rapport qui nous vient de Tarragone, dit Olzinelles. Il est possible que son décès n'ait pas été intentionnel. L'apprenti du marchand déballait une cargaison d'objets. La boutique était jonchée de paille sèche.

— Cela n'excuse en rien l'agression, commenta Berenguer.

— Vous comprendrez, Votre Excellence, à quel point un incident comme celui-ci peut être désastreux alors que nous nous préparons à la guerre.

Berenguer l'approuva. Toute considération humanitaire mise à part, le moment n'était pas bien choisi. Des marchandises brûlées et des marchands morts ne rapportaient ni taxes ni impôts. Et la communauté juive les réglait directement à son suzerain, le roi.

— Précisément, dit Don Pedro. Nous voulons confirmation de ces rapports. Et, s'ils sont fondés, nous désirons savoir qui se cache derrière cela, si c'est le résultat de la trahison, d'un zèle religieux mal dirigé ou de la cupidité. L'archevêque est-il conscient de ces troubles ? Et si oui, les condamne-t-il ?

— Votre Excellence aurait-elle des raisons de ne pas faire confiance à ceux qui lui ont adressé ces rapports ? interrogea Berenguer.

— Nous avons grande confiance dans la loyauté et l'honnêteté du jeune homme que nous avons envoyé observer ces problèmes, mais il est possible qu'il ait été trompé. Bien des hommes ont des raisons pour fomenter des troubles entre la Couronne et ses sujets.

— On dit que le nonce du pape se trouve à Tarragone, avança Olzinelles.

Berenguer regarda les trois hommes et attendit un instant.

— Ne pourrait-il être là pour le conseil général et nulle autre raison ? demanda-t-il.

— S'il en est ainsi, nous serions très heureux de le savoir, dit Don Pedro. Nous avons reçu un rapport — un seul, sans grand détail — indiquant que le nonce a contribué à susciter la révolte et les dissensions. Nous n'aimerions pas que cela fût vrai. Car si c'est le cas, il contrevient à la loi de façon flagrante. Toute attaque portée contre les juifs du roi constitue une intrusion dans les droits régaliens et pourrait être considérée comme une tentative de soutien à la Sardaigne dans la juste guerre que nous lui menons. Nous n'admettrons pas cela, ajouta-t-il avec une fureur contenue. De même, nous ne nous soumettrons pas à notre archevêque s'il intrigue avec le nonce du pape et que nous en ayons la preuve.

— Je suis le loyal serviteur de Votre Majesté, déclara Berenguer. Je ferai tout mon possible pour assister Votre Majesté.

— Où est notre pupille, Yusuf ?

— À la porte, Votre Majesté, dit un serviteur.

— Qu'on le fasse entrer.

Don Pedro se leva.

— Nous pouvons, selon toute probabilité, aplanir les difficultés entre Gérone et Tarragone en ce qui concerne ces ridicules accusations, Don Berenguer, conclut le roi en sortant de la salle.

En chemin, il prit Yusuf par le bras et l'entraîna dans son univers privé.

— Je vous suis reconnaissant... commença Berenguer, mais il parlait à une porte close.

— C'est un grand soulagement pour Sa Majesté, dit Olzinelles. Les juifs de Tarragone — comme ceux de Valence et de Gérone, et ceux d'ici — ont généreusement contribué à l'effort de guerre, et le roi est furieux de ces attaques. Sa Majesté, ajouta-t-il avec délicatesse, tient ses informations de Pons de Santa Pau. C'est un neveu du grand amiral mort au cours du récent conflit, et je crois — j'espère — qu'on peut avoir en lui une confiance absolue. Il est cependant assez jeune et manque peut-être d'expérience en ce qui concerne la duperie. Votre Excellence doit observer discrètement ce qui se passe et, quand vous aurez un sentiment sur la question, vous devrez le rapporter à Sa Majesté. J'ai ici une lettre que Sa Majesté adresse en votre faveur à l'archevêque.

— Veuillez transmettre ma profonde gratitude à Sa Majesté, fit Berenguer.

Olzinelles hocha la tête et poussa la lettre sur la table.

— L'Église constitue toujours une épine au flanc de Sa Majesté.

Berenguer s'apprêtait à franchir la porte quand il s'arrêta.

— Le roi sait-il que des bandits ont tenté d'enlever la religieuse que nous escortions jusqu'à Tarragone ?

— Oui. Sa Majesté se soucie de toujours demeurer informée.

— J'en suis certain, affirma Berenguer en s'inclinant.

À l'heure du dîner, la cour de la maison de Mordecai ben Issach était chaude et baignait dans le calme du sabbat. La longue table à tréteaux avait été dressée sous les citronniers, avec un repas abondant mais simple pour ceux qui étaient affamés. Raquel considérait sans grand appétit la nourriture posée devant elle. Elle se servit tout de même, grignota un peu et quitta la table. Emportant avec elle du flan crémeux destiné à réveiller la faim de Gilabert, elle monta dans sa chambre.

Naomi était assise près du lit et éventait doucement le jeune homme.

— Va manger quelque chose, lui dit Raquel. Je resterai auprès de lui.

— Je ne sais pas ce qui se passe, répondit la cuisinière avec humeur. Il fait aussi chaud qu'en juin, ici. On n'arrive pas à respirer dans cette fournaise. Et on dit que ce sera encore pire à Tarragone. On aurait dû rester à la maison.

— Il y a dans la cour une fraîcheur agréable. Va, trouve-toi à boire et avale quelque nourriture.

Sans cesser de grommeler, Naomi quitta la chambre et Raquel veilla le patient. Il était pâle, mais éveillé.

— C'est mon ange venu du ciel, dit-il. Je me demandais où vous étiez.

Raquel posa la main sur son front et le trouva frais.

— Vous allez mieux, constata-t-elle.

— Comment va ton patient ? interrogea une voix familière.

— Papa ! Vous m'avez fait peur. Sa fièvre a diminué aujourd'hui.

— Bien. Tu peux te reposer. Je souhaite lui parler.

Raquel prit son ouvrage et s'en alla.

— Comment va votre main ? demanda Isaac.

— Elle me fait souffrir, je le confesse.

— Une douleur vive, ou bien sourde et continue ?

— Tantôt l'un, tantôt l'autre. Je m'efforce de ne pas y penser. Si j'y pense, cela me dérange. Je dois la supporter, et c'est ce que je fais.

— Avez-vous pris quelque repas ?

— Un peu de soupe. Votre excellente fille m'a apporté du flan mais...

— Vous pouvez en manger maintenant ? C'est important.

— Je ne le puis pas, s'impatienta-t-il. Je suis impotent, couché dans ce lit, et j'ai trop de choses à quoi penser. Non, je ne peux pas manger.

— Vous n'avez rien à penser hormis recouvrer vos forces et votre santé, dit Isaac avec fermeté.

— Maître Isaac, je suis un homme mort. Je ne sais même pas si je suis condamné à demeurer mort à tout jamais, ou si je peux subitement revenir à la vie. Dans mon délire, j'ai cru que vous aviez pour mission de m'emporter au ciel. Ou peut-être de veiller sur moi ici-bas.

Il agitait la tête en tous sens.

— Maître Isaac, vous avez une qualité qui n'est pas de ce monde.

— C'est votre fièvre qui vous parle, mon ami, dit doucement le médecin. Moi aussi, je suis fait d'argile, et je n'ai rien d'un esprit.

— Pensez-vous que, lorsque je parlais d'homme mort, je devais être pris au pied de la lettre ?

— Non. Je me demandais seulement comment vous aviez pu en arriver là.

— C'est simple, murmura le jeune homme dont la voix trahissait la fatigue et le découragement. J'ai un ennemi.

— Qui est-ce ?

Il secoua la tête et ferma les yeux.

— Je l'ignore. Un voisin. Un ami. Un parent. Quelqu'un qui m'est proche et souhaite m'abattre.

— Qu'a-t-il fait ?

— Rien. Il m'a détruit.

— Expliquez-moi cela. Prenez tout votre temps, car je songe que pour diverses raisons il vaudrait mieux me parler.

— Bien des gens sont en partie au courant, commença Gilabert, mais je préférerais que vous n'en parliez pas encore.

— Si c'est ce que vous demandez, je ne dirai rien.

— Les terres de mon père sont vastes et bien irriguées. Au flanc des collines poussent des oliviers qui portent plus de fruits qu'on n'en peut cueillir et des vignes dont le vin le meilleur occupe un millier de caves tandis qu'une grande quantité de vin ordinaire est délaissée. Nous avons aussi des troupeaux de vaches et de moutons.

— Une position fort enviable, remarqua Isaac.

— Il en est bien d'autres qui jouissent des mêmes dons du Seigneur, mais ils ne semblent pas s'en satisfaire. Mon père est mort alors que j'étais dans ma quinzième année. En quelques mois, des rumeurs se sont répandues à propos de pratiques ignobles et licencieuses qui auraient été les miennes. Je n'étais pas en mesure de les faire taire mais, comme elles n'avaient aucun fondement, je ne les croyais pas capables de me faire grand mal. J'avais tort. Quand j'ai eu seize ans, j'ai dû fuir mes terres. Je me suis caché — peu importe où —, et mes amis se sont lancés dans la longue et périlleuse tâche qui consistait à laver mon honneur.

— Qui s'est occupé de vos propriétés ?

— Mon oncle. Le frère de ma mère. Sans cesse, il a eu des ennuis, mais il fait preuve de ténacité. Il s'y attendait. Un mineur qui hérite de terres prospères est toujours entouré de vautours. Trois propriétaires voisins ont jeté sur elles leur dévolu.

— Avez-vous d'autres parents susceptibles de revendiquer vos biens ?

Il fit non de la tête.

— Et votre oncle ? demanda Isaac.

— Je soupçonne tous les hommes, maître Isaac, mais pas lui. Je ne le peux pas. Mon oncle est mon meilleur ami. Il s'est appauvri en combattant mes ennemis.

Il s'arrêta de parler et ferma un instant les yeux.

— Je crois que nous avons enfin gagné. C'est peut-être pour cela que, dans leur désespoir, ils ont fait usage de violence à mon égard.

— Leur désespoir ?

— Oui, car sinon, pourquoi chercheraient-ils à me tuer ?

— Ils n'ont pas voulu vous tuer, Don Gilabert. De toute évidence, ils tenaient à vous garder en vie pour que vous leur donniez les informations qui leur sont absolument nécessaires.

Comme Isaac parlait, Gilabert ferma les yeux. Il les rouvrit au bout d'un moment.

— Je suis très las, maître Isaac. À nouveau je vous demande de ne rien dévoiler de tout cela, pas même à l'évêque, tant que je n'ai pas vu mon oncle.

Plus tard, le même jour, un messager arriva d'Avignon, porteur d'un sac de cuir scellé et estampillé aux armes de l'évêque de Barcelone, absent pour cause de service permanent au palais pontifical. Le messager tendit le sac pour qu'il fût remis au vicaire général, Francesc Ruffach, puis il se retira dans la quiétude des cuisines du palais.

Le sac ne contenait rien de bien surprenant. Il y avait là trois lourds documents, deux sur parchemin et le troisième sur papier, que le vicaire avait envoyés en Avignon pour obtenir l'approbation, la signature et le sceau de l'évêque, et que ce dernier lui avait retournés. Deux autres, originaires d'Avignon, demandaient au vicaire de prendre certaines mesures. Enfin, une lettre de l'évêque était personnellement adressée à Ruffach.

Le texte en était propre et écrit avec élégance, totalement prévisible aussi. Y étaient exposés un certain nombre de sujets en relation avec les documents joints. Ce n'est qu'au dernier paragraphe que l'évêque absent soulevait un point des plus étranges.

« Vous aurez donc reçu les documents envoyés il y a quatre jours. À cause d'une maladie passagère et de la presse qu'occasionnent mes autres affaires, j'ai négligé de contacter l'évêque de Gérone à leur propos. J'ai souhaité exposer au conseil les problèmes soulevés par les décisions qu'ils contiennent. Je suis certain que l'archevêque a reçu la liste que j'ai préparée, même si ce n'est pas le cas de l'évêque de Gérone, alors que je comptais, bien entendu, sur son précieux soutien. Vous me rendriez un grand service si vous faisiez recopier cette liste et si vous l'envoyiez à l'évêque au palais archiépiscopal.

« Si l'occasion vous était offerte de pouvoir lui parler de ces problèmes, il serait sans nul doute sage d'en profiter. »

— Avons-nous reçu une dépêche de Son Excellence en début de semaine ? demanda-t-il à son secrétaire.

— Une dépêche ? Certainement pas, mon père. Je vous l'aurais aussitôt apportée.

— Dans ce cas, elle est perdue. C'est extrêmement malheureux. Son Excellence ne sera pas contente.

À Gérone, ce même après-midi, le vicaire général, Don Arnau, avait fini de parapher une mince liassc de documents contenant des permissions, des ordres insignifiants et le tableau de service du mois à venir. Ce n'était pas une tâche très difficile ; dans chaque cas, quelqu'un d'autre avait pris la décision, élaboré les accords ou jaugé les mérites de chaque affaire. Cela ne l'empêcha pas de reposer la plume et de fermer les yeux de fatigue. Cinq jours d'effervescence routinière à la cathédrale l'avaient conduit aux limites de sa force et, au grand soulagement des autres chanoines, il ne cherchait plus à s'immiscer dans chaque crise, aussi infime fût-elle, ou dans chaque arrangement.

C'est pourquoi, quand Marc, l'oncle de la fillette de Sant Feliu, apparut au palais, traînant sa nièce derrière lui et demandant à voir le vicaire général, il reçut un accueil glacial.

— Son Excellence... le remplaçant de Son Excellence, je veux dire... commença Marc, il m'a parlé de terribles châtiments... et que si je savais autre chose, je devais venir le voir. Lui. Pas ses prêtres.

— Autre chose à propos de quoi ? demanda un chanoine qui était absent le jour où l'on avait découvert le corps du moine.

— Du franciscain assassiné, lui expliqua en bâillant Galceran de Monteterno. Conduisez-le à Don Arnau, même s'il faut pour cela interrompre son entretien.

— Un entretien avec qui ? voulut savoir le chanoine.

— Avec Morphée. À l'heure qu'il est, il doit être écroulé sur sa table tandis que le dieu du sommeil lui insuffle des rêves emplis du retour de Son Excellence.

— Jouer à l'évêque n'est pas un travail pour qui éprouve le besoin de vérifier le moindre détail, de la note du boucher au nombre de chandelles que Monteterno ici présent brûle au-delà du nombre qui lui est alloué, dit Ramon de Orta.

— Cet homme est un insensé, lâcha Monteterno.

— Vous le jugez bien mal. Il n'a rien d'un insensé, reprit Orta. Et prenez garde à vous.

Don Arnau se réveilla en sursaut, passa un mouchoir de soie sur ses lèvres et demanda à son secrétaire d'introduire l'homme et sa nièce.

— Ils ne voulaient pas me laisser entrer, Votre Excellence, commença Marc, mais je me suis souvenu de ce que vous m'aviez dit, et quand la petite a revu l'homme au marché et qu'elle m'a expliqué que c'était lui, je me suis dit que je ferais mieux de venir vous trouver et de l'amener avec moi parce que je savais que vous voudriez l'entendre de sa bouche.

Le vicaire général cligna des yeux. Il réfléchit un instant et se tourna vers la petite fille, car c'était certainement elle la plus sensée des deux.

— Aujourd'hui, tu es allée au marché avec ton oncle ? l'interrogea-t-il.

— Oui, Votre Excellence, ma maman a dit que je pouvais y aller.

— Et tu as vu quelque chose que je devrais savoir, c'est bien cela ?

Il souriait pour l'encourager à parler, mais son sourire était un peu crispé.

Elle le prit pour ce que c'était, une marque de bienveillance.

— Je ne l'ai pas vu, Votre Excellence, affirma-t-elle. J'ai entendu cet homme parler, et c'était comme le frère. Ce que je veux dire, c'est que ce n'était pas le frère, mais ça m'a fait penser à lui.

— Comme s'ils venaient du même endroit, assez éloigné de Gérone ?

— Je ne sais pas, Votre Excellence, je ne suis jamais

allée dans un endroit comme ça. Je me suis seulement dit qu'ils parlaient un peu de la même façon.

— Serais-tu capable de le reconnaître, mon enfant ?

— Oh oui !

— Voudrais-tu retourner au marché afin de le retrouver ? Mon secrétaire t'y emmènera, avec deux de mes gardes pour assurer ta sécurité. Et j'ai ici une petite pièce que je donnerai à mon secrétaire. Il a la permission de t'acheter tout ce qui te fera plaisir.

Joignant le geste à la parole, Don Arnau ouvrit les cordons de sa bourse et en sortit une pièce qu'il tendit avec cérémonie au jeune homme.

À la grande déception de la fillette, l'homme dont elle avait parlé de manière si confiante avait disparu. Mais le secrétaire de Don Arnau lui acheta tout de même quelques friandises ainsi qu'un petit gâteau avant de lui donner une pièce tirée de sa propre bourse. Elle rentra chez elle réconfortée.

CHAPITRE III

Le départ

Tôt ce dimanche matin, Berenguer et le vicaire général de Barcelone se promenaient dans le verger de l'évêque.

— C'est une belle journée, dit Ruffach. Je suis certain que Votre Excellence fera un bon voyage.

— Si ma petite armée ne se hâte pas, la chaleur du soleil sera insupportable lorsque nous partirons.

Une brise légère fit voleter leurs robes.

— Espérons qu'un bon vent d'est viendra calmer nos humeurs et nous pousser à partir, ajouta-t-il.

— Je vous souhaite un voyage rapide et paisible, Votre Excellence.

— Merci, mon ami.

— Et je suis désolé de ne pouvoir vous donner la liste de Son Excellence.

— Quelle liste, Ruffach ? s'étonna Berenguer.

— Une liste de questions qu'il souhaite voir soulever au conseil général. Je ne puis même pas vous dire ce qu'elle contient, car je l'ignore. Il l'a envoyée, mais elle ne se trouvait ni dans ce courrier ni dans le précédent. Je crains d'avoir perdu l'un de nos messagers.

— Peut-être était-elle destinée à l'archevêque. Elle lui aura été directement adressée.

— Cela serait surprenant, Votre Excellence. Il m'a demandé de vous en confier une copie.

— Effectivement, voilà qui est étrange, dit Berenguer.

Toute l'impatience de l'évêque ne put avancer que de quelques instants le départ de son escorte. Debout sur les marches du palais, il assistait au chargement des chariots. Puis le médecin et son petit cercle arrivèrent, accompagnés de Gilabert sur une litière. Groupe après groupe, le train des voyageurs se reconstitua pour se diriger lentement du palais épiscopal vers la via Augusta en direction de Tarragone. Quand il fut presque complet, Berenguer demanda à un serviteur de lui amener Yusuf.

— As-tu évoqué avec Sa Majesté le sujet dont nous avons discuté ? lui demanda-t-il discrètement.

— Ma venue à la cour ?

— Oui.

Le garçon sourit.

— Elle m'a dit que j'avais beaucoup appris et que j'en apprendrais encore plus, mais qu'un jour — quand j'aurai quinze ans, peut-être — je rejoindrai son entourage et apprendrai d'autres choses encore. Elle s'est montrée très aimable et très bonne envers moi. Elle m'a donné une boucle de ceinture en or et m'a promis une épée.

— Excellent. L'as-tu dit à maître Isaac ?

— Certainement, Votre Excellence.

— À présent, retourne auprès de ton maître au cas où il aurait besoin de toi, conclut Berenguer.

Yusuf revint en courant vers l'endroit où les porteurs avaient déposé la litière de Gilabert. Le blessé avait réussi à s'asseoir.

— Je suis heureux de te voir. Si tu veux bien te montrer assez obligeant pour me donner le bras, dit-il, je pourrai me lever.

Yusuf lui adressa un regard dubitatif, le saisit par la main et le tira de toutes ses forces. Gilabert se mit sur pied et épousseta ses habits dépareillés — les restes de sa propre tenue et une longue tunique à capuche, ouverte dans le dos, fournie par Mordecai.

— Cela réjouit de quitter son lit, soupira-t-il. Si j'avais un cheval, je monterais, mais puisque je n'en ai pas, je me contenterai de ce maudit chariot.

— Êtes-vous en état de chevaucher, señor ?

— Certainement, puisque je vis, dit Gilabert d'un air sombre.

Yusuf hésita.

— Savez-vous guider un cheval d'une seule main, señor ?

— J'en ai toujours été capable, Yusuf.

— Ce grand étalon noir que nous avons trouvé au bord de la route, je l'ai monté, mais j'aime aussi marcher. Cependant, il lui arrive de se montrer nerveux et difficile.

— Si je ne viens pas à bout de lui, je mettrai pied à terre, dit Gilabert en lui adressant un clin d'œil complice. Nous partagerons ce noble animal. Mais je te l'assure, je suis aussi à l'aise en selle que dans un lit. Bien plus que dans un chariot, en tout cas.

Yusuf amena le cheval à Gilabert.

— Reste où tu es, lui ordonna ce dernier. Et toi, ajouta-t-il à l'adresse d'un palefrenier, aide-moi à lancer ma jambe droite.

— Permettez-moi de prendre l'escabeau que nous utilisons pour les dames, fit le palefrenier.

— Non.

Il prit appui sur l'épaule de Yusuf, fit porter tout son poids sur sa jambe blessée afin de mettre le pied à l'étrier et se hissa en selle.

— Les étrivières, réclama-t-il avec l'autorité de celui qui est habitué à avoir des serviteurs à sa disposition chaque fois qu'il décide de monter.

Le palefrenier régla les courroies de cuir. Gilabert tendit sa bourse à Yusuf — un cadeau discret de la part de l'évêque pour remplacer celle qui lui avait été dérobée.

— Une pièce à ce garçon, dit-il. Je t'en prie. Je ne puis délier la cordelette d'une seule main.

— Êtes-vous sûr de pouvoir monter, señor ? s'inquiéta Yusuf en prenant un peu tardivement le cheval par son mors.

— Je l'espère sincèrement. Oh, ce n'est pas d'être en selle qui me posera un problème, c'est de cesser de l'être. Je crains de ne pouvoir redescendre qu'en tombant. Je te remercie de ton aide, ajouta-t-il en s'inclinant doucement. Si tu veux bien me confier les rênes, je verrai comment je peux maîtriser cette farouche créature.

Livide et grimaçant de douleur, il sourit à Yusuf.

Tout au long de cette scène, Berenguer était demeuré sur les marches du palais à observer le cheval, aussi doux et aussi patient qu'un bœuf, attendre patiemment que son nouveau cavalier fût prêt à partir.

Le soleil chauffait déjà quand le petit groupe venu du couvent se joignit à eux, et l'ombre dispensée par les bâtisses alentour ne cessait de diminuer. Le capitaine compta mentalement les voyageurs et adressa un mot à l'évêque, puis les chariots s'ébranlèrent.

Andreu et Felip étaient assis sur un banc de pierre, non loin de la porte monumentale de la ville.

— Votre Excellence verrait-elle un inconvénient à ce que nous nous joignions de nouveau à vous ? demanda Andreu.

— La ville de Tarragone est idéale pour ceux qui, comme nous, désirent apprendre tout en gagnant leur pain avec d'innocentes distractions, ajouta Felip.

— Vous êtes les bienvenus, dit Berenguer. Même si je m'étonne de constater que vous étiez au courant de notre passage en ce moment précis.

— Les déplacements de Votre Excellence font l'admiration de la ville, répondit Andreu en s'inclinant.

Plate et parfaitement rectiligne, la route coupait en deux la vallée formée par le Llobregat. De part et d'autre, ce n'étaient que jardins florissants, champs et vergers plaisants et verdoyants. Çà et là, de grosses maisons mais aussi de petites demeures de paysans ponctuaient la campagne. Le paysage frémissait dans la chaleur du soleil, mais pour l'instant un vent léger soufflait et des arbres offraient par intermittence leur ombre aux voyageurs.

— Il fait chaud, dit le marmiton, mais c'est quand même plus facile que sur la route de Barcelone. On pourrait parcourir chaque jour le double de distance s'il n'y avait ceux-là, ajouta-t-il avec un mouvement de tête méprisant en direction du reste de la troupe. Et on passerait plus de temps en ville.

— Tu y passeras suffisamment de temps, lui répondit le cuisinier en chef.

Ce n'était pas la première fois qu'il parcourait cette route, et il ne se faisait pas d'illusions.

— Et l'air fraîchira quand on arrivera là-bas, ajouta-t-il en désignant les formes sombres qui s'accumulaient à l'horizon. N'est-ce pas, sergent ?

— C'est vrai, reconnut celui-ci.

— Ces nuages ? dit le marmiton.

— Des nuages, fit le sergent en éclatant de rire. Ces choses sont des montagnes, mon gars, comme celles qu'on a chez nous, mais en plus grand. Tarragone ne serait pas très loin si elles ne nous barraient le chemin.

Effectivement, la colonne n'était pas en marche depuis deux heures que chacun sentait dans ses jambes que la douce pente de la route avait cédé la place à une élévation plus marquée. Le soleil était très haut, et l'ombre n'était plus que quantité négligeable. Raquel écarta les pans de son voile et discuta de futilités avec son père. La mule de ce dernier avait pris l'habitude d'être menée et marchait au même pas que la monture de la jeune fille : elles avançaient côte à côte comme une paire de bêtes de trait.

Du coin de l'œil, Raquel vit Gilabert vaciller doucement, puis se rattraper à l'encolure de son cheval. Son visage perdait toute couleur. Elle appela Ibrahim pour qu'il conduise la mule de son père, puis, assez nerveuse, elle enfonça les talons dans les flancs de sa monture. La bête ne réagit pas. Elle recommença, avec plus de force, et finit par rejoindre le blessé au petit trot.

— Vous souffrez, lui dit-elle.

Ce n'était pas une question.

— Pas beaucoup, répondit-il. Je me sens bien mieux qu'avant.

— Je suis certaine que c'est vrai. Quand nous vous avons trouvé, vous étiez pratiquement mort.

— Bon, dit-il en s'efforçant de sourire, je l'admets. J'ai mal.

— Dans ce cas, nous allons vous faire descendre de ce cheval pour que vous vous reposiez dans le chariot.

Elle regarda autour d'elle et attira le regard du sergent à qui elle adressa un signe discret.

— Voici celui qui peut nous aider.

En un instant, il fut à sa hauteur.

— Maîtresse Raquel, que puis-je pour vous ?

— Mon patient a décidé de monter à cheval et il est maintenant prêt à en descendre. C'est là qu'est le problème.

— En aucun cas, répondit le sergent. Je reviens tout de suite.

Les deux jeunes gens allèrent quelques instants d'un pas tranquille.

— Je ne me plains pas et je ne veux pas vous paraître insensée, dit Raquel, mais comment faites-vous pour qu'un animal avance quand vous le désirez et aille là où vous le voulez ? C'est une créature assez douce qu'il m'est donné de monter, mais...

— C'est une mule, lui expliqua Gilabert, et elle ne coopérera que si elle vous connaît et vous apprécie. Ce sera alors la meilleure monture au monde. Il vaut mieux commencer par un cheval étranger que par une mule qui ne vous connaît pas, maîtresse Raquel. À condition que ce cheval ait été soumis à une main experte et que vous le maniiez avec détermination. Vous n'avez jamais monté auparavant ?

— Une seule fois, admit-elle.

— Dans ce cas, vous vous en sortez fort bien. Je souhaiterais presque...

— Vous souhaiteriez quoi, señor ?

Mais le chariot à bagages fit halte, et le sergent revint à pied accompagné d'un autre garde. Il empoigna les rênes de l'étalon noir et le fit tenir tranquille.

— Señor, si vous voulez avoir la bonté de vous pencher vers moi et de poser la main sur mon épaule, nous vous rattraperons. Peux-tu t'occuper du cheval, mon garçon ? ajouta-t-il en tendant les rênes à Yusuf.

L'affaire fut réglée. Gilabert fut couché sur sa litière et Raquel, après l'y avoir installé, retrouva sa mule et arrangea pudiquement ses jupes sur ses jambes quelque peu dénudées. Yusuf enfourcha le cheval qui reprit sa place derrière le chariot.

Ils n'étaient en aucun cas les seuls voyageurs ce jour-là. Comme la route droite commençait à onduler et à se faufiler entre les collines pour retrouver la vallée, ils furent dépassés par plusieurs cavaliers. À en juger d'après leur vitesse, tous — pris individuellement ou en groupe — semblaient devoir remplir des missions autrement plus urgentes que la leur. Cette dernière paraissait d'ailleurs de moins en moins pressante. Les mules de trait avaient considérablement ralenti, et toutes les autres bêtes s'étaient mises à leur rythme.

— Que se passe-t-il ? s'enquit le capitaine.

— J'aimerais jeter un coup d'œil à l'antérieur de la mule de tête, dit le palefrenier en chef. C'est elle qui semble ne plus vouloir avancer.

— Amenez-la par ici, ordonna le capitaine en indiquant une étendue de terre où un cavalier se reposait tandis que son cheval paissait. Près de ce cours d'eau.

Tandis que les palefreniers s'affairaient auprès de la mule, ôtant un caillou pointu de son sabot et appliquant un onguent apaisant sur ses chairs irritées, Raquel trouva pour son père un rocher plat où s'asseoir, promit de revenir avec une cruche d'eau et disparut.

— Vous avez été abandonné, à ce que je vois, dit Felip. Pouvons-nous nous joindre à vous ?

— Certainement, répondit Isaac. J'ai idée que ma fille et sa mère trouvent toutes deux notre invalide plus fascinant que quelqu'un qu'elles ont toujours connu. Mais où se trouve votre ami musicien ?

— Il a convaincu le cuisinier de lui céder un pichet de je ne sais quoi, et d'ailleurs le voici qui approche. C'est là l'un de ses talents — convaincre autrui de lui donner des choses. Mais je vois que nous partageons cet endroit confortable avec un étranger. Pardonnez-moi, messire, appela-t-il, voulez-vous vous joindre à nous ?

— Volontiers, fit le voyageur qui s'était allongé de l'autre côté du ruisseau. Pendant quelques instants, tout au moins.

Isaac tourna la tête, brusquement intéressé.

— Qu'est-ce qui vous met sur la route par un jour aussi chaud ? demanda-t-il.

— Je suis messager, señor. C'est là mon gagne-pain.

— Une activité bien honnête, mais point aisée, à mon avis.

— Vous dites vrai, señor. Et maintenant que mon cheval est quelque peu reposé, je vais devoir repartir. On ne me paye pas, hélas, pour jouir de la compagnie d'autrui.

— Vous voyagez loin ?

— Je vais à Tarragone, expliqua le messager en prenant le gobelet de vin coupé d'eau que lui proposait Andreu.

— Aujourd'hui ? s'étonna Isaac.

— Non, señor. Ce soir, j'espère dormir dans un village proche de Martorell où j'ai de la parenté. Cela ne fait pas beaucoup en un jour, mais mon cheval et moi avons connu une rude semaine.

— Vous venez de Barcelone ?

— Oui. Et je me suis reposé moins d'un jour.

Sur ce, il rendit le gobelet à Andreu et se leva.

— Il nous faut y aller. Bonne journée à vous, señores, et merci pour ce rafraîchissement.

Il siffla son cheval, qui revint docilement au trot. L'homme salua la compagnie, se mit en selle et s'éloigna.

— Un garçon bien bavard, fit remarquer Andreu.

— Uniquement parce que je voulais l'écouter, répondit Isaac.

— Et pourquoi donc ? s'étonna Felip.

— Je voulais m'assurer que c'était bien l'homme que j'avais entendu hier dans le verger de l'évêque. Bien que l'homme qui l'a engagé m'intéresse plus que lui...

— Comment cela ? demanda Andreu en réprimant un bâillement.

— Ce garçon me fait l'effet d'être honnête et sobre, mais celui qui l'a engagé pour porter un message oral à Tarragone n'est pas digne de confiance. Il lui fallait aller dans une taverne de la rue des Scribes. Pour cela, notre messager a reçu une bourse bien trop lourde pour la valeur de cette mission.

— Comment pouvez-vous juger du poids d'une bourse ? l'interrogea Felip.

— C'est le son qui nous l'enseigne. Le poids des pièces produisait un son un peu terne. De plus, les deux hommes à qui s'adressait le message devaient lui verser une somme équivalente. Et tout cela pour un message d'importance négligeable.

— Quel était-il ? demanda Andreu en jetant un regard amusé à son compagnon.

— Miró et Benvenist doivent se livrer aux préparatifs convenus en vue du retour de leur jeune maître.

— Cela fait un message bien léger pour une bourse

aussi lourde, dit Andreu. Est-ce à cause de ça que vous avez déduit que cet homme n'était pas digne de confiance ?

— Certainement pas. Cela suggérerait simplement qu'il dépense son argent à des futilités. Ce jeune homme a apporté le mal avec lui dans le verger de l'évêque, ajouta-t-il d'un air pensif. Mais je doute que nous sachions jamais pourquoi il a tant payé pour voir porter ce message.

— Le mal ? s'effraya Andreu. Comment pouvez-vous dire pareille chose ?

Isaac leva les mains en signe d'impuissance et sourit.

— Je me demande si le messager est au courant, s'interrogea Felip.

— Je ne le crois pas. On ne le paye pas pour être curieux.

La mule était soignée. Le groupe avait repris les lacets de la route quand un cri et un hurlement retentirent derrière eux. Une troupe de six cavaliers venait de franchir un tournant et avait failli jeter à terre ceux qui marchaient en queue du convoi de l'évêque.

— Regardez qui vient derrière nous, dit Berenguer à Francesc Monterranes.

Il désignait un maître vêtu d'habits coûteux, monté sur un cheval caparaçonné d'argent et entouré de cinq serviteurs.

— C'est ce fat de la campagne avec qui nous avons dîné, remarqua son confesseur. Personne n'est blessé ?

— Je ne le pense pas, fit Bernat. Pas grâce à eux, en tout cas.

— Je me demande si nous allons être longtemps gratifiés de cette compagnie.

— J'ose espérer qu'un tel châtiment nous sera épargné, murmura l'évêque de façon peu charitable.

Don Gonsalvo de Marca fit un écart pour éviter un autre groupe, souleva un nuage de poussière et ralentit en s'approchant du chariot qui transportait des passagers. Il regarda Gilabert, allongé, les yeux clos, et secoua la tête.

— Pauvre garçon, soupira-t-il. Bonjour, Votre Excellence.

— Bonjour, Don Gonsalvo. Nous ne nous attendions pas à vous trouver sur cette route. Voilà un heureux hasard.

— C'est exact, répondit le propriétaire terrien, radieux. J'espère que vous faites un agréable voyage.

— Bien morne, en fait. Jusqu'à votre arrivée, naturellement.

— Les meilleurs voyages le sont toujours, n'est-ce pas ?

Il parla plus bas.

— Je vois que le malheureux jeune homme recueilli sur la route de Gérone est toujours avec vous. À moins que ce ne soient ses restes que vous ramenez à sa famille, ajouta-t-il d'une voix douloureuse.

— Oh, non ! lui répondit Berenguer. Il est bien vivant. En fait, il a même chevauché à mes côtés dans la plaine. Malheureusement, cet exercice l'a épuisé, et notre médecin a insisté pour qu'il se repose.

— Il a chevauché ? Il n'est donc pas sur son lit de mort, dit Gonsalvo dont l'expression changea quelque peu. Excellent.

— Ah, fit Berenguer, pour cela, nous sommes entre les mains du Seigneur, n'est-ce pas ? Habituellement, tout au moins...

Sur cette remarque énigmatique, Berenguer s'inclina d'un air magistral. Gonsalvo éperonna son cheval et partit au galop.

La route grimpait pour redescendre, grimpait à nouveau et redescendait encore, à travers des forêts de plus en plus épaisses, et ses méandres les entraînaient en direction du nord et de l'ouest.

— Mais Tarragone est au sud, se plaignit le marmiton. Nous avons pris la mauvaise route. On a le soleil dans le dos. Nous nous sommes perdus.

— Tais-toi, lui dit son collègue. Nous ne sommes pas perdus.

— Tu préférerais peut-être franchir la rivière à la nage et escalader les montagnes ? tonna le cuisinier en chef. Parce que nous autres, nous aimons mieux passer par la route et emprunter des ponts.

— Oui, messire, murmura le marmiton, intimidé mais toujours persuadé qu'ils s'étaient trompés.

Comme ils approchaient de Sabadell, l'ordre habituel du convoi se modifia quelque peu. Francesc Monterranes eut pitié du confesseur des religieuses et vint chevaucher à côté de lui, écoutant patiemment le récit de ses difficultés avec les sœurs. Raquel rejoignit sa mère près du chariot des passagers, et Bernat fut amené à conduire la mule du médecin. Ce dernier ne tarda pas à tuer le temps en bavardant avec le secrétaire de l'évêque.

À Sabadell, ils retrouvèrent la route qui venait de Gérone.

— Tant d'heures de marche, dit Naomi à sa maîtresse. Et nous voilà où nous aurions dû arriver il y a plusieurs jours. Tout ça pour qu'un évêque aille rendre ses visites.

Elle se souvint alors de l'endroit où ils avaient recueilli son patient, et elle rougit, car elle prenait grand plaisir à s'occuper de lui.

— Tu n'as pratiquement pas marché, Naomi, dit Judith. D'ici à ce que tes membres soient tout engourdis...

Il avait été convenu entre ceux qui allaient à pied que, dès leur arrivée en ville, ils s'arrêteraient, se reposeraient, feraient un solide repas, boiraient tout leur saoul et repartiraient plus tard — bien plus tard —, une fois restaurés. Mais ils passaient devant des tavernes et des auberges, percevaient les rires joyeux et la conversation bruyante de ceux qui pouvaient jouir de leurs plaisirs, et poursuivaient leur chemin. Berenguer était intraitable. Ils ne pouvaient se permettre de perdre davantage de temps.

Une humeur sombre régnait sur le petit groupe. À un moment donné, l'évêque demanda une chanson, et Felip tira sans grand enthousiasme son rebec et son archet avant de se mettre à jouer. Andreu chanta un refrain, puis s'excusa en prétextant qu'il avait de la poussière dans la gorge. Il sortit sa petite flûte et exécuta un ou deux airs mélancoliques. Comme par un accord tacite, la musique fut écartée.

— Qu'ont-ils donc tous ? s'impatienta Berenguer.

— Ils souffrent de la fatigue et de la faim et savent que bien d'autres journées de voyage nous attendent, répondit Bernat.

— Nous ne pouvons nous arrêter. Pas encore, tout au moins.

La brise qui caressait leurs visages s'était changée en un vent assez vif. Les nuages amassés à l'horizon avaient brusquement envahi le ciel et masqué le soleil. Quelques gouttes de pluie se transformèrent en déluge. Le vent hurlait dans la vallée et les frappait de plein fouet, immobilisant quasiment les bêtes et les gens.

— Votre Excellence, dit le capitaine, il est inutile de tenter de poursuivre. Ces arbres nous offriront quelque abri, et nous pourrons en profiter pour manger.

Berenguer céda devant les forces combinées de la tempête et de ses hommes.

Il fut quasiment impossible de faire du feu. Les cuisiniers distribuaient des fruits, du fromage et du pain, mais tous souffraient trop du froid, de l'humidité et de la fatigue pour apprécier une nourriture aussi froide et humide qu'eux-mêmes. Renforcés par trois soldats de Barcelone, les gardes postés au périmètre du bosquet s'étaient installés le plus haut possible, fouettés par le vent et la pluie, à l'exception de celui qui était chargé de surveiller Sor Agnete. Le souvenir de l'attaque était trop cuisant, et le capitaine n'autorisait personne à demeurer seul. Ils étaient donc tous serrés les uns contre les autres, amis et ennemis, serviteurs et maîtres, jeunes et vieux.

L'orage se déchaîna au point de transformer la route en rivière. Il s'abattait sur les mules et les chevaux qui s'étaient regroupés pour se protéger un peu. Quand il se calma enfin, ce fut aux bêtes que le capitaine s'intéressa en premier lieu, et tous ceux qui le purent arrachèrent des poignées de paille fraîche aux chariots afin de les bouchonner. Puis les voyageurs essorèrent de leur mieux leurs vêtements et repartirent en direction de l'ouest.

Ce fut un groupe misérable et trempé qui arriva en fin d'après-midi dans les élégants quartiers d'habitation de la chartreuse de Terrassa. Les moines découvrirent avec effroi cet homme dégoulinant qui était l'évêque de Gérone. Ils étaient anéantis. Ils pouvaient loger Son Excellence, certes, mais il ne restait plus assez de place au couvent pour accueillir ne fût-ce que deux ou trois membres de sa suite.

— Si l'escorte de Votre Excellence pouvait se rendre au prieuré de Santa Maria de Terrassa, de l'autre côté de la rivière, dit l'abbé, je suis certain que le prieur ferait pour eux tout ce qui est en son pouvoir.

— Nous irons tous, et je vous remercie pour votre aide, répondit Berenguer.

— Il ferait ce qui est en son pouvoir ? reprit Bernat. C'est plutôt de mauvais augure.

À Santa Maria, après un frugal repas, les bols à soupe et les assiettes avaient été débarrassés. Malgré ses protestations, Gilabert avait été conduit dans une chambre à part et livré aux bons soins de Naomi et de Raquel. L'évêque et son secrétaire s'étaient enfermés avec le prieur. Le reste du groupe, quelque peu réchauffé et ragaillardi par la soupe chaude et le gobelet de vin fournis par les bons frères, s'attardait à bavarder.

— J'ai été surpris de voir Don Gonsalvo nous dépasser, dit Bernat. J'avais cru comprendre qu'il envisageait de demeurer un peu à Barcelone.

— Qui est ce Don Gonsalvo ? s'enhardit à demander Judith.

Jusqu'en cet instant, elle était restée assise près de son mari, à la table du souper, et s'était contentée de lui chuchoter quelques mots à l'oreille. Mais la nature ne l'avait pas conçue pour garder le silence quand la conversation était intéressante. Au grand amusement de son mari, elle commençait à traiter les prêtres comme s'ils étaient des femmes à titre honoraire, des personnes sûres avec qui l'on pouvait bavarder sans crainte.

— C'est un propriétaire terrien qui vit plus à l'ouest ou au sud, me semble-t-il, maîtresse Judith, lui expliqua Bernat.

— C'est ce que j'en avais conclu, fit-elle d'un ton acerbe.

Bernat s'inclina comme pour s'excuser.

— C'est exact, maîtresse Judith, puisqu'il voyage sur notre route. Je ne puis vous dire rien de plus sur son compte, si ce n'est que nous avons dîné ensemble au palais épiscopal de Barcelone. Je l'avoue, maîtresse Judith, je n'ai pas apprécié sa compagnie à table. Il parle sans fin à propos de n'importe quoi, et d'une voix forte et désagréable.

— Nous avons eu le privilège de connaître son opinion sur des sujets aussi divers que le mariage des filles et les procès, ajouta Francesc avec sécheresse. Ce fut un repas des plus instructifs.

— Justement, n'est-ce pas un procès qui le retenait à Barcelone ? reprit Bernat.

— Non, lui répondit le confesseur des religieuses. Vous vous trompez, mon père. Il a bien précisé que ce procès se déroulait devant une autre juridiction.

— Mais c'est tout de même pour cela qu'il est resté en ville.

— Je l'ai écouté avec beaucoup d'attention, et il n'a nullement expliqué...

— En tout cas, c'est par pur hasard que nous l'avons revu, trancha Felip avant que les esprits ne s'échauffent. Le hasard est chose bien étrange, non ? Qu'un propriétaire terrien désagréable et que nul ne connaît puisse dîner un jour au palais épiscopal et pas le lendemain, puis qu'il choisisse ce jour précis pour quitter la ville à l'improviste, voilà qui ne peut relever que du hasard.

— Assurément, dit Andreu. Le vent du destin nous porte là où il le veut.

Il sourit.

— Aujourd'hui, il nous a réunis sur la même route. C'est curieux de voir que ce genre de choses se produit souvent. Moi-même, je suis un jour entré dans une taverne innommable, dans quelque misérable village perdu dans les montagnes. Ce site se trouvait à dix rudes journées de marche de chez moi et était habité par huit familles revêches et cinq fois plus de chèvres. Je m'assieds à la première place libre et, juste à côté de moi, qui vois-je ? Un homme qui avait été mon condisciple.

— Effectivement, dit le confesseur. Moi aussi, il m'est arrivé...

Et la conversation fut nourrie d'innombrables récits de coïncidences.

Le confesseur semblait n'avoir vécu jusqu'ici que de rencontres fortuites avec des gens déjà connus. Il venait d'achever sa troisième anecdote quand Yusuf attira l'attention de tous.

— Pardonnez-moi, señores, mais je me demande si c'est bien de hasard qu'il s'agit. En nous dépassant, Don Gonsalvo a prétendu ne pas connaître Gilabert. Pourtant, à Barcelone, il parlait de lui à un ami comme s'il le connaissait depuis toujours.

— Peut-être s'agit-il d'un autre Gilabert, émit Isaac. Ils doivent être plusieurs à porter ce nom.

— C'est vrai, seigneur, dit Yusuf. Je n'y avais pas songé.

— Sinon, fit remarquer Felip, ce serait bien étrange, je vous le concède. Mais l'heure tourne. Irons-nous voir si Gilabert a besoin de quelque chose ? demanda-t-il en se tournant vers Andreu. Ensuite, je chercherai mon lit. Je vous souhaite à tous une bonne nuit.

D'un commun accord, les voyageurs se levèrent pour regagner leurs chambres.

— Comment se porte le genou de Votre Excellence ? demanda Isaac. Je ne voudrais pas que la douleur nuise à votre repos.

— Il ne me gêne aucunement. Connaissiez-vous déjà l'histoire de Yusuf ?

— Non, Votre Excellence. Yusuf ?

— Oui, seigneur ? dit le garçon d'une petite voix. Je n'aurais pas dû parler ainsi, je le sais. Mais j'avais oublié cette conversation jusqu'à cet instant, et elle m'est revenue.

— Ne te tourmente pas. Tu n'as nui à personne, le rassura l'évêque.

— Il y avait encore autre chose, seigneur.

— Quoi donc ?

— Don Gonsalvo a demandé ce qu'était devenu l'argent qu'il avait confié à Norbert. À titre de don ou de paiement, je ne m'en souviens plus.

— Voilà qui est fort intéressant, conclut Berenguer. Ce Gonsalvo mérite qu'on le surveille de près.

CHAPITRE IV

Les montagnes

Le lendemain matin, le fracas des cloches réveilla les voyageurs bien avant prime. L'un après l'autre, ils quittèrent péniblement leurs minces matelas afin d'affronter cette nouvelle journée. Des bancs de nuages annonciateurs de pluie et de vent flottaient au-dessus du prieuré. Nul n'était effleuré par la tentation de paresser dans l'air glacial du dortoir bondé ou des cellules au mobilier austère. Une fois debout, chacun s'activait.

Le déjeuner fut long à venir. Quand il arriva, ce fut pour se révéler froid et spartiate. Dès qu'ils eurent terminé, Berenguer fit ses adieux, et son escorte se hâta de quitter les froids locaux des moines pour la chaleur relative de la route.

— Je n'aimerais pas être moine, dit le confesseur des religieuses.

L'homme avait le don d'exprimer tout haut ce que les autres avaient le tact de garder pour eux.

— Les sœurs ne vivent pas de manière somptueuse, poursuivit-il, mais, par une froide matinée, leur réfectoire est toujours chauffé, et la nourriture bonne et abondante.

Berenguer fronça les sourcils.

— Nous avons largement puisé dans leurs ressources.

Et ils nous ont offert ce qu'ils avaient. Leur richesse et leur nombre ont beaucoup diminué ces dernières années.

— Je ne voulais pas me montrer peu charitable, Votre Excellence, mais...

— Vous m'en voyez satisfait. Je suis certain que vous prenez en pitié le désarroi dans lequel ils vivent.

— Assurément, Votre Excellence, répondit le confesseur.

Leur joie de quitter Terrassa fut de courte durée. La route qui les attendait était aussi décourageante que celle qu'ils avaient déjà parcourue. Leurs vêtements étaient encore humides de l'orage de la veille, et Andreu éternuait.

— Selon vous, jusqu'où pourrons-nous aller aujourd'hui ? demanda Berenguer.

— Castellvi est à une distance raisonnable, déclara le capitaine.

— C'est très loin de Tarragone.

— Nous n'avons pas marché hier autant que nous le désirions, Votre Excellence. Il y a eu l'orage, et puis...

— Oui, capitaine, je comprends fort bien cela. Bon, si nous ne pouvons aller plus loin, un de mes parents qui vit près de Castellvi nous accueillera, mais il lui sera difficile d'offrir l'hospitalité à tant de gens. Il vaudrait mieux poursuivre jusqu'à Lloselles, où nous pourrons loger au château. Ils ont également plus de place et ne sont pas aussi pauvres que mon malheureux cousin.

— À condition d'arriver ce soir à Lloselles.

— Nous devons essayer, dit avec force l'évêque. À Castellvi, je suppose que nous pourrions tous dormir dans la grande salle. Ce serait plus propre et plus calme qu'à l'auberge.

— Il nous faudra aussi une pièce pour les femmes, et une chambre pour Sor Agnete.

— Je suis persuadé que mon cousin pourra arranger cela.

Vu que, sans aucun doute, l'évêque dormait dans la

meilleure chambre partout où il s'arrêtait tandis que son hôte et son hôtesse se trouvaient relégués dans quelque recoin obscur du quartier des domestiques, Berenguer pouvait se permettre d'être philosophe en matière de promiscuité.

— Je ferai de mon mieux, l'assura le capitaine. Mais la route n'est pas facile, et la distance à parcourir dans la montagne est considérable.

Le soleil creva les nuages. Le vent qui les tourmentait et les faisait frissonner séchait peu à peu leurs habits. Mais, plus ils s'éloignaient de Terrassa, plus les montagnes leur semblaient imposantes. Assombries de pins touffus, leurs crêtes se serraient les unes contre les autres comme les dents d'un peigne. Même le plus lent des marcheurs se pressait comme si c'était là un territoire ennemi qu'il convient de traverser en toute hâte. Le monde ne s'ouvrit autour d'eux que lorsqu'ils entamèrent la descente et retrouvèrent la vallée du Llobregat.

— Nous ne pouvons pas encore faire halte, annonça le capitaine en contemplant sa petite troupe désemparée. Mais comme ils sont nombreux à avoir faim, nous allons tout de même prendre le temps de leur distribuer du pain et du fromage.

— Ne vous asseyez pas, dit le marmiton quand il passa parmi les serviteurs du couvent, porteur d'un grand panier plein de morceaux de pain et de belles tranches de fromage. Nous mangerons en route.

— Le pain est rassis, marmonna l'un des palefreniers.

— Pense plutôt que tu as de la chance de ne pas le trouver vert de moisissure, lui lança le sergent. Le monastère nous a donné le pain qu'il pouvait.

— Nous nous arrêterons pour nous reposer une fois franchi le fleuve, déclara Berenguer en jetant un regard sombre à ceux qui se plaignaient.

Les pins furent remplacés par des arbres feuillus et des arbustes, les rochers des montagnes par des terres plus hospitalières. Un des gardes avait été envoyé en avant pour une mission connue des seuls capitaine et sergent, mais la rumeur circula qu'il cherchait un lieu pour la nuit. Le moral s'améliora.

— Nous n'allons quand même pas nous arrêter ici pour la nuit, dit Raquel quand ils furent en vue du fleuve. Nous venons tout juste de nous mettre en route.

— Non, je ne le pense pas, répondit Gilabert.

Il avait regagné le chariot et sa jambe blessée était allongée devant lui. Yusuf chevauchait l'étalon noir.

— La distance à parcourir est encore considérable avant que d'atteindre ces montagnes.

— Mais nous venons de les franchir...

— Il y en a d'autres, expliqua Gilabert avec un sourire. Mais je suis sûr qu'elles ne peuvent vous effrayer, maîtresse Raquel. Vous devez avoir l'habitude des sommets.

— Oui, fit-elle, mais pas de ceux-ci.

La ville était bâtie de l'autre côté du pont, en aval du confluent de l'Anoia et du Llobregat. Enrique, le jeune garde envoyé en mission de repérage, les attendait près de ce pont. Il portait sur son dos un sac empli de pain frais et de fromage du cru destinés à reconstituer leurs provisions. Ils s'arrêtèrent donc au bord de l'Anoia, dans un pré faisant face à la ville, et firent un rapide repas composé de viandes froides, de pain et de fromage.

Le pré était accueillant et très verdoyant. Les méandres d'un chemin conduisaient à la rivière ceux qui désiraient s'y baigner. Le soleil chassa de leurs os le dernier souvenir de cette froide matinée et leur laissa une douce impression de lassitude. Mais au moment où chacun s'installait pour somnoler pendant un quart d'heure, le capitaine ordonna de tout remballer et de repartir.

— Je suis sûr qu'on pourrait aller bien plus loin si on avait le temps de se reposer, dit le marmiton.

— Écoutez-moi ce morveux qui veut aller chaque jour deux fois plus loin ! s'écria le cuisinier. Tu as de la chance que Son Excellence ne t'ait pas entendu, il nous aurait à tous demandé d'en faire autant. Il est si pressé d'arriver à bon port que c'en est de la folie.

— On va suivre tout le temps la rivière ? demanda l'apprenti qui commençait à éprouver un certain respect pour la connaissance que son maître avait de la route.

— On peut dire ça comme ça, fit le cuisinier en réprimant un rire. On est un peu au-dessus la plupart du temps, mais tu verras, ça va changer.

— Qu'est-ce que vous voulez dire ?

— Tu verras bien.

Au-dessus d'eux, les montagnes se dressaient, hautes et sombres. La route grimpait assez nettement, et le sergent fit faire halte.

— C'est pour quoi maintenant ? demanda le marmiton.

— Pour le travail, lui répondit le cuisinier en chef. Il va falloir transférer des pièces lourdes dans l'autre chariot pour alléger un peu celui-ci. Il y a devant nous des collines assez raides.

— On aurait dû s'y prendre plus tôt, maugréa son aide alors qu'il se dirigeait vers la charrette transportant les passagers. Et vous, señor, dit-il à Gilabert, vous allez pouvoir vous déplacer ? Si vous acceptiez, on pourrait mettre une ou deux barriques à votre côté. Quant à ces deux-là, ajouta-t-il en désignant Ibrahim et Naomi, il leur faudra marcher avec les autres.

— Mieux encore, dit le jeune homme, je monterai le cheval. Yusuf pourra prendre ma place dans le chariot. Il pèse moins que moi.

— Je peux aller à pied, señor.

— Yusuf ira sur ma mule, trancha Berenguer.

Ils firent donc passer une partie de la charge dans le chariot des passagers, et Yusuf sauta sur le dos de la mule de l'évêque.

La route grimpa à nouveau.

Elle s'enfonçait dans une forêt très dense, plus encore que tout ce que Raquel avait pu voir jusqu'ici. Accrochés à la pente, chênes et peupliers poussaient comme mauvaise herbe au printemps. Ils étendaient leurs branches au-dessus de la route et masquaient le soleil, la plongeant ainsi dans une pénombre perpétuelle. Plus haut surgissaient les silhouettes sombres des arbres à feuillage persistant. Une brume semblait suinter du sol rouge et rocailleux pour venir coller à leur peau.

— Il fait presque nuit ici, dit Raquel, mal à l'aise.

— Ce n'est pas comparable, dit Gilabert dont le cheval marchait au pas de la mule de la jeune femme. On ne voudrait pas se faire prendre par la nuit dans une telle forêt.

— Il n'y a personne par ici ?

— Mais si. Des villages, des monastères et quelques cabanes solitaires et misérables. Mais nombre de petits villages ont été dévastés par la peste, et leurs maisons sont maintenant vides de tout habitant. La plupart des gens vivent loin de la route, ils s'y sentent en sécurité.

— Comment y arrivent-ils ? On ne peut rien cultiver par ici, n'est-ce pas ?

— Il y a bien des façons de gagner sa vie dans la forêt, expliqua Gilabert. Il en est même d'honnêtes. Il y a les glands pour les porcs. Plus haut, dans la prairie, ils gardent des moutons et des chèvres, et aussi des vaches.

Raquel frissonna.

— Je ne crois pas que je pourrais jamais m'habituer à vivre ici, sans soleil.

Les jambes de chacun étaient habituées à emprunter chaque jour les rues escarpées de Gérone. Certains prenaient plaisir à se plaindre mais, en vérité, les collines ne les effrayaient nullement. Pourtant, leur rythme diminuait quelque peu. Ils avaient déjà parcouru près de huit lieues, et les jeunes garçons d'écurie fermaient à demi les yeux et titubaient de fatigue.

Le capitaine finit par décider une halte en un lieu relativement plat, tout près d'une borne milliaire.

— Nous prendrons cinq minutes de repos, dit-il.

— Le château de Lloselles est-il encore loin ? lui demanda Berenguer.

— Au moins quatre lieues, Votre Excellence. De chemins comme celui-ci. Ils font de leur mieux, mais ce ne sont pas des soldats aguerris. Nous devrons les laisser souffler toutes les lieues. Cela nous prendra quatre heures, et il y a le risque de se faire surprendre par le crépuscule. Demain, ce sera exactement la même chose, sauf que nous redescendrons, ce qui est encore plus douloureux pour des jambes déjà lasses.

— Et Castellvi ?

— Peut-être deux lieues. Nous ferions cela en deux heures, fatigués comme nous le sommes.

— Dans ce cas, nous ferons étape à Castellvi. Il est, non loin du château, un petit castel qui appartient à un parent de ma mère. Mon cousin nous y accueillera.

— Je connais l'endroit. Ne conviendrait-il pas de les prévenir ?

— Assurément. Envoyez Enrique en avant-courrier.

Au castel blotti dans la forêt de Castellvi de Rosanes, l'épouse du châtelain fit la révérence devant le noble évêque.

— Vous êtes le bienvenu, Votre Excellence. Nous ne pouvons vous offrir qu'un pauvre asile, je le crains, mais nous partagerons ce que nous possédons.

Cette humilité n'était pas feinte et n'était rien de plus que la vérité. La robe et le surcot qu'elle avait passés à la hâte — ses plus beaux habits, sans aucun doute — étaient en fort piteux état, au même titre que le mobilier de la grande salle. Mais un feu généreux brûlait dans l'âtre, et la pièce était sèche et chaude même si le petit château tapi dans l'ombre était encore imprégné des froidures de l'hiver.

L'évêque était parfaitement conscient du sacrifice

imposé par l'entretien d'une telle compagnie et, au même instant, les palefreniers pénétraient dans les cuisines porteurs de beaux jambons fumés, d'un tonnelet de vin, de deux gros fromages, d'un sac de farine et d'un panier empli de choses diverses — riz, épices et fruits secs.

— Pourquoi ils distribuent toutes nos réserves ? demanda un garçon d'écurie horrifié à l'idée de manquer.

— Pourquoi crois-tu qu'il a apporté tout ça ? lui répondit le second du cuisinier. Tu pensais peut-être que l'évêque allait tout manger ? On ne peut pas rémunérer un chevalier sans le sou parce qu'il vous a logé, on n'est pas à l'auberge, et on ne peut pas non plus lui donner de l'or comme si l'on faisait étape dans un monastère. C'est pourquoi on lui apporte des mets de choix venus de la ville.

— Mais...

— Ne t'inquiète pas. Nous nous procurerons ce qui nous manque à Vilafranca. La nourriture excellente y abonde.

Soulagés de se retrouver dans les murs solides de ce petit château, les voyageurs oublièrent leur fatigue et leurs membres endoloris. Ils s'assirent gaiement pour partager un souper constitué d'une soupe de gibier à l'oignon et à l'ail ainsi que d'un agneau rôti, que tous mangèrent avec bel appétit. Le châtelain parla chasse avec Gilabert. Celui-ci conversa intelligemment et avec beaucoup de révérence à l'égard de son hôte, mais il mangea peu.

— Vous sentez-vous bien, señor ? demanda le châtelain en lui proposant une nouvelle coupe de vin. Vous semblez pâle et très las. Et je ne puis m'empêcher de remarquer que vous-même et l'un de vos compagnons ici présents êtes tous deux privés de l'usage d'un bras.

— Je me sens très bien, répondit Gilabert, livide mais souriant. Il y a peu de jours, je désespérais de la vie à cause de mes blessures. Être vivant et assis à une table, c'est cela, se sentir bien. Le médecin de Son Excellence et son habile fille m'ont tiré d'une mort certaine.

— Vous avez été assaillis sur la route ?

— Effectivement, répondit avec sincérité le capitaine tout en esquivant adroitement le sujet de l'agression dont avait été victime Gilabert. Je suis heureux de dire que nos attaquants ont eu plus de pertes que nous, mais nous avons tout de même subi des coups et des blessures.

— De telles attaques sont-elles répandues sur cette portion de route ? interrogea Bernat.

— Elles ne sont pas communes, dit le châtelain, mais cela arrive. Le voyageur prudent a toujours de la compagnie et se tient sur ses gardes. Certains habitants de la montagne sont assez sauvages et très pauvres de surcroît.

— Et certains s'engraissent en fondant sur les passagers insouciants, dit sa dame avec une véhémence soudaine. Comme des vautours.

Chacun la regarda avec étonnement car elle n'avait pas ouvert la bouche jusqu'ici.

Quand la table eut été débarrassée, la grande salle fut transformée en dortoir. Dans un coin tranquille, Isaac, aidé de Raquel, défaisait les bandages de la jambe de Gilabert.

— C'est presque guéri, papa.

— Bien, fit Isaac. Bande-le une fois encore, mais pas si serré.

— Êtes-vous le médecin ? dit une voix douce. Maître Isaac ?

— C'est moi, répondit-il.

— Ma maîtresse vous supplie de venir la voir, maître Isaac.

— Pour quelle raison ?

— Elle vous le dira.

— Viens, Raquel.

Ils suivirent la servante dans un petit escalier en colimaçon et arrivèrent dans une chambre où un feu brûlait gaiement dans la cheminée. Isaac s'arrêta sur le pas de la porte et tendit l'oreille. La servante le prit par la main et le fit entrer.

— Maître Isaac, dit une voix, la même qui avait paru si amère à la table du souper, je suis Emilia, l'épouse du châtelain. Et je vous implore d'examiner mon fils. Il est malade depuis quatre jours, et je désespère de le voir guérir. Aucun remède parmi les quelques-uns que je détiens ne semble devoir l'aider. Mais j'ai entendu le jeune homme parler de vous et de vos miracles...

— Je suis médecin, dame Emilia, précisa Isaac. Je fais de mon mieux pour venir en aide. Rien de plus. Non, je ne fais pas de miracles, mais simplement de mon mieux. Quel âge a-t-il ?

— Il est né à la même époque, l'année dernière.

— A-t-il été malade alors ?

— Non, il a bien poussé et a appris à marcher ainsi qu'à courir sur quelques pas. Il a sa quatrième dent et sait dire maman...

Sur ce, elle éclata en sanglots, et Isaac la confia aux bons soins de la petite servante.

L'enfant était dans son berceau. Il ne cessait de gémir et de se tordre.

— Il est très pâle, papa, dit Raquel. Ses yeux sont caves et vitreux.

— As-tu le petit tonnelet ?

— Non, papa, je vais aller le chercher.

— Envoie plutôt la servante quérir Yusuf. Il l'apportera. J'ai besoin de toi ici. Y a-t-il une bouilloire d'eau sur le feu ?

— Oui, maître, dit la servante avant de partir chercher Yusuf et le tonnelet.

Isaac palpa le corps du bébé, doucement mais avec beaucoup de minutie, du cou jusqu'aux pieds. Il sentit les petites dents pointues, plaça son oreille sur sa poitrine et écouta attentivement, puis il lui massa doucement le ventre.

— Dites-moi, dame Emilia, a-t-il une nourrice ?

— Oui, maître Isaac, mais il refuse le sein. Au début, il rejetait le lait qu'il prenait, mais maintenant il ne veut même plus essayer. La nourrice semble malade d'inquiétude et de manque de sommeil. Il était inutile de la garder ici, et je l'ai envoyée se reposer dans le lit de ma servante.

— J'aimerais lui parler, dame Emilia. C'est important.

À peine revenue, la servante dut aller chercher la nourrice, puis se rendre aux cuisines afin d'en rapporter du bouillon.

— Dame Emilia, dit Isaac quand Yusuf fut là avec le tonnelet, votre propre sagesse vous a déjà dit que votre fils était très malade. Il souffre beaucoup, et son corps réclame sommeil, eau et aliments. La douleur l'empêche de boire ou de manger, et le grand danger qu'il court actuellement est de mourir de faim et de soif. Mais si nous apaisons la douleur, il dormira : c'est alors que la faim et la soif le tueront certainement. Voyez-vous comme son visage est gris et ses yeux creux ? Sa peau est d'un contact très étrange. Il a d'abord besoin d'eau, puis de nourriture.

— Je vois cela, dit la mère, mais vous-même, comment...

— Je le sens, et ma fille le voit. Nous allons lui donner une infime quantité d'une substance destinée à atténuer la douleur afin que les crampes de son estomac n'empêchent pas la digestion, puis ma fille et vous le veillerez toute la nuit. Vous le tiendrez éveillé et vous efforcerez de lui faire boire de l'eau. Cela peut paraître cruel, mais sinon il mourra. Le ferez-vous ?

— Je ferai n'importe quoi.

— Nous ne voulons pas vous ennuyer, car je me doute bien que vous n'avez pas dormi depuis qu'il est tombé malade, mais c'est à sa mère de le tenir pour que sa détresse ne soit pas encore plus grande.

Raquel lui passa sur les lèvres un linge imbibé de gouttes amères diluées dans de l'eau et du vin. Il les avala. Puis elles le laissèrent dormir quelques minutes avant de le réveiller avec des chansons et des bruits divers, lui chatouillant les pieds et faisant tout leur possible sans lui faire de mal. À nouveau, elles lui humectèrent les lèvres d'eau.

La nourrice arriva. C'était une solide campagnarde qui se frottait les yeux sans grande discrétion.

— Vous m'avez demandée, madame ? demanda-t-elle d'un air morne.

— Oui, Lluisa. Le médecin aimerait t'interroger à propos du bébé.

— Oui, madame.

— Ah, Lluisa, dit Isaac. Dis-moi, qu'as-tu pris pour empêcher le bébé de se nourrir ?

— Rien, señor, fit-elle d'une voix où perçait la panique.

— Je sais que tu as pris quelque chose. Si je savais de quoi il s'agit, et en quelle quantité, cela pourrait aider à le sauver.

— Ce n'était rien de mauvais, s'empressa-t-elle de répondre. C'est ma cousine qui me l'a donné. Ça donne seulement un goût bizarre au lait, et il mordait si fort mes tétons qu'ils en saignaient quelquefois. Ça marche toujours, m'a dit ma cousine.

— Et qu'était-ce donc, femme ?

— Je n'en sais rien. Elle tient cela d'une sorcière, et elle m'en a donné une coupe. Je devais prendre trois gouttes, mais cela n'a rien fait, alors j'ai tout bu et ça m'a rendue malade, comme je vous le dis. Mais, d'après elle, ça ne pouvait nuire au bébé. Elle me l'a promis. Je ne lui aurais jamais fait de mal.

Sur ce, elle éclata en sanglots bruyants et fut chassée hors de la chambre.

— Puisqu'il a vécu aussi longtemps, dit Isaac, c'est qu'il doit être très fort. C'est notre plus bel espoir.

— Elle l'a empoisonné ? cria dame Emilia. Lluisa l'a empoisonné ? S'il meurt, ajouta-t-elle d'une voix sinistre qui fit frissonner Raquel, je la tuerai.

— Dans ce cas, nous devons l'empêcher de mourir, au moins pour vous épargner cet horrible péché.

Pendant qu'ils s'affairaient, le castel s'installa pour la nuit et, dans le calme qui s'ensuivit, les bruits de la forêt emplirent la chambre — hululement des chouettes, craquement d'une branche morte sous le pas d'un prédateur ou d'une bête traquée. Puis il sembla que les bois touffus étaient envahis par une vaste armée silencieuse épiant la demeure.

Vers le milieu de la nuit, quand la lune se leva et que sa lumière pénétra dans la pièce, l'enfant but une gorgée de liquide.

— Laissons-le dormir un peu plus, dit Isaac. Car il a besoin de repos presque autant que d'eau.

Ils lui accordèrent donc près d'une heure de sommeil, puis il but goulûment et se mit à gémir.

— Donne-lui-en un peu plus pour apaiser sa douleur, Raquel. Une goutte.

Elle s'exécuta, et l'enfant dormit encore une heure. Raquel l'éveilla alors doucement pour lui donner un peu de bouillon chaud.

— Il l'a pris, papa. Sa mère et lui se sont endormis.

Dame Emilia protesta qu'elle était parfaitement réveillée.

— Y a-t-il un lit ici ?

— Celui de la nourrice.

— Qu'ils s'y couchent tous les deux, ordonna Isaac. Je resterai auprès d'eux pour m'assurer que tout va bien. Va te reposer, ma fille.

La mère et son enfant dormirent jusqu'à ce que le soleil matinal les caresse de ses rayons.

CHAPITRE V

Les montagnes

Ils déjeunèrent de riz chaud et épicé, d'excellent pain tout juste sorti du four, de l'un des jambons de l'évêque et d'un bon quart des fromages disposés sur la table. Avant de faire ses adieux, Berenguer envoya son secrétaire chercher un paquet enveloppé de lin, qu'il offrit à dame Emilia.

— Vous nous avez accueillis avec une telle grâce, ma cousine, même lorsque votre maison était dans la peine. Nous ne vous aurions pas dérangée si nous l'avions su.

— Sans vous, notre fils serait mort à cette heure. Votre venue fut une réponse à mes prières.

— Pas ma venue, madame, dit Berenguer, mais celle de mon médecin. Je l'ai emmené en voyage sous un prétexte égoïste, mais je suis comblé de voir que cela a servi à quelque chose.

Dame Emilia alla avec le paquet jusqu'à l'embrasure de la fenêtre, où la lumière était meilleure, et l'ouvrit. Elle y trouva une pile de lourdes soieries, soigneusement pliées, suffisamment pour confectionner la plus belle robe aux manches les plus longues qu'elle puisse imaginer, et encore assez pour faire une robe à sa fille, quand elle serait devenue une jeune femme.

— Votre Excellence, dit-elle, votre générosité ne

connaît pas de limites. Si jamais nous pouvons vous rendre quelque service...

— Madame, dit-il galamment, vous pourriez regretter ces paroles. Nous reviendrons par la même route.

— Et vous serez une fois encore les bienvenus.

Le châtelain les accompagna dans la cour et leur réitéra son conseil de rester sur leurs gardes pendant la traversée de la forêt.

— Avez-vous entendu parler d'attaques menées contre des voyageurs dans cette région ? lui demanda le capitaine.

— Non, dit le châtelain. Mais la servante de ma femme — la fille de mon meilleur bûcheron — a raconté à Emilia que nos hôtes devaient faire attention à eux. Je pense que c'est à cause de son père. C'est un homme d'une nature plutôt sombre, qui prévoit toujours le pire. Quant à moi, la nuit dernière, j'ai cru entendre des braconniers dans la forêt, mais ils devraient plus s'en prendre à mes cerfs qu'à mes invités. Je ne vois aucune raison particulière pour que vous vous inquiétiez. Mais, à votre place, je serais tout de même sur mes gardes, capitaine.

— Savez-vous manier l'épée ? demanda le capitaine un peu abruptement.

— Assurément, répondit Gilabert. Pas aussi bien que lorsque j'avais mes deux bras, mais assez bien tout de même. Pouvez-vous m'en fournir une ?

— Oui. Cela nous fait dix hommes armés, dit-il pour soi-même. Son Excellence portera son épée, et ses prêtres en feront de même. Ils sont tout à fait à même de se protéger. Nous devrions être aussi bien préparés. Il y a aussi le cuisinier et son aide. Le palefrenier portera une lance. Vous montez aujourd'hui ?

— Eh oui, capitaine, je monte.

— Vous aurez quelque difficulté à mettre pied à terre si nous sommes attaqués.

— Je peux me battre en selle. Le cheval fera ce que je lui demande.

— Vous en êtes sûr ? Il m'a semblé imprévisible.

Le capitaine lui adressa un étrange regard et demanda à quelqu'un d'aller lui chercher une épée.

Ils avançaient sur la route, silencieux, tendus et inquiets, s'attendant à tout instant à voir fondre sur eux une bande d'hommes à pied ou grimpés sur de petits chevaux de montagne. Les religieuses, les autres femmes et les garçons d'écurie, trop jeunes pour manier une pique ou un bâton, avaient été regroupés au milieu de la file, entre deux chariots. Les autres étaient postés aux extrémités du groupe. La route montait en serpentant, et rien ne se passait. Ils se détendirent un peu.

C'est alors que le sergent et deux des gardes négocièrent une courbe assez serrée, suivis de près du premier chariot, et s'arrêtèrent net. Devant eux, la route était couverte non pas de bandits d'allure féroce, mais d'une horde de femmes accompagnées de quelques vieillards et d'enfants. La plupart étaient pieds nus et vêtues de tuniques grossières remontées sur leurs jambes solides. Quelques-unes étaient armées. À l'avant se tenaient deux femmes à l'air déterminé qui brandissaient des couteaux de cuisine.

— Où est l'aveugle ? demanda la plus téméraire des deux. Et sa fille ?

— Que lui voulez-vous ? lança le sergent. Recule, femme, et laisse-nous passer.

— Pas tant que vous ne nous aurez pas donné l'aveugle, répéta-t-elle.

Une autre femme, échevelée, à la robe sale et déchirée, sortit de la foule. Elle portait un enfant de deux ou trois ans.

— C'est pour moi qu'elle demande l'aveugle, expliqua-t-elle. C'est ma sœur. Elle ne vous veut pas de mal, je le jure. Mon bébé va mourir et j'ai appris ce que l'aveugle avait fait pour l'enfant du château. Il doit m'aider. L'année dernière, j'ai perdu tous mes autres enfants. C'est tout ce qui me reste.

— C'est vrai, s'éleva une voix derrière elle. Marta la Folle, c'est pas une menteuse.

Berenguer s'avança pour observer la pitoyable créature.

— Maître Isaac ?

— Je vais examiner cet enfant, dit Isaac, mais si c'est une infection qui a emporté tous vos autres petits, l'aider sera bien au-delà de mes capacités.

— Ils sont morts dans un incendie, dit la femme au couteau de cuisine. Celui-ci a la fièvre et une enflure. Mais c'est pas un bubon de peste, ça, je vous le jure. J'en ai vu, et je sais ce que c'est. Que je meure dans d'horribles souffrances et que je brûle en enfer si c'est un bubon, messire.

— Laisse-moi voir ça, dit le sergent. Écartez-vous toutes.

La mère souleva le pied de l'enfant et le montra au sergent.

— C'est une infection purulente, dit Raquel. Ça se voit d'ici. Amenez cet enfant.

Ils posèrent une couverture sur la route et y couchèrent l'enfant. Raquel lava soigneusement le pied infecté, l'incisa et en laissa sortir les matières putrides. Elle le tamponna et le purifia à l'aide de vin, le recouvrit d'herbes et le banda, puis rendit l'enfant en larmes à sa mère.

— Va au château et demande à la bonne dame qui y vit du bouillon, des œufs frais et de la bonne nourriture pour ton enfant pendant quelques jours. Et ne le laisse pas marcher sur ce pied durant...

Raquel hésita.

— Cinq jours, dit son père d'un ton autoritaire.

— Merci, dit la femme, merci. Il ira bien ?

— Si tu prends soin de lui.

Les femmes se regardèrent, l'air un peu gêné.

— Il faut leur dire, fit la mère de l'enfant. Ça serait

pas bien. Après tout, ils se sont arrêtés pour nous aider. Et dame Emilia.

— Nous dire quoi ?

— La route n'est pas sûre droit devant, expliqua la mère. Vous ne pouvez pas continuer.

— Il y a un pont, là-bas, voilà ce qu'il y a. Vous pourriez tomber et vous tuer.

La voix s'était élevée au milieu de la horde, et un murmure lui fit écho, peut-être approbateur mais peut-être hostile.

— Vous pouvez passer par cette piste et redescendre de l'autre côté de la montagne, dit la sœur. Votre malade ne risquera rien.

Dès que la colonne avait fait halte, Yusuf, persuadé qu'on n'aurait pas besoin de lui, était grimpé à flanc de montagne pour voir ce qui les attendait peut-être. Il trouva un pin facile à escalader et monta aussi haut que l'arbre le lui permettait. De ce perchoir, il voyait la route serpenter avant de disparaître, mais aussi quelque chose qui le fit sursauter. Il se laissa glisser à terre, dévala la pente et murmura à l'oreille du capitaine.

— Je crois que nous devrions suivre le conseil de cette brave femme, dit ce dernier.

— Vous en êtes sûr ? lui demanda Berenguer.

— Tout à fait. Elles me semblent honnêtes, reprit le capitaine avec solennité. Nos chariots peuvent-ils emprunter cette route, maîtresse ?

— Les nôtres y arrivent, je vois pas pourquoi les vôtres le pourraient pas. Il faudra pousser de temps en temps, c'est tout.

Ils parvinrent au bout de la route, épuisés et couverts de boue. Tout le monde avait fini par mettre pied à terre et aider. Dans la montée, ils avaient poussé les chariots et les charrettes dans un sol mou et boueux ; dans la descente, il avait fallu les retenir avec des cordes pour empêcher les mules d'être écrasées.

Quand ils purent reprendre normalement leur chemin, Berenguer se tourna vers le capitaine.

— De quoi s'agissait-il ? Je suis persuadé qu'il y avait un piège.

— Il y en avait bien un, Votre Excellence. Trente hommes armés nous attendaient près du pont. Yusuf est grimpé dans un arbre pour jeter un coup d'œil. Par simple curiosité, je pense, ajouta-t-il. Et voilà ce qu'il a vu.

— Mais les femmes n'ont pas voulu avouer qu'on nous avait tendu un piège.

— Un piège constitué de leurs fils et de leurs maris, dirais-je. C'est étrange qu'elles aient fait allusion à un malade.

— Ils cherchaient le jeune Gilabert, dit Berenguer. C'est évident. Et cela signifie que quelqu'un les a payés pour nous attaquer : je ne vois pas pourquoi des montagnards en haillons s'intéresseraient à lui.

Ce fut une marche longue et pénible au flanc de la montagne. Ils s'arrêtaient à peu près toutes les heures, quand la route était assez plate, et se reposaient brièvement. Il y avait abondance de nourriture, mais ils furent bientôt trop fatigués pour manger.

— Quand est-ce qu'on arrive en haut ? demanda le marmiton.

— Jamais, lui expliqua l'aide-cuisinier. Pourquoi, tu veux y aller ? C'est très loin, tu sais. Non, on va bientôt commencer à redescendre.

— Ça sera plus facile, dit le jeune garçon qui était d'un incurable optimisme.

— D'une certaine façon.

Oui, c'était plus facile, pour le souffle, mais pas pour des jambes fatiguées. L'après-midi était déjà bien entamé quand, les mollets endoloris, ils achevèrent leur lente descente près du pont qui enjambait la rivière. Le capitaine leur fit faire halte.

— Papa, s'écria Raquel, c'est superbe !

— De quoi parles-tu, ma chérie ? lui demanda son père, l'esprit empli de tout autre chose.

— Les oliviers, papa, et puis aussi les vignes. Tout cela est si vert, si bien entretenu. Il y a des collines devant nous, mais pas de vraies montagnes.

Le soleil effleura l'horizon avant qu'ils entrent dans Vilafranca de Penedès et se dirigent vers le palais royal. C'était le 29 avril, et Tarragone était encore à une douzaine de lieues. La conférence devait débuter dans trente-six heures. Tandis que les cuisiniers et leurs aides faisaient le plein de victuailles et que les garçons d'écurie brossaient et étrillaient mules et chevaux, Berenguer se réunit avec Bernat, Francesc et le capitaine afin de discuter.

— Nous partirons à l'aube, déclara l'évêque. Avant tout le monde. Je dois atteindre Tarragone dès demain, et je tiens à éviter la chaleur de la journée.

— Souhaitez-vous que je vous accompagne, Votre Excellence ? demanda le capitaine.

— Non, je préfère que vous restiez auprès d'eux.

Chacun était occupé à ôter la boue de ses bottes, de sa tunique ou de sa robe. Gilabert examinait pour sa part sa culotte déchirée, ses bottes de cheval maculées et la tunique trop grande que lui avait prêtée le médecin : il se demandait s'il était possible de mettre cela pour dîner au palais royal, même si le roi était absent.

— C'est une chose d'être vêtu comme un gentilhomme sali par les incommodités du voyage, expliqua-t-il à Yusuf, délégué pour voir comment il se portait après une journée aussi éprouvante. Et c'en est une autre que d'avoir l'air de détrousser des cadavres pour leur prendre leurs habits.

— Si je savais où vous trouver d'autres vêtements, señor, je m'en occuperais aussitôt. Mon maître possède une autre tunique qui vous irait certainement mieux, mais elle vous tomberait jusqu'aux chevilles.

— Eh bien, je ressemblerais plus à un médecin. Je

ne puis me montrer difficile, je le crains, dit Gilabert. Je brosserai mes habits pour en ôter la boue, nettoierai mes bottes et me présenterai tel que je suis.

— Je vais trouver quelqu'un pour cirer vos bottes, señor.

Quand Yusuf revint avec les bottes, Gilabert était allongé sur son lit et contemplait le plafond sombre de sa chambre.

— Cela me fait plaisir de te voir, Yusuf, dit-il. Viens, descendons dans la cour et profitons de la soirée. Mes pensées sont plutôt de tristes compagnes.

Lentement, mais avec plus de facilité qu'auparavant, Gilabert descendit l'escalier de pierre ouvragé qui menait à la cour. Il se dirigea vers un banc proche d'une fontaine et s'y assit avec plaisir.

— Tu t'intéresses à l'équitation, n'est-ce pas, Yusuf ? Tu montes bien — presque aussi bien que moi quand j'avais ton âge.

— J'ai rarement eu l'occasion de m'exercer, señor.

— C'est vrai, et cela se voit à certains de tes gestes. Malgré tout, tes capacités m'ont impressionné.

— Sa Majesté a dit que si je devais vivre à la cour, j'aurais mon propre cheval, pris dans l'écurie royale, et ma propre mule pour voyager, dit Yusuf un peu mélancolique.

— C'est ce que tu feras ?

— Comment pourrais-je quitter mon maître ? Il m'a vêtu et nourri alors que j'étais en haillons et à demi mort de faim. Il m'a sauvé la vie, il a engagé des professeurs pour m'initier à la lecture et l'écriture de votre langue, il m'a déjà aussi beaucoup appris quant à la guérison des malades. En outre, il est aveugle, et si sa fille se marie, qui sera là pour l'assister ?

— Elle est très belle, remarqua Gilabert. Très habile aussi.

— Oui. C'est pour cela qu'elle trouvera un époux.

Quand elle est en ville, ma maîtresse l'enveloppe comme un paquet pour lui éviter les regards des curieux.

— Elle se montre pleine de sagesse. Ici, chaque homme — même les prêtres — a les yeux posés sur elle. Je les observe parfois pour aider à passer le temps.

— Vous êtes un cavalier émérite, dit Yusuf. Je n'ai jamais vu un blessé monter ou maîtriser si bien un cheval tel que celui-ci.

— Tu me flattes, jeune Yusuf. Je monte de manière honorable et, au cours de ces dernières années, pour une raison ou une autre, je suis souvent allé à cheval. C'est une vie bien agitée que celle que j'ai menée.

Il se tut un instant.

— Pourrais-tu demander à Son Excellence qu'il daigne m'accorder un entretien ? reprit-il. Je le ferais bien moi-même mais, vois-tu, je ne suis pas aussi vif que toi.

— Je vais le lui demander, dit Yusuf avant de s'esquiver.

— Je suis désolé de déranger Votre Excellence, dit Gilabert.

— Ce n'est rien, répondit Berenguer. C'est une plaisante soirée, et la cour du château est tout à fait hospitalière. Voyez-vous une objection à la présence de mon médecin ?

— Nullement. Il peut entendre tout ce que j'ai à dire.

— Vous avez toute mon attention, fit Isaac d'un air grave.

— À une heure d'ici, sur la route de Tarragone, expliqua Gilabert, se trouve la modeste *finca* de mon père. Avec votre permission et votre aide gracieuse, Votre Excellence, je quitterai demain votre escorte. Quand j'aurai recouvré forces et santé, je vous retrouverai à Tarragone. Dans quelques jours, je l'espère.

— Désirez-vous que nous vous ramenions chez votre père ?

— Non, ce serait trop demander. Je sollicite seulement une mule pour me conduire à la *finca* et un homme pour vous la ramener. Dès mon arrivée, mon oncle me donnera un cheval.

— Votre oncle ?

— C'est un homme très généreux. Ou mon père, bien entendu, ajouta-t-il. Cela ne posera aucun problème. J'ai des affaires à Tarragone, et j'espère vous y retrouver, Votre Excellence, avant la fin du conseil général.

— Qu'en pense mon médecin ?

— C'est chose possible, dit Isaac. Mais si Votre Excellence n'y voit pas d'inconvénient, j'aimerais l'accompagner et emmener ma fille avec moi. Je pense qu'il trouvera cet exercice bien plus pénible qu'il ne se l'imagine, et je tiens à examiner ses blessures dès son arrivée. Ainsi qu'à bander une fois encore sa main avant qu'il n'échappe à mes soins.

— Est-ce acceptable ?

— Ça l'est, répondit Gilabert.

— Bien. Le capitaine va arranger cela. Je vous souhaite de joyeuses retrouvailles avec votre père, et je prie pour que vous n'arriviez pas trop tard pour le voir.

— Pour le voir ? Ah oui, bien sûr. Je m'efforce de ne pas trop penser à cela. Mais mon oncle sera là, même si mon père n'y est pas.

— Vous disposerez d'une mule et d'une escorte pour vous ramener dans votre famille. Pour l'heure, je vous dis adieu. À l'aube, je partirai pour Tarragone. Francesc et Bernat m'accompagneront. Jeune Gilabert, et peu importe qui vous êtes, de tout mon cœur je vous souhaite plus de bonheur que vous n'en avez eu jusqu'à présent.

— Qui croyez-vous que je suis, Votre Excellence ?

— Je l'ignore, dit Berenguer, mais que Dieu vous assiste, demain et toujours. Irons-nous souper ?

Suivis de Yusuf, les trois hommes empruntèrent l'escalier puis la galerie qui menait à la grande salle à manger, où tout le monde se retrouvait déjà pour le repas du soir.

CHAPITRE VI

Mercredi 30 avril

La salle était quasiment vide le lendemain matin quand le capitaine entra.

— Holà, señor ! lança-t-il. Je suis heureux de vous voir réveillé et à table. Cela signifie-t-il que vous pouvez monter ?

— Tout à fait, répondit Gilabert, occupé à déjeuner.

— Bien. Son Excellence et ses prêtres sont partis à l'aube. Vous prendrez la mule de l'évêque. C'est une bête docile — enfin, autant que peut l'être une mule. Et j'aurai l'honneur de vous escorter.

— Je vous en suis très reconnaissant. Avez-vous vu le médecin ? Est-il prêt ?

— Il l'est, capitaine, s'éleva une voix depuis le pas de la porte.

— Vous êtes parfaitement ponctuel, maître Isaac, dit le capitaine en se tournant vers le médecin et sa fille. Si nous partons sur l'heure, nous pourrons rejoindre le reste de la troupe sans les retarder. L'étape d'aujourd'hui est un peu longue.

— Dans ce cas, allons-y sans attendre.

— Son Excellence m'a expliqué que la *finca* de votre père se trouvait à une heure d'ici à allure modérée. C'est bien cela ?

— Oui. Même au pas, cela ne prendra pas plus de temps.

Le reste du groupe aurait dû s'ébranler moins d'une heure plus tard mais, à l'instant prévu, seule une poignée de gens étaient descendus dans la cour. Le sergent et le cuisinier de Son Excellence s'affairaient toujours à se procurer du pain et diverses choses pour réapprovisionner les chariots.

— Nous sommes prêts, me semble-t-il, dit le sergent. Il nous suffit de vérifier les provisions et le chargement des voitures.

Or celles-ci étaient encore vides.

Le sergent regarda autour de lui et compta ses hommes.

— Où sont donc les autres ? demanda-t-il d'une voix vibrante de colère.

— À l'écurie, répondit le marmiton quand personne ne voulut prendre la parole.

— Et qu'y font-ils ?

— Ils ont dû se lever avant l'aube, accomplir leurs tâches matinales et puis seller les bêtes de ceux qui partaient tôt, et maintenant ils sont trop fatigués pour continuer, voilà ce qu'ils m'ont dit, débita le marmiton à toute allure.

Sur ce, il courut vers le chariot à provisions pour donner l'impression d'être très affairé.

— Je vais leur en donner de la fatigue, moi, grommela le sergent en se dirigeant vers les écuries.

Les rugissements du sergent les firent se lever en un rien de temps, mais cela n'empêcha pas le travail de se faire avec lenteur et maladresse pour finalement prendre deux fois plus de temps qu'il n'en fallait. Le soleil resplendissait au-dessus des arbres bien avant que les mules ne fussent sellées et les chariots prêts à partir.

Suivis d'Isaac et de Raquel, Gilabert et le capitaine

chevauchèrent à allure modérée pendant plus de temps que le jeune homme ne l'avait promis.

— Je vous prie de m'excuser, capitaine, mais je n'ai pas coutume d'emprunter si lentement cette route. La piste qui conduit à nos terres se trouve de l'autre côté de ce tertre, et bientôt je peux promettre un rafraîchissement pour les hommes et les bêtes.

— Si nous devançons les autres, je suis satisfait, dit le capitaine. C'est une agréable matinée.

La route s'étirait dans la plaine, mais le paysage alentour était vallonné et boisé ; sur leur gauche, de lointaines montagnes se dressaient entre eux et la mer. Les cavaliers montèrent sur le tertre, traversèrent un ru assez rapide et s'arrêtèrent.

— Est-ce la route ? demanda le capitaine.

— Oui, répondit Gilabert.

Le capitaine accrocha un lambeau d'étoffe noire à une branche surplombant le ruisseau.

— Le sergent saura ainsi qu'il est arrivé, expliqua-t-il. Il nous attendra ici.

Une piste de terre traversait la plaine.

— Ce n'est plus loin, à présent, dit Gilabert. Une demi-lieue peut-être.

La route de la *finca* commençait à près de deux tiers de lieue de là et serpentait dans un petit bois obscur le long de la rivière Foix.

— C'est très calme, remarqua Gilabert, mal à l'aise. Tout le monde doit dormir.

— Dans ce cas, on n'est pas très industrieux dans la maison de votre père, dit le capitaine. À moins, bien entendu, que ce silence ne soit dû...

— À la mort de mon père ? Probablement pas. Viens, brave bête, ordonna Gilabert à sa mule, allons voir où chacun est passé. Ils sont probablement dans les champs, trop loin pour être entendus.

— Les terres de votre père doivent être immenses, dit Isaac. Je n'entends que des oiseaux dans le lointain et... un cheval, me semble-t-il. Très loin d'ici. Certainement sur une autre propriété.

Rendus prudents par le silence qui les entourait, ils avancèrent à pas feutrés. Au virage suivant, la maison apparut, et ils s'arrêtèrent. De part et d'autre d'une partie centrale massive, deux ailes de plain-pied ceignaient une cour protégée par de solides portes en bois. Elles étaient entrouvertes, comme si le portier avait été interrompu au milieu de sa tâche. De la fumée s'élevait de l'une des cheminées.

Le capitaine désigna le sol devant eux. Une mare de sang imprégnait la terre et noircissait au soleil. Il descendit de cheval en silence, tira son épée et se pencha pour toucher la flaque.

— Ce n'est pas encore sec, murmura-t-il. Je me demande à qui il appartient.

— Il devrait y avoir un portier, dit Gilabert, inquiet. Et un chien.

— Je vais jeter un coup d'œil dans la maison. Restez en selle et ne vous approchez pas.

— Non, capitaine, je vous accompagne. Aidez-moi à descendre.

— Que vois-tu ? demanda doucement Isaac.

Pendant que le capitaine assistait Gilabert, Raquel lui décrivit la scène.

— Écoutez, fit Isaac.

Le silence était total. Même les oiseaux s'étaient tus.

— Je n'entends absolument rien. La maison doit être vide.

Un grattement dans les broussailles fit sursauter le capitaine qui se retourna, l'épée en garde. Puis ils entendirent un gémissement, et un gros mâtin jaillit des buissons pour s'écrouler à terre.

— César, dit Gilabert avant de jurer à voix basse.

— Qu'y a-t-il ? s'enquit Isaac.

— À mon avis, quelqu'un a voulu s'introduire dans la maison quand tout le monde était aux champs, dit le capitaine. Le chien de garde est blessé.

— Restez en arrière, ordonna Gilabert.

Il appela une fois encore et le chien se releva. Du sang coagulé recouvrait tout le côté de sa grosse tête, qu'il secoua comme pour s'en débarrasser. Il fit un pas en avant et retomba. Puis il baissa la tête, l'air malheureux, et ne chercha plus à bouger.

— Pauvre César, murmura Gilabert.

En entendant son nom, le mâtin remua la queue. Il réussit à marcher, tant bien que mal, jusqu'à Gilabert.

— Le pauvre, dit ce dernier en le caressant. Ils t'ont tapé sur la tête et tu es tout étourdi, c'est cela ?

— Est-il grièvement blessé ? demanda Isaac.

— Il a une coupure sur la joue, mais le sang s'est arrêté de couler.

— Si le sang trouvé sur le sol est le sien, son agresseur a eu largement le temps de partir.

— À moins qu'il ne nous tende une embuscade, répliqua le capitaine avant de traverser la cour.

Gilabert prit derrière le portail un piquet pour s'en faire un bâton et suivit le capitaine. Le gros chien s'appuyait contre lui, et tous deux arrivèrent en boitant à la porte.

— Tu n'étais qu'un chiot quand je suis parti, n'est-ce pas ? Bon, entrons voir ce qui nous attend, ajouta-t-il d'un air sombre.

Le mâtin s'arrêta, pattes raides et poil hérissé, dès qu'ils eurent pénétré dans la maison. Puis, grognant, les muscles bandés, il avança en clopinant vers la pièce voisine, dont il poussa la porte. Gilabert lui posa la main sur l'encolure afin qu'il reste en place. Tous deux s'étaient arrêtés sur le pas de la porte et regardaient fixement. Incapable de voir ce qui se passait, le capitaine les écarta.

Dans cette pièce agréable et meublée avec goût, deux hommes étaient assis à table, l'un en face de l'autre. Leurs têtes se touchaient presque, comme s'ils étaient engagés dans une conversation très sérieuse, mais la table était gorgée de sang tout comme l'étoffe de leurs tuniques.

— Un de ces hommes est-il votre père ? demanda le capitaine. Maître Isaac, ils sont deux, ajouta-t-il à voix basse. Ils ont été poignardés, à maintes et maintes reprises, avec de longues dagues, me semble-t-il.

— Morts ? demanda Isaac.

— C'est indubitable. Nul ne pourrait survivre à tant de blessures aussi horribles.

— Ce n'est pas mon père, expliqua Gilabert. C'est mon oncle, Fernan — le frère de ma mère —, et mon intendant, Ramon. Ils s'occupaient de la propriété en mon absence.

— Sortez d'ici, dit le capitaine qui entraîna Gilabert dans un petit salon où il s'effondra sur un banc, pâle comme un linge. Où peut bien être votre père ?

— Au même endroit que ces six dernières années — dans sa tombe. Où il repose aux côtés de ma mère, les yeux dans les yeux, comme lorsqu'ils étaient en vie.

Gilabert secoua la tête.

— Quel acte insensé ! Que croyaient-ils que cela allait leur rapporter ? Il n'était même pas héritier. Il ne détenait aucune part dans cette propriété. Mais je le vengerai, ajouta-t-il sans flamme. Même au prix de ma vie, je le vengerai.

— Vous savez qui a fait cela ? lui demanda le capitaine.

— Je crois, oui, répondit-il en relevant la tête. Je doute de pouvoir le dénoncer devant un tribunal, mais je pense savoir de qui il s'agit.

— Je vais fouiller la maison, déclara le capitaine avec vivacité. Ils sont peut-être encore là. Gardez le chien avec vous et verrouillez la porte jusqu'à mon retour.

— Je vais m'occuper de mon patient, dit Isaac.

Le claquement des éperons du capitaine sur le carrelage résonna dans la demeure vide. Assis, la main sur la nuque du mâtin, Gilabert écoutait son protecteur aller d'une pièce à l'autre. Raquel trouva une cruche de vin et une autre d'eau, et elle lui prépara un breuvage qu'elle approcha de ses lèvres. Il secoua la tête sans conviction et continua d'écouter. Après une éternité, les pas revinrent.

— Don Gilabert, ouvrez cette porte, je vous prie. Je suis le capitaine.

— Comment en être sûr ? répondit Gilabert, assailli par un doute soudain.

— De Vilafranca à ici, vous avez chevauché avec une lenteur d'escargot sur la mule de Son Excellence. J'ai placé un lambeau de tissu noir sur une branche, au-dessus de la rivière. Est-ce suffisant ? Demandez au médecin. Il connaît ma voix.

— Si ce n'est pas notre capitaine, déclara Isaac, je cesse de pratiquer la médecine.

Gilabert tira les lourds verrous et ouvrit la porte. Le capitaine entra, tirant derrière lui deux femmes en pleurs dont les mains étaient aussi rouges et crevassées que leur nez.

— J'aime qu'un soldat soit circonspect, dit-il. Il vit plus vieux et son entraînement n'a pas été vain.

— Je ne suis pas bien équipé pour pourfendre l'ennemi en cet instant, fit Gilabert.

Il regarda les deux femmes qui, en des temps meilleurs, auraient été d'allure fort avenante, et il hocha la tête.

— Je suis heureux qu'il y ait toujours quelqu'un ici.

— Don Gilabert ! s'écria la plus grande des deux, livide de surprise. Vous êtes en vie. Le ciel en soit loué !

— Que s'est-il passé ?

— Il y a eu une bande... commença-t-elle.

— Une horde... l'interrompit la plus petite des deux.

— Oui, une horde de cavaliers est arrivée, et quand Josep leur a ouvert le portail, ils l'ont tué et ont jeté son corps dans un fossé. La nouvelle cameriste a tout vu de la fenêtre, nous sommes allées voir à notre tour, et puis elle s'est enfuie par-derrière en criant à la cuisinière et aux servantes d'en faire autant.

— Elles l'ont suivie ? demanda le capitaine.

— Je crois bien. Nous, on s'est cachées dans la garde-robe, dit la petite. Ils ne nous ont pas trouvées. On a entendu des gens hurler, pas vrai ?

— Oui, et on est restées là.

— Là-dessus, quelqu'un a crié que le maître avait été tué. Ensuite, c'est redevenu tranquille. On a passé pas mal de temps dans la garde-robe, mais il fallait bien en ressortir...

— Je pouvais plus respirer, surenchérit la grande.

— Et juste après on a entendu ce gentilhomme.

— Elles essayaient de regagner leur cachette quand je les ai surprises, dit le capitaine. Elles disent que vous les reconnaîtrez.

— Effectivement, répondit Gilabert. Savez-vous qui sont ceux qui ont fait cela ?

— Non, dit la petite.

— Pas vraiment, fit l'autre. Je ne les ai vus que de dos depuis la fenêtre.

— Et où sont passés les autres ?

— Dans les champs. Pau devrait être bientôt de retour — le maître voulait le voir ce matin.

Sur ce, elle éclata une fois de plus en larmes, dissimula son visage dans son tablier et se balança d'arrière en avant.

— Peut-on attendre son retour ? demanda Gilabert au capitaine. J'aimerais lui donner des instructions. Ensuite, je partirai pour Tarragone.

— Bien entendu, Don Gilabert.

Ce dernier se tourna vers les deux femmes.

— Seuls Pau et vous deux devez savoir que je suis vivant. Sinon je serai traqué, massacré comme mon oncle, et vous n'aurez plus qu'à mendier votre pain. Me comprenez-vous ? Pas un mot. Pau veillera à ce que mon oncle, Ramon et Josep soient enterrés ; vous ne soufflerez pas mon nom. Si vous gardez le silence, je reviendrai et vous serez récompensées, bien plus généreusement que si ces assassins achetaient votre loyauté.

— Oui, Don Gilabert, dirent-elles d'une même voix.

— Bien.

Il sortit sa bourse et la tendit à Raquel.

— Maîtresse Raquel, veuillez je vous prie prendre deux pièces et les donner à ces femmes. Il y a bien des choses qu'on ne peut faire d'une seule main.

— Certainement, Don Gilabert.

— Il y en aura d'autres — bien d'autres — quand je reviendrai, poursuivit le jeune homme. Si vous êtes loyales.

— Nous le serons, Don Gilabert, fit la petite d'une voix tremblante.

— À présent, amenez-moi Pau dès son retour et pas un mot. Pour l'heure, j'ai besoin que vous me trouviez des habits.

Il ne fallut pas longtemps pour que les quatre cavaliers reprennent l'étroit chemin qui serpentait jusqu'à la grand-route. Monté à cheval, Gilabert était vêtu de manière sobre comme il sied à un gentilhomme. Le capitaine tenait la mule de l'évêque par la bride.

Le reste du groupe remarqua le ru au cours rapide, le petit chemin et la bannière noire, et il s'arrêta.

— Nous ferions aussi bien d'attendre et de faire boire les bêtes, dit l'un des gardes. Ils doivent être encore là.

— Je suis de cet avis. Je crois que je vais aller à la rencontre du capitaine, ajouta le sergent.

— Je vous accompagne.

— Et si nous sommes à nouveau attaqués ? demanda le confesseur des religieuses, anxieux.

— Appelez au secours, lui répondit le sergent. Nous ne serons pas si loin.

Au premier tournant, ils rencontrèrent le capitaine qui venait dans leur direction. À ses côtés, Gilabert montait une jument baie à la robe luisante. On eût dit qu'il allait tomber de selle. Derrière venaient Raquel et son père. Avant que le sergent et le garde pussent dire quoi que ce fût, le capitaine leur imposa d'un geste le silence. Il leur fit signe de repartir vers la route, et le petit groupe poursuivit sans un mot le chemin.

— Faites descendre Don Gilabert de cette jument et mettez-le dans le chariot, dit calmement le capitaine. Avant qu'il ne défaille. Nous attendrons que le médecin ait le temps de l'examiner, puis nous partirons en toute hâte.

Le sergent acquiesça, remarquant avec intérêt que son capitaine avait repris à son compte la façon dont les serviteurs désignaient le jeune homme. Le capitaine ôta son signal de la branche et, dès que Don Gilabert fut installé, le convoi repartit.

Ils n'étaient pas allés très loin quand Felip se retrouva à hauteur de la mule d'Isaac. Il sourit à Raquel et lui prit la bride des mains.

— Comment va le jeune seigneur ? demanda-t-il. Nous avons entendu de terribles rumeurs.

— Vous manifestez beaucoup d'intérêt pour sa personne, n'est-ce pas ? dit Isaac.

— Nous étions à ses côtés cette première nuit, alors que son état était désespérant. Peut-être notre modeste assistance l'a-t-elle sauvé.

— Je comprends. Son oncle a été sauvagement massacré. Tout comme son intendant et son portier. Il est ébranlé.

— Pourquoi lui aurait-on fait ça ? s'étonna Felip.

— L'assassin a peut-être cru que l'oncle réclamerait la propriété de Don Gilabert.

— Assurément, maître Isaac, vous ne pensez pas que ce jeune homme a décrété la mort de son oncle ?

— Certainement pas. Tant que Gilabert vivait, l'oncle n'avait aucune prétention sur la propriété. C'est seulement s'il mourait qu'il aurait été utile de se débarrasser de son oncle.

— Dans ce cas, pourquoi commencer par tuer

l'oncle ? C'est un parcours bien tortueux pour arriver à son but.

Le reste de la journée s'écoula avec une lenteur insoutenable. À chaque borne milliaire, le capitaine relevait la position du soleil et incitait chacun à aller d'un meilleur pas. Les ombres diminuèrent pour s'allonger à nouveau.

— Nous ne rattrapons pas le temps perdu ce matin, dit-il à son sergent.

— Avec tout votre respect, capitaine, nous ne pourrons arriver en ville ce soir. Pas avec un tel groupe.

— Envoyez Enrique, qu'il nous trouve une auberge respectable. S'il y en a une susceptible d'abriter et de nourrir tant de gens.

— Nous avons notre propre nourriture. Nous mangerons au bord de la route. N'importe quelle auberge offrira de quoi boire et un endroit où dormir, même si c'est sur la paille des écuries.

CHAPITRE VII

L'auberge

La route avait suivi un tracé relativement rectiligne en direction du sud-ouest quand elle bifurqua subitement vers le couchant.

— Nous approchons de la mer, dit le cuisinier à son marmiton. Elle n'est plus très loin.

— Quelle est cette chose au milieu de la route ?

— C'est un arc de triomphe, lui expliqua le cuisinier.

— Qu'est-ce qu'il fait ici ?

— Qui sait ? La ville est encore à quatre lieues.

— Quatre ? s'écria le marmiton qui sentait son cœur flancher.

— Ne t'inquiète pas, nous allons bientôt nous arrêter.

L'auberge n'avait rien de bien original. Bondée, bruyante et pas très propre, elle proposait un vin bon marché et une nourriture encore plus médiocre. Pourtant, la qualité des boissons et des plats proposés et sa décoration sordide n'empêchaient pas cet établissement de jouir d'une évidente popularité. Les bancs étaient quasiment pleins, et le maître des lieux avait du mal à répondre aux appels des buveurs.

Les femmes contemplèrent la foule et, sans dire mot,

se retirèrent dans un petit abri encombré édifié juste au-dessus de la porte d'entrée. Elles s'assirent là, entassées sur un banc étroit ou juchées sur des tonneaux, indifférentes à tout excepté leur propre dignité et leur sécurité, maîtresse et servante, juive et chrétienne mélangées, en attendant qu'on leur prépare un endroit pour elles seules.

Les hommes cherchaient des places dans la taverne. Isaac suivit Yusuf, la main posée sur l'épaule du garçon ; Don Gilabert venait derrière lui, aidé du jeune garde, Enrique, et du sergent. Yusuf dénicha le coin le plus calme. Le reste de l'entourage de l'évêque lui emboîta le pas.

Un homme était assis sur un banc juste à côté d'eux. De l'autre côté de la table, le long du mur, deux individus débattaient de façon assez incohérente de la probabilité d'un changement de temps pendant la nuit.

— Pardonnez-moi, messires, dit Yusuf avec témérité, mais mon maître, qui est aveugle, et ce grand seigneur, blessé lorsqu'il était au service de Sa Majesté, doivent s'asseoir. Si vous voulez bien vous déplacer un peu...

Il installa les deux personnes dont il avait la charge. À chaque réorganisation des personnes et des bagages, il réclamait davantage de place pour les compagnons de l'évêque, jusqu'à ce que, finalement, les deux interlocuteurs aillent régler leur querelle en sortant observer le ciel nocturne.

Le sergent s'était vu confier par l'évêque une bourse pour ce genre de situation ; il commanda des pichets de vin pour chasser la poussière de la gorge des marcheurs et s'assura que tout le monde ait un endroit où coucher, d'une manière ou d'une autre.

— Sergent, l'interpella le cuisinier, ne cherchez rien pour nous. Nous dormirons dans la charrette parmi les victuailles. Ce sera mieux, me semble-t-il.

— Prenez deux des garçons, répondit le sergent après avoir toisé une assistance plus que variée.

— Ils sont déjà dehors. À boire le vin de Son Excellence, sans aucun doute, murmura-t-il à l'oreille de son second.

Celui-ci leva sa carcasse dégingandée et sortit en silence pour jeter un coup d'œil aux charrettes. Le cuisinier attendit son gobelet de vin, le vida d'un trait et le rejoignit.

Judith examina les lits des chambres qu'on leur avait assignées et envoya Ibrahim et Naomi chercher leur coffre. Elle en tira des draps propres qu'elle étendit sur ceux plutôt douteux laissés par l'aubergiste. Les quatre lits étroits qu'on avait introduits dans cette pièce étaient venus à bout des ressources de l'établissement ; la plupart des hommes durent se contenter de bottes de foin posées à même le sol de la salle à manger commune. À raison de deux par lit, la chambre aurait du mal à accueillir toutes les femmes.

— Oh, maman, murmura Raquel qui regardait avec consternation les femmes épuisées, je crois que je préférerais passer la nuit au rez-de-chaussée.

— C'est ridicule, rétorqua Judith, tu es bien plus en sécurité ici.

Raquel et sa mère ôtèrent leurs surcots, délacèrent leurs robes et se préparèrent au sommeil. Les yeux mi-clos, Raquel observa les religieuses qui enlevaient leurs voiles et leurs guimpes avant de les imiter. Les servantes avaient marché pratiquement tout le temps et étaient trop fatiguées pour se plaindre. De Sor Agnete, bien entendu, il n'y avait pas la moindre trace. Elle se trouvait dans un endroit sûr en compagnie de son garde, du moins Raquel le supposait-elle. Lasse, endolorie, elle rêvait d'espace et d'intimité, puis elle cessa de ruminer des idées sombres et s'abandonna au sommeil.

Il était très tôt quand un bruit réveilla Isaac. Il savait qu'il faisait jour. Les oiseaux piaillaient bruyamment, et il y avait dans l'air une saveur qui disparaissait toujours avec la nuit. Quelqu'un marchait, dans la cuisine certainement, mais ses compagnons de chambrée continuaient de dormir sans se soucier du bruit ou du manque de confort de leur couche.

— Yusuf ? appela-t-il doucement.

Pas de réponse. L'enfant dormait encore. Il tendit la main, trouva son bâton et se leva.

Il traversa la pièce avec précaution, franchit la porte et contourna le puits. Il se dépouilla de ses vêtements et de sa chemise, hissa un seau d'eau et se lava vigoureusement le mieux possible. Frissonnant dans la fraîcheur de l'aube, il passa ses doigts dans sa chevelure et sa barbe humides, secoua sa chemise et sa tunique, puis les enfila avant de dire ses prières matinales. Il terminait quand il perçut un petit rire derrière lui. Il n'était pas le seul à être déjà debout, il le savait, et il supposa que celui qui avait œuvré à la cuisine et allumé le feu partageait maintenant avec lui la cour de l'auberge.

— Je vous souhaite le bonjour, lança Isaac.

— Bonjour, messire, dit une voix d'enfant. Qu'est-ce que vous faisiez là ?

— Tu vois, je me suis lavé, répondit-il, puis j'ai récité mes prières. Je suis maintenant prêt pour cette nouvelle journée. Toi aussi, tu te lèves bien tôt.

— Je dois lancer le feu avant que mon maître ne s'éveille, expliqua l'enfant avant d'hésiter un instant. Mais l'un de vos compagnons était réveillé avant vous, messire. Il m'a demandé si le blessé était toujours avec vous. Je lui ai répondu que j'ignorais de qui il parlait, parce qu'il y avait deux hommes au bras bandé. Je les ai vus la nuit dernière quand je me suis faufilé pour admirer toutes ces nobles personnes.

— Tu es certain qu'il était bien des nôtres ?

— C'est ce qu'il m'a dit, mais il n'est pas venu avec vous. C'est le gros qui s'est laissé distancer.

— Et où se trouve-t-il à présent, mon garçon ?

— Il était là aux premières lueurs. Je crois qu'il est parti. Messire, si vous m'accompagnez dans la cuisine, ajouta-t-il avec une voix de conspirateur, je sais où le pain est caché. Je le partagerai avec vous. Ils ne s'en rendront même pas compte.

— C'est très aimable à toi, mais je dois retourner auprès de mes amis.

Isaac fouilla dans sa bourse et en sortit une petite pièce.

— Tiens, c'est pour toi, pour débuter ma journée par un geste de bonté.

— Pardon ? fit l'enfant.

Isaac lança la pièce dans la direction de la voix et s'en revint par où il était venu. Alors qu'il tournait au coin du mur, il sentit une caresse chaude sur sa joue glacée. Le soleil se levait.

Il était inutile de s'attarder à l'auberge plus que nécessaire. Les autres étaient debout quand Isaac les rejoignit et ils se préparaient au voyage avec toute la hâte dont ils étaient capables. Ils sentaient déjà les effluves de leur destination et ils partirent d'un pas plus rapide.

Le soleil était encore bas mais déjà très vif. Une fraîche brise marine effleura leurs visages. Andreu et Felip se mirent à chanter, bientôt rejoints par les deux cuisiniers, puis par quelques garçons d'écurie et, enfin, par la plupart. Au faîte de chaque colline, ils entrevoyaient la mer qui dansait sur leur gauche. Enfin, au sommet d'une pente assez raide, Raquel vit une grande flèche s'élever dans le ciel.

— Regardez, dit-elle. Qu'est-ce que c'est ?

— La cathédrale, maîtresse Raquel, l'informa le capitaine. Sa tour est belle, n'est-ce pas ?

— Et cette chose, ici même ?

Elle désignait une robuste structure de pierre blanchie qui se dressait au bord de la route.

— On prétend que les Romains ont laissé cela quand ils étaient ici. C'était il y a longtemps.

Bien avant que le soleil ne fût haut dans le ciel, ils franchirent les portes de Tarragone.

TROISIÈME PARTIE

CHAPITRE PREMIER

Le palais archiépiscopal

Berenguer de Cruilles arriva au palais et réclama l'honneur d'une audience immédiate avec Don Sancho Lopez de Ayerbe. La réponse de l'archevêque ne se fit pas attendre. Son Excellence était désolée, mais elle se reposait. Berenguer se débarrassa de la poussière et de la boue de la route, se changea et dîna. L'archevêque n'arrivait toujours pas. Quand il eut mangé, Berenguer adressa un nouveau message à Son Excellence. Don Sancho regrettait de chagriner l'évêque de Gérone, mais il s'occupait à préparer le conseil.

— Puis-je suggérer à Votre Excellence de prendre un peu l'air ? dit Bernat. La vue des remparts est très plaisante.

— Non, Bernat, vous ne pouvez pas me le suggérer. Et votre voix me rappelle celle de Don Sancho quand vous dites cela. Je resterai à l'intérieur du palais tant que je n'aurai pas vu l'archevêque, déclara Berenguer, le visage blême d'une colère qu'il parvenait mal à réprimer. Ensuite, vous pourrez me suggérer ce que bon vous chante.

— Certainement, Votre Excellence. Ce serait le moment idéal pour étudier les papiers que nous avons...

— La seule chose que j'accepterais en cet instant est

de disputer une partie d'échecs avec mon médecin, qui ne m'irrite pas avec ses suggestions, lui.

— Le reste de notre petite troupe n'est malheureusement pas encore arrivé, lui fit remarquer Francesc.

— En êtes-vous certain ?

— Le capitaine me l'aurait aussitôt signalé, dit-il avec sérénité. Il est très possible qu'ils n'arrivent pas en ville avant demain, ajouta-t-il.

Berenguer quitta assez longtemps ses confortables appartements pour s'offrir un rapide souper. Une fois encore, l'archevêque ne se montra pas. Berenguer commençait à faire nerveusement les cent pas quand un coup discret frappé à la porte l'arracha à ses pensées stériles.

— Son Excellence tiendrait pour un honneur si Votre Excellence acceptait de le voir dans son cabinet, dit le petit serviteur.

— Maintenant ? s'étonna Berenguer.

— Oui, Votre Excellence. Si Votre Excellence veut bien me suivre...

En silence, Berenguer implora le ciel de lui accorder patience et humilité et se donna une contenance. Il suivit l'enfant dans les couloirs avec toute la docilité dont il était capable, puis il attendit sans jamais trahir la fureur qui l'habitait.

Assis de l'autre côté d'une lourde table en chêne sombre à la sculpture compliquée, l'archevêque était tourné vers la porte. Avec une froide politesse, il fit signe à son hôte de s'asseoir, puis il attendit en silence que le petit page apportât une coupe de vin à l'évêque.

— J'ose espérer que votre voyage fut sans histoires, Don Berenguer, dit l'archevêque.

— Il le fut effectivement, répondit Berenguer avec amabilité.

Avec un regard qui annonçait la levée de nuages d'orage, l'archevêque se pencha en avant et marqua un temps d'arrêt avant de parler.

— Agnete, cette sœur à propos de qui je vous ai écrit, elle se trouve également avec vous ?

— Dans ma hâte de retrouver Votre Excellence, j'ai laissé mes compagnons derrière moi ce matin. Elle est avec le reste de mon escorte, Votre Excellence. Je suis certain qu'ils ont fait, eux aussi, un voyage sans histoires.

— Vous l'avez laissée derrière vous, sur la route ?

— Elle est extrêmement bien protégée par mes gardes personnels, Votre Excellence. Je tenais à ne pas manquer le début du conseil, et je suis parti en avant avec mon confesseur et mon secrétaire.

— J'ai entendu dire que l'on avait tenté de s'emparer de sa personne...

— Une tentative infructueuse, Votre Excellence.

— Savons-nous qui en est l'auteur ?

— Des bandits, placés sous le commandement d'un certain Mario. On croit qu'ils agissaient pour le compte de sa famille.

Don Sancho plissa le front, saisit sa lèvre inférieure entre ses doigts et la pinça. C'était une habitude qu'il avait lorsqu'il réfléchissait, une habitude plutôt ennuyeuse selon Berenguer.

— Peut-être que, si vous aviez pris des mesures en vue de son transfert dès que la malheureuse affaire de l'enlèvement de Doña Isabel a été réglé, sa famille n'aurait pas eu le temps d'échafauder des plans pour sa libération.

— Je ne doute pas que Votre Excellence ait raison.

— S'il en avait été ainsi, Don Berenguer, le couvent de Sant Daniel et l'abbesse Elicsenda en personne n'auraient pas été souillés par le scandale général qui a marqué cette histoire. Ce retard ne les a pas protégés des conséquences de cet événement. Comme vous devez le savoir, il a même eu l'effet contraire.

— Je n'en suis que trop conscient, Votre Excellence. À l'époque, j'ai incité l'abbesse Elicsenda à envoyer immédiatement Sor Agnete à la maison mère.

— Oui, mais vous n'avez rien fait de plus, Don Berenguer.

— À mon grand chagrin, dit l'évêque en réprimant les justifications qui lui venaient aux lèvres.

Son silence, il l'admettait avec tristesse, n'était dû qu'à un sens politique très développé qui lui dictait que le moment n'était pas venu de se défendre. L'humilité n'était décidément pas l'un de ses points forts.

— Je ne suggère pas, comme l'ont fait certains, reprit Don Sancho, que l'un de nos évêques aurait tenté de dissimuler — dans son intérêt propre — l'implication du couvent de Sant Daniel dans cette traîtrise.

Son sourire ébauché indiquait clairement qu'il aurait pris plaisir à une telle hypothèse, mais qu'elle était trop insultante pour être exposée.

— Néanmoins, Sa Majesté le roi est furieux que Sor Agnete n'ait pas encore été traînée devant un tribunal — ecclésiastique ou royal — pour y être jugée.

— Sa Majesté mettrait en doute le droit de Votre Excellence à faire juger Sor Agnete par un tribunal épiscopal ? demanda Berenguer. Je m'étonne qu'elle puisse trouver une justification à un tel défi, même à une date aussi tardive.

— Non, répondit Don Sancho, elle admet notre droit à la juridiction, mais elle n'est pas heureuse de constater que rien n'a encore été fait.

L'archevêque fit une pause.

— Ou rien qu'elle-même — ou tout autre membre du diocèse — ait été capable de discerner.

— Ah, fit Berenguer, le diocèse. Il se peut que le procurateur de Sa Majesté, Don Vidal, lui ait indiqué quelque chose.

— Je crois qu'il a évoqué ce problème avec Sa Majesté.

— Maints problèmes gagnent en complexité dès lors qu'ensemble l'Église et l'État s'en mêlent, comme ce fut le cas lors de la nomination de Vidal de Blanes, dit platement Berenguer. Ce doit être difficile pour Don Vidal.

Sancho Lopez de Ayerbe porta un regard sévère sur l'évêque de Gérone.

— C'est là mon impression, murmura-t-il.

— On prétend que le nonce du pape sera à Tarragone pour la conférence, avança Berenguer avec l'air de ne pas changer de sujet.

— Le nonce nous honore effectivement de sa présence.

— Peut-on savoir si une affaire particulière l'amène ici ?

Don Sancho secoua la tête d'un air absent.

— Il s'agit d'une controverse d'ordre juridictionnel. Quelque chose de très différent. Il a été envoyé ici pour y mettre un terme.

— Un problème d'ordre juridictionnel ?

— Entre l'archidiocèse, le diocèse de Barcelone et l'Inquisiteur.

— L'Inquisiteur ? s'étonna Berenguer.

— Oui, fit Don Sancho, mais comme le prétendu hérétique est introuvable et que ses voisins pensent qu'il est mort ou bien en France ou en Angleterre, je ne vois pas pourquoi l'archidiocèse ou le nonce de Sa Sainteté s'intéresserait à cela. C'est une perte de temps considérable.

— Se pourrait-il que Sa Majesté ait également quelque intérêt dans cette affaire ?

Don Sancho lui adressa un long regard spéculatif.

— C'est toujours une possibilité. Je me demande si vous pourriez avoir raison. Vous dites que vous avez parlé à Sa Majesté à Barcelone, Don Berenguer ?

— Oui, Votre Excellence, j'ai parlé à Sa Majesté. De tout autre chose.

Les rumeurs de cour circulaient à toute allure.

Don Sancho se leva et lui offrit un sourire cordial.

— Je vous ai retenu trop longtemps, Don Berenguer. Votre voyage a dû vous épuiser. Mais cette petite conversation a été fort instructive, n'est-ce pas ? Et je suis persuadé que le problème posé par Sor Agnete peut être promptement résolu.

— Je l'espère sincèrement, Votre Excellence. Je prends la permission de me retirer et vous souhaite une bonne nuit.

Alors qu'il regagnait sa chambre, Berenguer se demanda exactement ce qu'il avait pu dire pour faire ainsi plaisir à l'archevêque.

Un autre page l'attendait dans sa chambre.

— Votre Excellence, dit-il, mon maître souhaite vous voir. Viendrez-vous avec moi ?

— Et qui est ton maître, mon garçon ?

— Pons de Santa Pau, murmura le page, serviteur de Sa Majesté.

— Et où souhaite-t-il me rencontrer ? La journée a été bien longue et...

— Dans la maison de Raimundo. J'ai ici une cape pour Votre Excellence. La soirée est un peu fraîche.

— Je peux supporter une fraîche soirée de mai, mon garçon.

— Mon maître pense qu'il vaudrait mieux que Votre Excellence porte cette cape.

— Je m'incline devant ses connaissances supérieures.

Le page aida l'évêque à endosser une cape d'étoffe grossière avant d'en passer lui-même une brune et plus légère, du type porté par tous les étudiants et apprentis de la ville.

Le garçon l'emmena loin des appartements de l'archevêque, vers des pièces et des bureaux aux dimensions plus modestes. Ils venaient de franchir une petite porte assez lourde quand le page s'arrêta et se tourna vers l'évêque.

— C'est un peu compliqué, Votre Excellence. Si vous voulez bien poser la main sur mon épaule et me suivre, nous y serons dans un instant.

— L'Inquisiteur ? demanda Pons de Santa Pau. Oui. On a bien tenté de déclencher certaines enquêtes à l'intérieur de l'archidiocèse. Cela fait plus de vingt ans que la dernière panique est retombée...

— Vous n'en avez assurément aucun souvenir, dit Berenguer.

— Non, répondit le jeune homme. J'étais au berceau à l'époque, et ces problèmes ne me concernaient pas. Mais il en est qui s'en souviennent... et le mouvement est rapidement passé de la crainte de l'hérésie aux juifs de la ville.

— Nous avons entendu parler d'une agression à l'encontre d'un marchand juif. Elle se serait soldée par sa mort et la destruction de ses biens. Cela a beaucoup irrité Sa Majesté. Est-ce exact ?

— Ça l'est.

Avec une grande précision et une économie de moyens, il brossa le décor de l'incident.

— C'est très intéressant, dit Berenguer. J'approfondirai certains points que vous avez évoqués.

— Bien, fit Santa Pau. Quand mon prochain rapport sera terminé, Votre Excellence, vous pourrez y adjoindre le vôtre si vous le désirez. Je m'excuse de vous avoir fait venir ici, mais nous pouvons faire confiance à Raimundo, le propriétaire de cette demeure. Il faisait jadis partie de la maison de mon père. Il est loyal et bien payé.

— Ce qui est pratique.

Santa Pau se leva et s'inclina.

— Dès que mon rapport sera prêt, je vous le ferai savoir. Cela ne tardera pas. La ville commence à s'agiter.

CHAPITRE II

Le quartier juif et le couvent

Au matin du 1er mai, le timbre grave du bourdon de la cathédrale appela à la conférence les évêques de la province de Tarragone. Non qu'une telle convocation fût nécessaire. Vêtus d'habits splendides et bavardant à bâtons rompus, ils attendaient sous les portails l'arrivée de l'archevêque. Pour l'ouverture du conseil général, celui-ci célébrerait la messe du Saint-Esprit, ainsi que le voulait le rituel établi bien des années auparavant, lors du premier conseil général.

La messe fut impressionnante. Même s'il avait souvent pris part à des cérémonies de cette ampleur, Berenguer fut ému par sa beauté. La soie brodée et le lin fin resplendissaient dans la sombre majesté de la cathédrale. La maîtrise entonna le *Veni Sancte Spiritus* d'une voix qui résonna sous la haute voûte. L'Évangile du jour, *Ego sum pastor bonus*, fut chanté de manière éthérée par un diacre pourvu d'une voix de ténor d'une rare qualité.

Don Sancho se leva pour prononcer le premier sermon de ce conseil, et Berenguer se prépara à une diatribe cuisante sur le thème de l'insubordination.

— *Avaritia causa omnium malorum*, dit-il. L'avarice est la cause de tous les maux.

Il prodigua un sermon aussi bref qu'élégamment construit. Chacun y vit un chef-d'œuvre du genre, même si l'évêque de Vic, assis à côté de Berenguer et certain que cela ne s'appliquait pas à lui, s'endormit dès les premiers mots. Il somnola paisiblement sur son siège jusqu'au début de l'appel.

Ceux qui étaient présents se manifestèrent. Ceux qui se trouvaient dans l'impossibilité de venir avaient envoyé leurs représentants. Pour nombre d'évêques installés dans les stalles ouvragées, se dit Berenguer avec une pointe de cynisme, la grande affaire de la journée était terminée. Ils pouvaient désormais se sentir libres de dormir tout au long des séances de l'après-midi, lorsque chaque problème était débattu de manière informelle.

Son genou se mit à le faire souffrir alors qu'il ne l'avait pas tourmenté depuis Sant Pol de Mar.

Ce n'est qu'en fin de matinée que leurs hôtes tant attendus arrivèrent enfin chez Joshua et Dinah. Judith serra sa sœur dans ses bras, Raquel fit la révérence devant sa tante et son oncle, puis elle s'esquiva au moment précis où Gilabert franchit le portail en boitant.

— Mon cher Joshua, dit Isaac, nous amenons avec nous l'un de mes patients. Permettez-moi de vous expliquer...

Paresseusement, Raquel regarda Joshua écouter l'explication succincte de son père et s'avancer pour saluer cet hôte inattendu. Mais, quand son regard se posa sur l'étranger, il se raidit comme s'il venait de rencontrer inopinément un ennemi au coin d'une rue. Elle se tourna vers sa tante, parfaitement placide, et Joshua, redevenu la courtoisie incarnée. Ébranlée, elle se dit que ses yeux ou son imagination lui avaient joué un tour.

— Le neveu de mon mari avait grande hâte de te rencontrer, déclara Dinah en posant un regard satisfait sur sa nièce. Mais il est retenu à l'entrepôt et ne peut se libérer.

— Notre hâte de faire sa connaissance est tout aussi

grande, répondit Raquel, ce qui lui valut un regard appuyé de la part de sa mère.

Gilabert fut installé dans une pièce fraîche et bien aérée tandis que les autres s'empressaient de se débarrasser de la poussière du voyage et de passer des habits propres.

Dame Elicsenda n'eut pas autant de chance. Elle avait chaud et soif, elle se sentait sale mais, dès qu'elle arriva à la maison mère de Tarragone, elle fut conduite dans le cabinet de la mère supérieure.

— Ma chère Elicsenda, vous avez fait la seule chose dont je ne vous aurais jamais crue capable.

Les yeux perçants de cette femme vénérable scrutaient l'abbesse agenouillée.

— Oui, ma mère, dit l'abbesse de Sant Daniel. J'ai fait beaucoup de mal.

— Non. Cela ne m'aurait pas étonnée. Nous sommes tous capables du mal. En revanche, Elicsenda, que vous — la plus intelligente de mes filles — ayez pu vous comporter de façon aussi stupide, voilà qui m'a abasourdie. Une mauvaise action peut être rachetée. Les gens comprennent cela. Mais les effets de la stupidité crasse doivent être redressés. Et cela peut se révéler très difficile.

— Je suis préparée à faire tout ce qui conviendra, ma mère.

— Il est un peu tard pour cela, rétorqua l'abbesse d'un ton acerbe avant de déambuler dans la pièce. Je regrette que vous n'ayez pas pris de dispositions pour nous envoyer immédiatement Agnete, au lieu d'attendre jusqu'à aujourd'hui. Vous devez comprendre que le monde entier a l'impression que vous ne l'auriez jamais livrée si vous n'y aviez été contrainte.

— Je m'en rends bien compte, ma mère. Je voulais disposer d'assez de temps pour examiner les accusations portées contre elle. Même ses propres aveux ne pouvaient me faire croire qu'elle avait pu participer à une telle félonie.

— Sa Majesté s'en est bien contentée. Cela ne suffisait donc pas ?

— J'ai ensuite craint, si elle était envoyée à Tarragone avec une escorte réduite, que sa famille tente de la libérer. Ils sont nombreux et ont de puissants amis.

— Il eût mieux valu pour l'ordre et le couvent, dit la mère supérieure, qu'elle s'échappe alors que vous suiviez les ordres de votre roi et de votre évêque. Au lieu de cela, vous avez irrité Don Vidal, qui a embrasé la fureur de Sa Majesté. Don Pedro est un monarque généreux et prompt au pardon, mais il n'oublie jamais les insultes faites à l'encontre de sa famille et de lui-même, ainsi que chacun le sait. Il est capable d'exercer une terrible vengeance.

— Ma mère, je pensais épargner beaucoup d'ennuis à tout le monde. Y compris à moi-même. Si j'ai failli, c'est par paresse. Je m'en rends compte enfin. J'ai été désobéissante, paresseuse et stupide. Je ne suis pas digne d'être abbesse, ma mère.

— Voilà une réflexion qu'il convient de garder pour vous, Elicsenda. Se complaire dans l'apitoiement sur soi-même est une forme d'orgueil particulièrement insidieuse. Levez-vous, ma fille, ordonna-t-elle en lui tendant la main. Venez vous asseoir ici, près de moi, et aidez-moi à élaborer une stratégie destinée à apaiser l'archevêque.

— Et Agnete ?

— Agnete ne peut plus recevoir l'aide de quiconque sinon de Dieu, répondit la mère supérieure. Elle est en tout cas au-delà de la mienne ou de la vôtre, comme vous le savez fort bien.

— Oui, ma mère, je l'ai toujours su.

— Dans ce cas, si vous le saviez... Mais ne nous perdons pas en récriminations stériles. Nous accepterons ce qui devra être décidé et verrons ce que nous pouvons faire pour atténuer les torts que vos actions ont causés — vos actions à vous et à Sor Agnete.

— Oui, ma mère.

— Pour l'heure, Don Sancho souhaite vous faire transférer ici, où vous vivrez dans une forme modifiée de pénitence perpétuelle.

Le visage de l'abbesse perdit toute couleur.

— Modifiée ? répéta-t-elle.

Elle comprit alors qu'elle n'était absolument pas prête à entendre la sentence à laquelle elle s'attendait pourtant.

— De son point de vue, vous vous êtes montrée désobéissante, mais vous ne vous obstinez pas dans le péché. Vous pourriez cependant trouver difficile de mener pareille vie, Elicsenda.

— Je suis prête à accepter toute existence que Son Excellence estime convenir à ma faute, ma mère, répondit-elle à voix basse.

— Vraiment ? Je me le demande. Je pense qu'il serait plus utile que vous retourniez à Gérone. Le couvent a besoin de quelqu'un comme vous, Elicsenda. J'ai une abondance de religieuses repentantes, mais rares sont celles qui possèdent vos capacités. Par conséquent, je préférerais vous voir à sa tête. Nous ne pouvons espérer être tout de suite reçues par Son Excellence, mais il a accepté de nous entendre samedi après la messe.

Judith avait soigneusement examiné Don Gilabert et décrété qu'il lui faudrait passer le reste de l'après-midi et la soirée dans sa chambre confortable. Une fois qu'un dîner tardif et élaboré eut été posé sur la table de la cour, puis mangé avec un plaisir divers par les invités et les membres de la maisonnée, Raquel s'esquiva une fois de plus pour rejoindre le jeune homme et lui apporter des fruits.

Allongé sur sa couche, il regardait fixement le mur, misérable, désespéré.

— Oh, Don Gilabert, dit-elle en s'agenouillant à son

chevet, vous ne devez pas vous laisser aller à la mélancolie. Vous devez plutôt recouvrer vos forces.

— Que savez-vous de ces choses, mon ange céleste ? demanda-t-il, amusé.

— En aidant mon père, j'ai vu bien souvent les soucis d'autrui. Et bien des tribulations.

— À vous voir, on dirait pourtant que rien n'a jamais troublé votre visage parfait. J'ai l'impression que mes doigts torturés pourraient guérir s'ils l'effleuraient.

— J'en doute, fit Raquel en se relevant, apeurée. Vous aurez plus de chances de guérir en mangeant. J'ai vu l'assiette que Naomi a redescendue. Elle était aussi pleine que lorsqu'elle vous l'a montée.

— On ne peut quand même pas me forcer à avaler des plats qu'on ne peut apprécier qu'après une longue journée passée à traquer le gibier dans la montagne enneigée.

— Elle ne vous force pas, poursuivit Raquel en s'asseyant. Et le dîner de tante Dinah était plutôt... substantiel, ajouta-t-elle après avoir brièvement cherché le mot qui décrivait le mieux la cuisine de sa tante.

Elle prit un abricot, le coupa en deux et lui en tendit une moitié.

Il croqua dedans.

— Entre vos mains, toute nourriture se change en nectar divin, maîtresse Raquel, murmura-t-il.

— Vous ne devez pas parler ainsi. C'est mal... et impossible.

— Qu'est-ce qui est impossible ? Que je tombe amoureux d'une femme belle, habile et douce qui vient m'arracher à mon désespoir et me rend l'envie de vivre ? En quoi est-ce impossible ?

— Je ne sais jamais si vous êtes sérieux, Don Gilabert, et vous entendre parler de la sorte et ne pas le penser me plonge dans la détresse. C'est mal.

— En quoi cela vous désempare-t-il ? Si vous ne me croyez pas sérieux, alors riez de moi comme vous le faites habituellement.

— Je ne puis rire de vous, dit-elle à voix basse.

— Dans ce cas, croyez que je vous aime.

— Vous ne le pouvez, répéta-t-elle avant de se lever et de faire le tour de la pièce.

— Et pourquoi ?

— Parce que nous sommes différents. Parce que je ne pourrais jamais devenir votre... Je suis la fille d'une famille honorée au sein de ma communauté. Je ne puis leur faire honte, à eux comme à moi.

— Seigneur, maîtresse Raquel, vous ne croyez tout de même pas que j'envisage de vous intégrer au harem que j'entretiens dans ma *finca* !

Dans son agitation, il balança les jambes hors du lit et s'assit.

— Je vous propose un mariage honorable avec accords, contrat et toute la panoplie légale. Pour quelque raison bénie, nous avons l'occasion d'être seuls, et j'en profite pour vous parler.

Des larmes se formaient dans les yeux de Raquel.

— Don Gilabert, je ne peux pas...

— Qu'est-ce que vous ne pouvez pas, ma très chère, ma belle Raquel ?

— Tourner le dos à ma famille et à ma religion. Pas après ma sœur. Cela détruirait ma mère. Et bouleverserait mon père.

— Mais pas vous ?

— Cela me déchirerait, dit-elle, l'air abattu.

— Qu'est-il arrivé à votre sœur ?

— Elle a épousé un chrétien, fit Raquel.

— Damnation ! s'écria Gilabert. Mais pourquoi a-t-elle fait cela ? Et si elle ne l'avait pas fait... Non, ne répondez pas à cette question. Je ne supporterais pas d'entendre votre réponse, quelle qu'elle fût.

— Répondre m'est impossible, que vous le vouliez ou non.

Sur ce, elle se détourna de lui, en larmes.

— Raquel ? claironna la voix familière de sa mère. J'ai besoin de toi. Sors de ta chambre.

— Je dois m'en aller, dit-elle.

— Vous devez d'abord me dire que vous m'aimez. Dites, c'est vrai, Gilabert, je vous aime. Avec cela, je vivrai.

De sa main valide, il la saisit par le poignet.

— Dites-le, ou je ne vous laisse pas partir.

— C'est vrai, Gilabert, murmura-t-elle, je vous aime, pour mon infinie douleur.

Elle s'enfuit.

Pendant que Raquel conversait avec Gilabert, Judith s'installa dans un coin ombragé de la cour en compagnie de sa sœur, Dinah, afin d'avoir une discussion sérieuse sur le sujet qui occupait toutes leurs pensées.

— Ta Raquel est une beauté, dit Dinah d'un air approbateur. Ce n'était pas une belle enfant quand je l'ai vue pour la dernière fois, mais cela arrive souvent, n'est-ce pas ? En grandissant, les belles enlaidissent. Impossible de les marier sans dots colossales.

— Elle n'avait que cinq ans quand tu as quitté la maison, lui rappela Judith. Mais on l'admire beaucoup, je dois le reconnaître.

— Nous avons toujours formé une belle famille, s'esclaffa Dinah. Même mes filles, dont le père n'est pourtant pas une beauté...

— Allons, Dinah, fit Judith, choquée. Tu ne dois pas tenter le Seigneur en louant ainsi tes enfants...

— Ah, ma sœur, tu ne changes pas. Toujours à me dicter ce que je dois faire.

— Toi non plus. Tu n'as jamais eu de respect pour... disons... les gens et les choses que tu devrais respecter. Je n'ai pas oublié le jour où...

— Judith ! s'écria Dinah, la main levée pour endiguer le flot de ses paroles. Voyons ce que nous pouvons faire à propos de ce mariage. Nous pouvons passer toute une semaine à évoquer de vieilles querelles. Qu'en pense son père ?

— Isaac ? Il refuse de s'immiscer, ainsi qu'il le dit.

Comme si un père ne devait pas s'intéresser au mariage de sa fille. Mais si nous l'arrangeons et si Raquel est heureuse, il donnera son consentement. Ainsi qu'une somme raisonnable. Bien sûr, elle n'a pas besoin de s'acheter un mari...

— Elle a d'autres prétendants ?

— Oh oui ! Le neveu et héritier d'Ephraïm le gantier la voudrait.

— Et qu'en dit-elle ?

— Il ne lui déplaît pas. Je l'ai observée très attentivement, et je dirais qu'elle n'est amoureuse de personne en ce moment, affirma Judith. Maintenant, parle-moi du neveu de Joshua.

— Nous n'avons que deux filles, dit Dinah. Comme tu le sais. Et Joshua n'est plus un jeune homme. Je ne pense pas avoir d'autres enfants.

Il y avait de l'agressivité dans sa voix, comme si elle défiait sa sœur de se moquer d'elle ou de la prendre en pitié.

— Tes filles sont délicieuses, et leur père les adore, répondit Judith avec tact.

— Oui, et elles auront de belles dots. Mais j'élève Ruben depuis qu'il a neuf ans — depuis la mort de ses parents, en fait —, et il est pour moi comme un fils. Pour Joshua aussi. C'est un bon garçon, intelligent — un peu timide, mais charmant quand on apprend à le connaître. Il sera l'héritier de l'affaire et de cette maison. Et ce n'est pas rien, Judith.

— C'est ce que je vois, dit sa sœur en regardant autour d'elle.

— Il ne nous reste plus beaucoup de famille, à toi et à moi. Qu'adviendra-t-il de mes filles quand Joshua mourra ? Ruben pourrait épouser une fille qui pense que son mari ne devrait pas aider ses cousines ou sa tante par union. Une fille qui ne m'aimerait pas et me demanderait de partir. C'est ma maison, Judith.

— Tu penses que Ruben écouterait sa femme ?

— Oui. Il est trop doux et trop accommodant. Il a

besoin d'une femme qui comprenne l'importance d'une famille.

— De notre famille.

— Oui.

— Raquel est parfois difficile, mais elle n'oublie jamais ses devoirs à l'égard de ses parents, dit Judith. C'est la vérité. Et c'est bien plus que je ne pourrais en dire de sa sœur.

— Alors il nous faut les réunir. Pas ce soir, je pense. Raquel semble trop épuisée par le voyage, et Ruben est... euh, nerveux. Demain, mais il faudra les installer loin l'un de l'autre, comme si nous n'avions aucun intérêt dans cette union.

— Voilà un dessein excellent, approuva Judith. Tu as toujours été une bonne organisatrice. Permets-moi de l'appeler. J'aimerais que tu la connaisses mieux.

Elle leva les yeux vers la chambre de sa fille.

— Raquel ? claironna-t-elle. J'ai besoin de toi. Sors de ta chambre.

Elle sourit à sa sœur.

— Mais pas un mot sur Ruben, d'accord ?

Quand la chaleur retomba doucement et que la ville s'arracha à sa somnolence, Andreu et Felip se dirigèrent vers la cathédrale, instruments à la main, l'air prêts à explorer les richesses générées par les foules qu'attirait le conseil général.

— Je pense, fit Andreu, qu'un gobelet de vin serait le bienvenu.

— Mais où ? demanda Felip.

— Voici la rue des Scribes. Il y a ici une taverne, tout près de la cathédrale.

— Comme c'est pratique...

Ils entrèrent.

— Je me demande si ces deux individus y viennent toujours. Comment s'appelaient-ils déjà ?

— Miró et Benvenist, répondit Felip au moment où le propriétaire des lieux leur apportait à boire.

— Ces deux gredins ? s'écria le tavernier. Ce sont des amis à vous ?

— Oh, des relations bien lointaines, dit Andreu. Ils nous ont chaudement recommandé votre vin.

— Ça fait deux jours qu'on ne les a pas vus. Avant, ils venaient régulièrement. Et puis ce petit bonhomme est arrivé en disant qu'il avait un message pour eux, mais qu'il ne pouvait attendre. Alors il m'a confié le message plus quelques sous pour le dérangement. Quand je leur ai expliqué de quoi il s'agissait, ils sont partis comme de beaux diables, sans me régler ma note et sans régler la sienne, dit-il en tendant la main en direction de la rue. Je parle de la veuve chez qui ils vivaient. On ne les a pas revus depuis.

— Qu'ont-ils dit en entendant le message ?

— « Par le Christ Jésus », ou un blasphème du même genre, « ça y est ». Ou « ça doit y être ». Le plus gros des deux a donné une tape dans le dos à l'autre et a éclaté de rire. Ils ont sauté par-dessus un banc et ont disparu.

— Combien vous devaient-ils ? s'enquit Felip.

Le tavernier leur adressa un regard calculateur.

— Dix sous, dit-il. Assez pour un pauvre homme comme moi.

— Vous devriez être plus prudent quand vous faites crédit, dit Andreu en déposant sur la table l'argent de leurs consommations. Ce ne sont pas des individus très recommandables, mais si nous les voyons nous leur rappellerons leur dette.

— Ils ont pu partir dès mercredi matin, dit Felip alors qu'ils gravissaient les marches menant à la cathédrale.

— Sans problème, mais je dirais plutôt qu'ils ont profité de la lune et chevauché une bonne partie de la nuit.

— Je me demande ce que le tenancier sait d'autre à leur sujet.

— Et aussi la veuve qui les logeait. Cela nous coûtera un peu pour leur délier la langue.

L'atmosphère de la cour était chaude et paisible. Raquel délaissait volontairement la chambre de Gilabert et envoyait Yusuf lui rendre les menus services que sa mère, la pauvre ignorante, lui demandait.

— Raquel va bien ? demanda sa tante Dinah.

— Fort bien, affirma Judith. Ma Raquel est forte et énergique, comme moi. Mais comme toi, ma sœur, elle a ses moments de paresse. Yusuf est si content de lui faire ses commissions qu'elle l'autorise parfois à accomplir sa tâche.

— Elle est jeune, murmura Dinah. Elle apprendra. Je suis lasse, ma sœur, je crois que je vais aller me coucher.

— Moi aussi, ma sœur. Ce fut un rude voyage.

Chacun les suivit, à l'exception du médecin et de son beau-frère. Le ciel nocturne ressemblait à un velours piqueté d'étoiles ; au loin la mer chuchotait sans cesse.

— J'ai la sensation d'une claire nuit, dit Isaac.

— Elle l'est, répondit Joshua. C'est très beau. Le ciel est constellé. Je me demande si je pourrais endurer votre affliction aussi sereinement que vous, mon frère. Seulement sentir, ne plus voir...

— Chacun porte son fardeau. Et bien que je ne sois pas souvent aussi calme que j'en donne l'impression, il ne me serait pas plus utile de me plaindre de l'humidité de la mer que de ma cécité. Ce sont des choses auxquelles on ne peut rien changer. Et puis, il me reste beaucoup. J'entends, je sens, j'ai le goût et le toucher.

Il s'arrêta un instant de parler pour humer l'air.

— Allons-nous rencontrer votre neveu, Joshua ?

— Ruben ? Mais je l'espère, mon frère. Pour l'heure, je crois qu'il est dans la maison, mais qu'il se cache.

— Il se cache ? Mais pour dissimuler quoi, si je puis vous le demander ?

— Sa peur. Il est terrorisé.

Joshua éclata de rire.

— Et avant que vous ne me demandiez ce qui le terrifie ainsi, permettez-moi de préciser que ce n'est pas une chose mais une personne.

— Qui pourrait l'éloigner de sa famille et de son souper ?

— Une combinaison très puissante, Isaac. Ma femme et votre fille.

— Lui non plus ne désire pas s'unir à un membre lointain et inconnu de sa parenté.

— Oui. Ruben est tombé amoureux. Elle est petite et timide comme une souris, et sa fortune est fort modeste. Elle est issue d'une famille respectable, mais très discrète... et ma femme...

— Je comprends, fit Isaac en riant. Après tout, votre épouse et la mienne sont sœurs. Nous devrions peut-être prendre cette affaire en main avant que ce jeune homme ne meure de faim pour un amour contrarié.

— Ce n'est peut-être pas aussi facile.

— Je ne voulais pas dire que c'était facile, mais nécessaire.

Il s'arrêta de parler pour écouter quelque bruit nocturne.

— Mais vous, Joshua, me paraissez épuisé. L'agitation du voyage que je ressens ne doit pas vous empêcher de gagner votre lit.

— Je suis un vieil homme, Isaac. Un vieil homme marié à une jeune femme. Ce qui, en soi, est cause de souci, n'est-ce pas ? Mais ce n'est pas ma bonne Dinah qui épuise mes forces. Ces jours-ci, même les pierres de la ville m'empêchent de dormir. Alors que les autres se reposent, j'erre dans la maison et dans la cour à guetter le coup qui nous fera savoir que la fin est venue. Puis, quand le ciel s'éclaire, je me rends bien compte que mes craintes sont, sinon sans fondement, du moins exagérées, et je me mets au lit pour dormir un peu.

— Trois hommes ont été tués hier matin, dit Isaac. Dans une *finca* proche de la route de Tarragone. Parmi eux se trouvait Fernan, l'oncle du jeune Gilabert que vous abritez sous votre toit. Je ne suis pas sûr que la mort de Don Fernan et de ses hommes annonce la fin prochaine, mais cela me semble de mauvais augure.

— Pourquoi donc ?

— Parce que, s'il faut croire ce jeune homme, les assassins n'ont rien à espérer de la mort de Fernan. Personne n'en a bénéficié.

— Cela ne peut pas être entièrement vrai, argua Joshua avec calme. Certains ont dû penser y trouver leur intérêt.

— Ah oui ? Et pourquoi dites-vous cela ?

— Il y a toujours des gens pour qui la mort d'un propriétaire terrien est synonyme d'avantage. Peut-être ont-ils précédemment tenté de le discréditer ou même de détruire sa réputation.

— Cela m'intéresserait beaucoup de savoir ce que vous connaissez de cette affaire, continua Isaac.

— De celle-ci en particulier, rien. Que puis-je savoir de propriétaires chrétiens qui vivent à des lieues d'ici ?

Il versa un peu de vin dans leurs coupes.

— Cependant, cela me rappelle une autre histoire, dont je suis plus familier.

— J'aimerais l'entendre si vous n'êtes pas trop fatigué.

— Nullement. Ce propriétaire-ci avait pour nom... Non, je ne vous le dirai pas. Pour l'instant, appelons-le également Don Fernan, dit Joshua. Nous avons passé des accords commerciaux pendant plusieurs années — lucratifs et amicaux. Il ne possédait pas sa propre exploitation, mais était chargé de la gestion de celle de son beau-frère. Sa jeune sœur était une femme très digne, m'a-t-on dit, qui menait une existence paisible au sein de sa famille et qui était aimée de tous. Je crois qu'elle avait un fils et peut-être une ou deux filles, mais je n'en suis pas certain. Et puis, il y a quelques années, six ans peut-être, le beau-frère est mort...

— Durant la peste ?

— Oui, mais si ma mémoire est bonne, pas de la

peste. Même cette année terrible, les gens mouraient d'autres maladies.

— C'est vrai, acquiesça Isaac, je m'en souviens moi aussi.

— Après sa mort, son voisin produisit un document attestant du don de ses terres, de sa maison et de tous ses biens en règlement d'une dette contractée précédemment. Don Fernan examina le document et jura ses grands dieux que la signature n'était pas celle de son défunt beau-frère. D'autres vinrent attester la même chose, me semble-t-il.

— Cela aurait dû régler le problème, non ?

— Ah, Isaac, comme vous le savez, quand un homme cupide a de telles prétentions, il prend habituellement soin de s'entourer d'une ou deux personnes puissantes. L'objection fut débattue. Divers témoins se présentèrent pour dire que le beau-frère ne s'était jamais endetté, pas au point de céder l'intégralité de ses biens, en tout cas. Le voisin fut sommé de présenter les témoins de la signature. Je vous passe le détail des procès et des appels mais, en fin de compte, après trois ans de procédure, Don Fernan a gagné. Il n'agissait plus qu'au nom de ses neveux et nièces car sa douce sœur avait disparu, morte de chagrin après le décès de son mari et d'angoisse à l'idée de se voir, elle et son enfant — ou ses enfants — jetés sur les routes, sans un sou vaillant.

— C'est une terrible histoire, dit Isaac, mais malheureusement trop fréquente.

— Elle n'est pas terminée, reprit Joshua, l'air sombre. Quelqu'un — le voisin, probablement — a alors dénoncé mon bon ami Don Fernan comme hérétique et ajouté qu'il abritait des hérétiques notoires. Il produisit un document qui, jurait-il, lui avait été remis par un serviteur avant sa fuite. La *finca* dépendait du diocèse de Barcelone, où la dénonciation provoqua quelque émoi, mais fut bientôt oubliée. Déçu, l'informateur alla trouver l'archevêque. Il n'obtint rien de Don Sancho, mais réussit tout de même à intéresser l'Inquisiteur. L'Inquisition connaissait un certain regain à Tarragone et Don Fernan fut arrêté alors qu'il y venait pour affaires. S'ensuivit une brève controverse juridictionnelle au cours de laquelle son jeune neveu, un garçon de seize ou dix-sept ans, disparut. Don Fernan, qui avait à la fois de l'intelligence et des amis, se tira de cette nouvelle difficulté.

— Pourquoi le neveu a-t-il abandonné son oncle ?

— Chacun pensait que cela tenait au fait qu'il était à l'origine des rumeurs d'hérésie. Pour découvrir la vérité, il faudrait la lui demander. Et commencer par le retrouver. Mais je pense qu'aujourd'hui il a enfin appris que l'on ne peut faire confiance au premier venu.

— J'en suis persuadé, dit Isaac. Sinon il ne serait plus en vie.

— Bien entendu, mon frère, il est probable qu'il vit à présent loin de Tarragone, où on le recherche pour je ne sais quels crimes horribles.

— Celui qui l'abriterait courrait alors de grands dangers, n'est-ce pas ?

— Oh, si j'étais son protecteur, je ne m'inquiéterais pas spécialement. Les accusations sont fausses, et il suffit d'un peu d'argent et de bonne volonté pour les enterrer.

— Voilà vraiment une triste histoire, Joshua. Je plains ce jeune homme et j'espère que vous avez raison. Mais, à mon avis, la calomnie ne signifie en rien qu'il n'y aura pas de procès.

— Peut-être avec l'aide d'amis, dit Joshua d'une voix douce. Pas simplement de marchands juifs qui lui veulent du bien, mais d'amis chrétiens qui ont la confiance du roi. Le problème serait ainsi réglé.

Isaac rit.

— Je vous ai toujours su très rusé, Joshua. Toutes vos histoires d'angoisse et d'insomnie nous ont conduits sur des chemins passionnants. Car telle était votre intention, je n'en doute pas.

— Je suis heureux de ne pas avoir perdu la main. Mais il est vrai que je dors mal la nuit.

— Je vous donnerai quelques gouttes d'une décoction que j'ai préparée. Où est Yusuf ?

— Il était par ici, répondit Joshua.

— Je mets sa force à l'épreuve en le tenant éveillé, expliqua Isaac. Ou plutôt en l'arrachant à son lit. Il peut dormir n'importe où. Yusuf ! appela-t-il doucement.

— Ici, seigneur.

En titubant, le jeune garçon sortit de l'obscurité et se présenta à la lueur de la lampe.

CHAPITRE III

Vendredi 2 mai

Il était très tôt le lendemain matin quand Isaac et Yusuf portèrent leurs pas vers le palais archiépiscopal suite à la convocation de Berenguer. Soudain, une main se posa sur le bras du médecin.

— Maître Isaac, dit l'évêque.

— Votre Excellence, je ne m'attendais pas à vous trouver à une telle heure.

— Il fallait que je vous parle, maître Isaac, face à face et sans être interrompu. Cela ne va pas, dit-il d'un ton ferme. Yusuf et vous-même devez vous installer au palais. Laissez votre femme bavarder avec sa famille et assistez-moi. La nuit dernière, je n'ai pu dormir, et ce pauvre sot de Bernat...

— Je ne pense pas que le père Bernat soit un pauvre sot, Votre Excellence.

— Moi non plus. C'est pourquoi il m'ennuie. Ils vont tous me rendre fou, Isaac. Francesc n'arrête pas de me dire ce qui est bien, Bernat ce qui est sensé, et tous deux s'associent pour m'empêcher de faire ce que ma propre nature me conseille.

— Qu'est-ce donc, Votre Excellence ?

— Pour l'heure, Isaac, je n'en suis plus très sûr. La nuit dernière, ils ont tenu à renoncer au repos afin d'élaborer une stratégie. Si vous aviez été là, nous aurions pu jouer aux échecs. Et puis j'ai besoin de vous. Chaque fois que j'échange quelques mots avec Don Sancho, mon genou se réveille.

— Je devrais peut-être l'examiner...

— Ma présence est requise à la cathédrale. La messe va commencer. Vous pouvez rentrer chez vous et annoncer cela à votre famille, mais j'espère vous voir après l'office. J'espère aussi que vous serez installé dans vos appartements avant l'heure du souper. Ils vous attendent.

Une fois de plus, la cloche de la cathédrale appela les évêques.

— Je m'inquiète pour Gilabert, dit Isaac.

La matinée était déjà bien avancée, et Berenguer et lui se promenaient sur les remparts, où ils pouvaient converser sans être dérangés.

— Sa santé se serait-elle détériorée ?

— Non. C'est, ainsi qu'il l'a toujours dit, un jeune homme remarquablement résistant. Il a fait une petite rechute le jour où vous nous avez quittés, mais il se remet vite. C'est autre chose qui me soucie. Tout d'abord, permettez-moi de vous parler d'un petit incident survenu le lendemain matin, dans une auberge proche de la ville.

Il rapporta les propos de l'enfant.

— Je crois que Don Gonsalvo le suit, conclut Isaac.

— C'est bien possible, maître Isaac.

— Oui, Votre Excellence. Ensuite mon beau-frère m'a raconté une curieuse histoire à propos d'une famille avec qui il était en affaires il y a quelque temps.

— Narrez-la-moi. Je crains de la trouver fascinante.

— Et voilà, Votre Excellence. L'oncle, le voisin et le neveu.

— Vous savez vous montrer très persuasif, maître Isaac.

— Mon beau-frère et son épouse sont tout à fait capables d'abriter Don Gilabert. Il a besoin de peu de soins, et ils m'ont l'air heureux de s'acquitter de cette tâche. Mais je m'inquiète pour leur sécurité, si vous me comprenez.

— Fort bien, répondit Berenguer. Je m'inquiète aussi pour la sécurité de ce jeune homme. Même s'il n'était pas le neveu du récit de votre beau-frère — et je crois qu'il l'est —, un homme dont le seul parent vient d'être massacré me semble courir de grands dangers. Il serait mieux à l'abri derrière d'épaisses murailles, plus épaisses encore que celles du quartier juif. Chez les moines, peut-être, ou même...

Il se leva et arpenta nerveusement la pièce.

— Est-il en état de voyager ? demanda l'évêque. Je veux dire d'aller à cheval, pas d'être transporté dans une charrette ou sur une litière. Ce serait manquer de discrétion.

— Oui, mais je n'aimerais pas qu'il le fît seul. Il ne peut se défendre en cas d'attaque.

— Je vais envoyer le capitaine de la garde. Et l'un de ses hommes. Ils n'ont rien à faire sinon manger, grossir et paresser, selon le capitaine. Peut-il s'en aller à midi ?

— Certainement.

— Bernat ! appela l'évêque.

Le secrétaire ouvrit la porte de la pièce attenante.

— Votre Excellence ?

— J'ai besoin que vous écriviez une lettre et l'expédiiez sur-le-champ.

— Oui, Votre Excellence, murmura-t-il.

— Et nous aurons besoin d'un habit — pas le vôtre, Bernat, vous êtes un peu trop maigre pour lui —, quelque chose de plus ample, mais pas un de ceux taillés pour vos frères trop bien nourris.

— Un habit de franciscain, Votre Excellence ?

— De franciscain, de dominicain, peu importe. Quoique cela me plaise de le voir vêtu comme vous, Bernat.

— Je vais rentrer chez mon parent et préparer le jeune homme, dit Isaac.

— Et faire vos adieux à votre épouse ainsi qu'au reste de la famille, ajouta Berenguer. N'oubliez pas que je vous attends ici après dîner, avec armes et bagages !

— Voyons, Isaac, vous ne pouvez pas partir. Pas aujourd'hui. Tout le monde se réunit pour le sabbat.

— Ma chère Judith, je suis venu à Tarragone non pour rendre visite à ma famille, aussi charmante soit-elle, mais en tant que médecin de l'évêque. Il me fait demander. J'obéis. Vous me représenterez très bien, je le sais. Il me faut m'occuper de la main de Don Gilabert. Il part sur l'heure pour la maison d'un parent.

— Je croyais qu'il n'avait plus de famille, dit Judith d'un air soupçonneux.

— Pas de famille proche. Mais des cousins assez éloignés qui vont l'héberger jusqu'à ce qu'il se remette complètement.

Il l'embrassa affectueusement et se prépara à partir.

— Vous pourriez autoriser votre sœur à faire à nouveau usage de son lit nuptial, maintenant que je n'y serai plus, ajouta-t-il. Au revoir, ma mie. Je suis tout près d'ici et l'on peut m'appeler — si besoin est, uniquement. Je serai là en un instant.

— Isaac...

— Au revoir, ma chère Judith.

Il appela Raquel et emprunta l'escalier jusqu'à la chambre où Don Gilabert ressassait des idées noires.

— Les chairs ont guéri, dit Isaac après avoir prudemment ôté le bandage de la main du jeune homme. C'est ce qui me préoccupait le plus. Les os mettront davantage de temps à se ressouder et il convient de continuer à les protéger.

Raquel remit les bandes en place.

— C'est fait, papa.

— Bien. Dès que nous aurons examiné votre blessure à la jambe, vous pourrez endosser votre nouveau déguisement.

— Et quel est-il ? demanda Gilabert.

— Celui d'un moine. L'habit va arriver. Vous le passerez, puis vous fuirez à cheval en compagnie de deux gardes jusqu'au château d'Altafulla, où vous vous cacherez aussi longtemps que nécessaire.

— Quelle raison le châtelain a-t-il de risquer sa vie pour moi ?

— Il doit beaucoup à Son Excellence, mais je ne saurais dire la nature de sa dette. Peut-être ne s'agit-il que d'amitié. Raquel, panse à nouveau sa jambe. Je dois retourner parler à ta mère.

— Je ne désire pas partir d'ici, dit Gilabert dès que le médecin eut quitté la pièce. Mais je comprends maintenant qu'en restant ici je mets en danger votre vie et votre sécurité. Quelle bonne idée que je doive m'esquiver habillé en moine ! M'apporterez-vous le petit coffret posé là sur la table ? ajouta-t-il sans même reprendre son souffle.

En silence, Raquel s'exécuta.

Il l'ouvrit et en tira une chaînette en or.

— Prenez-la, s'empressa-t-il de dire. Ceci me lie à vous, quoi qu'il nous arrive. Je sais que vous devez vous marier, et moi de même. Sinon mes terres n'auront pas d'héritier. Mais même ainsi, nos âmes ne font qu'une, et ceci les enchaîne dans l'amour. Portez-la dans vos cheveux et pensez à moi parfois.

Raquel prit la chaînette et sortit en courant.

Mais, au moment où Gilabert enfourchait la jument baie devant la maison de Joshua, Raquel s'approcha de lui.

— Don Gilabert, je crains que votre poignet ne soit pas assez bandé pour un tel exercice. Donnez-le-moi.

Il retira son bras de l'écharpe et le tendit. En un geste rapide, elle sortit une chaînette finement ciselée de la manche où elle l'avait dissimulée et l'enroula autour de son poignet.

— Puisse ceci vous protéger, monseigneur, murmura-t-elle en levant les yeux vers lui. Mes prières vous accompagnent.

C'est ainsi que, dans la chaleur et l'effervescence de midi, un franciscain monté sur une jument baie, un paquet accroché derrière sa selle, franchit les portes de Tarragone sans attirer l'attention des passants. Derrière lui, deux soldats, sales mais détendus, chevauchaient côte à côte, en grande conversation. Dès que la foule fut moins importante, le moine fit mettre sa jument au trot, puis au petit galop. Les soldats se rendirent apparemment compte qu'ils avaient, eux aussi, une tâche à accomplir, et ils éperonnèrent leurs montures pour rattraper le franciscain.

Samedi 3 mai

De toute la nuit, Raquel ne dormit pas plus de quelques minutes consécutives. Grâce au ciel, elle ne partageait de chambre, et encore moins de lit, avec personne : nul n'était là pour être témoin de ses larmes. Quand ses pleurs cessèrent, les oiseaux étaient déjà éveillés, et le soleil s'était levé. Elle quitta son lit, hésitant à sortir de la chambre alors que le reste de la maison dormait encore, mais incapable d'y rester plus longtemps. Elle baigna son visage, puis utilisa l'éponge pour le reste de son corps comme si la détresse pouvait s'effacer sous les effets de l'eau. Elle se vêtit de sa robe la plus stricte et d'un surcot avant de se coiffer de manière sévère et de faire son lit pour dissimuler les traces de cette nuit d'insomnie. Enfin, elle descendit l'escalier.

Le calme du sabbat était omniprésent. Dans la salle à manger vide, la table avait été dressée la veille : on y avait posé des assiettes de riz froid et de lentilles, de fromages et de pain, le tout recouvert de serviettes de lin ; il y avait également deux grands pichets de tisane froide. Raquel se servit une boisson à la menthe et emporta sa tasse vers la fenêtre close. Elle éprouva l'impression soudaine de ne plus pouvoir respirer dans cette pièce sombre. Elle posa sa tasse et secoua les volets.

— Permettez-moi de vous aider, dit derrière elle une froide voix masculine.

Elle se retourna pour faire face à Ruben.

— Merci. C'est si confiné ici que je ne trouvais plus mon souffle.

— Il fait bon dans la cour à cette époque de l'année, poursuivit-il en repoussant l'un des volets. Je vais y prendre mon déjeuner.

— Je n'ai pas faim, répondit Raquel en frissonnant.

— Vous êtes plus experte en médecine que moi. Je pense que vous devriez avaler quelque chose, mais cela ne me regarde pas.

Agacée, elle prit un peu de pain et de tisane.

— Nous devons parler de certaines choses, vous et moi, lui dit-elle. Peut-être vous rejoindrai-je. S'il n'y a personne d'autre.

— Je ne suis pas certain que nous ayons quoi que ce soit à nous dire, répliqua-t-il en rougissant. Mais vous pouvez bien entendu vous joindre à moi.

— Que prépare tante Dinah ? demanda abruptement Raquel.

— Elle complote, répondit Ruben, l'air sombre. Je ne veux pas paraître grossier — ce que je veux dire, c'est que tout homme serait heureux d'avoir une femme telle que vous —, mais...

— Vous ne voulez pas m'épouser.

— Eh bien...

Il devint franchement écarlate.

— C'est exact. Je ne veux pas vous épouser. Si je le devais, je suppose que vous feriez une excellente épouse...

— Moi non plus, je ne veux pas me marier avec vous. Ce n'est pas parce que je vous trouve déplaisant, non, mais...

— Je comprends, vous aussi devez aimer quelqu'un d'autre, fit-il sur un ton beaucoup plus cordial.

— Pourquoi ne pouvez-vous épouser la femme de votre choix ? lui demanda Raquel.

— Elle n'est pas aussi riche que vous, et elle n'est pas de la famille. De plus, elle n'est pas aussi belle que vous, mais ils ne le savaient pas. Je crois qu'elle est faite pour moi. Elle m'aime, ce qui n'est certainement pas votre cas.

— Comment le pourrais-je ? C'est la première fois que nous parlons ensemble. Et puis, je suis persuadée que je vous rendrais malheureux.

— Que pouvons-nous faire ? dit Ruben, désemparé. Tante Dinah ne jure que par cette union.

— Et l'oncle Joshua ?

— Je ne crois pas que ça l'intéresse.

— Dans ce cas, je vais en parler à papa, et vous à l'oncle Joshua. Sinon ces deux femmes auront réglé tous les problèmes d'ici la fin du sabbat. J'ai passé toute ma vie auprès de maman et je l'aime, mais je ne pense pas avoir envie de me marier pour emménager chez une femme qui lui ressemble.

Fille respectueuse à la fois de l'Église et d'une riche et puissante famille, dame Elicsenda, abbesse de Sant Daniel, attendait à la porte du cabinet de l'archevêque, aussi impassible qu'une statue de marbre. À ses côtés se tenaient la révérende mère, Sor Marta ainsi que l'intendante de la maison de Tarragone. Derrière son visage inexpressif, l'abbesse calculait en silence jusqu'où elle pouvait se permettre d'aller en matière d'humilité.

Le jeune page de l'archevêque les introduisit avec une courbette élaborée.

— Révérende mère, dame Elicsenda, mes sœurs, dit Don Sancho.

Les femmes s'avancèrent au milieu de la pièce richement meublée et baissèrent la tête en signe de soumission.

— Quelle chance de pouvoir enfin nous rencontrer pour évoquer les difficultés surgies à Sant Daniel ! ajouta-t-il.

— Quelle chance, effectivement ! renchérit la révérende mère d'un ton un peu acide. Votre Excellence, dame Elicsenda demande l'autorisation de parler.

L'archevêque prit son temps avant de répondre. Il sourit.

— Dame Elicsenda, dit-il enfin, vous pouvez parler.

Elle tomba à genoux et baissa les yeux.

— Votre Excellence, je me suis cruellement mise en tort. Je suis coupable de désobéissance pour ne pas m'être pliée aux ordres de Votre Excellence dès qu'ils me furent signifiés. Je ne peux que dire, non pas pour m'excuser, mais pour m'expliquer, que j'ai placé les soucis infimes du couvent avant le devoir supérieur que j'ai envers l'Église, mon ordre et mon archevêque. Je supplie Votre Excellence de me croire quand je dis que je n'ai jamais toléré les transgressions de Sor Agnete, mais ai au contraire prié pour son amendement spirituel.

— Vos prières ont-elles été entendues ?

— Non, Votre Excellence, malgré toutes mes supplications et mes exhortations, elle s'accroche à son péché.

— Dieu n'écoute peut-être pas volontiers une sœur désobéissante, précisa-t-il.

— Votre Excellence est très sage. Je n'avais pas l'intention de désobéir, mais je fus négligente.

— Cela suffira, dit l'archevêque. Levez-vous, dame Elicsenda. Vous êtes libre de retourner à Sant Daniel. Confessez vos fautes à vos sœurs, et vous pourrez reprendre vos devoirs. À une exception près : Sor Marta sera désormais responsable de l'ordre fiscal au sein de votre couvent. Elle est capable et avisée, et je suis persuadé qu'elle assume déjà semblable tâche.

— Depuis longtemps, Votre Excellence.

— Deux fois par an, elle adressera un rapport à...

Son hésitation fut si longue que les quatre religieuses craignirent qu'il eût oublié ce qu'il voulait dire.

— À qui, Votre Excellence ? osa enfin demander Elicsenda.

— À Son Excellence l'évêque de Gérone, bien évidemment.

Il sourit.

— Et Sor Agnete demeurera à la maison mère pour y vivre la pénitence que vous voudrez bien lui préciser, révérende mère, et ce jusqu'à son procès.

— Elicsenda, ma fille, vous vous en tirez bien, dit la révérende mère dès qu'elles se retrouvèrent à l'abri des murs du couvent, loin des regards inquisiteurs et des langues bavardes.

— Oui, ma mère, dit l'abbesse dont le visage était aussi blanc que le lin qui le ceignait. Très bien, même. Je m'étais préparée au pire. Je suis très reconnaissante à Son Excellence, ajouta-t-elle sagement, bien que cela lui coûtât beaucoup.

— Je lui ferai part de votre gratitude en temps voulu. Moi aussi, je suis satisfaite.

Cette matinée de mai était chaude et paisible, tout emplie de la lourde fragrance des roses. La maison de Joshua somnolait dans le calme du sabbat. Isaac n'était pas utile en cet instant au palais, et il était revenu à pied pour prendre un déjeuner tardif avec sa famille avant de sortir avec son beau-frère. Ruben avait disparu. Dinah et Judith bavardaient, et Raquel, assise sous un oranger de la cour, jouissait du plaisir d'être seule. Elle s'adossa à l'arbre et leva les yeux en se demandant si elle pourrait y grimper et s'y cacher pour le reste de la journée. Avec l'aide d'un banc, peut-être...

Ses songeries furent interrompues par des coups frappés au portail, puis par une cloche actionnée si violemment qu'elle retentit avec fracas. Qui que ce fût, elle décida immédiatement qu'elle n'apprécierait pas cette compagnie. Que quelqu'un d'autre ouvre la porte.

Derrière elle, un escalier étroit menait à une porte basse. Il n'y avait là qu'une mansarde où l'on entreposait des réserves. Elle grimpa, poussa la porte, se baissa pour entrer et se retrouva dans une pièce où des fruits secs et des légumes, ainsi que de la viande et du poisson séchés, étaient disposés sur des planches. Les volets — des persiennes — étaient tirés ; des rideaux de cuir pouvaient être abaissés en cas de mauvais temps. Raquel prit un abricot, mordit dedans et se baissa pour s'approcher des fenêtres donnant sur la cour. Elle regarda alors entre les lattes pour voir ce qui se passait.

Un des serviteurs ouvrit le portail. Six hommes armés firent irruption dans la cour et se dispersèrent comme s'ils s'attendaient à ce qu'un régiment de cavalerie s'oppose à eux.

— Où est ton maître ? demanda l'officier.

— Il n'est pas à la maison, répondit le serviteur sans hésitation.

L'officier tira son épée.

— Ne joue pas au plus fin avec moi. Tu sais très bien où il est. Va le chercher.

— Pourquoi menacez-vous mon serviteur ? lança Dinah qui sortait de sa chambre et arrangeait son voile autour de son visage. Il ne va tout de même pas faire sortir mon époux de dessous sa tunique ! Si vous faites preuve de patience, nul doute qu'il sera bientôt de retour.

— Madame, lui dit l'officier, votre mari abrite un jeune scélérat recherché depuis longtemps par les autorités. La peine est plutôt lourde pour qui vient en aide à un tel individu.

— Il n'y a personne de la sorte dans la maison, lui lança Dinah d'une voix d'airain.

— Nous en déciderons, trancha l'officier en adressant un signe de tête à ses hommes.

Ils entreprirent de fouiller la maison pièce après pièce. Par la fenêtre, Raquel voyait sa tante les aider de son mieux, ouvrant de petits coffres pour leur permettre d'y jeter un coup d'œil. Quand ils rencontraient quelqu'un, ils le faisaient descendre dans la cour, et celle-ci fut bientôt pleine de femmes — sa mère, Naomi, les servantes, la cuisinière — et de deux garçons.

— Où se cachent les hommes ? demanda l'officier.

— Ils ne se cachent pas. Ils sont sortis, riposta Dinah. À la synagogue. En visite chez des amis, peut-être. Ils ignoraient que ces gentilshommes désiraient les voir.

— Où est le malade ? demanda-t-il en s'adressant directement à Naomi.

— Le malade ? Mais il n'y en a aucun ici.

— Dans ce cas, qu'est-il advenu de lui ?

— Quelqu'un a regardé en haut ? suggéra un homme qui se tenait au pied de l'escalier conduisant à la cachette de Raquel.

Silence.

— Il n'y a rien là-haut si ce n'est les restes des récoltes de l'année dernière, séchées et entreposées, fit Dinah. Allez-y voir si vous le souhaitez. Les amandes sont particulièrement bonnes, je crois.

L'officier la foudroya du regard et traversa la cour. Dès qu'elle entendit ses pas claquer sur les marches de pierre, Raquel se glissa à l'autre bout de la pièce, où il était possible de se tenir debout sous le faîte du toit. Elle s'empressa de chasser la poussière et les toiles d'araignée accrochées à sa robe : si elle devait être tirée dehors avec les autres, elle ne voulait pas avoir l'air de s'être cachée. Elle prit un panier vide et le remplit de produits séchés pris au hasard.

— Qu'avons-nous ici ? demanda un homme dont la carrure imposante obstruait la porte.

Avant qu'elle pût parler, une voix l'interpella.

— Ils arrivent, messire.

— Je dois y aller, fit l'homme. Mais c'est un bien étrange repas que vous allez cuisiner : poisson salé, abricots et noix.

— C'est excellent si c'est bien préparé, dit Raquel sans la moindre émotion. Vous devriez essayer. Surtout avec du gingembre.

— Y a-t-il quelqu'un avec vous ?

— Comme vous le voyez, messire l'officier. Vous êtes le bienvenu...

— Non, maîtresse. Je ne suis pas friand de ce genre de réduit. Et puis, celui que nous recherchons est grand et confiné à son lit. Grièvement blessé.

— Il n'y a ici assez de place que pour garder un bien petit malade.

— Comme vous le dites, maîtresse.

Il s'inclina et retourna dans la cour.

Isaac, Joshua et son voisin, l'orfèvre, étaient en grande conversation et se dirigeaient lentement vers la maison quand le garde posté devant le portail les aperçut. Il les précéda dans la cour, ignoré de tous sauf de Yusuf. Le jeune garçon ne s'intéressait pas aux détails de la politique et du commerce qui constituaient leurs discussions et il marchait derrière eux, pas assez loin toutefois pour ne pas flairer la présence du garde.

Il pressa le pas et toucha le bras d'Isaac.

— Des officiers, seigneur, murmura-t-il.

— File, mon garçon. En cas de problème, va prévenir l'évêque.

Quand le groupe fut entré dans la cour, le garde eut le vague sentiment qu'il manquait quelqu'un. Pourtant les trois hommes étaient là, et cela lui suffisait. Il referma le portail et appela les autres.

Yusuf demeura assez longtemps dans la rue pour assister à l'arrestation. En quelques minutes il fut au palais ; et il expliqua la situation à l'évêque avant même que les gardes ne franchissent les portes du quartier juif.

— Merci, Yusuf, dit Berenguer. Viens avec moi voir ce qu'a fait le noble Don Sancho. Tu es bien sûr que ces hommes étaient ses officiers ?

— Tout à fait, Votre Excellence. Ils ont parlé de l'archevêque alors qu'ils arrêtaient mon maître et ses deux compagnons.

L'archevêque n'était pas dans son cabinet, s'excusa son secrétaire. D'ailleurs, l'archevêque n'était disponible pour personne, quelles que fussent les circonstances. La question de l'évêque de Gérone serait abordée en temps utile, mais pas maintenant. Blanc de rage, Berenguer sortit à grands pas du palais, Yusuf sur ses talons, et suivi de Bernat, de Francesc et de l'assistant du secrétaire de l'archevêque. Berenguer descendit les marches en courant et se dirigea vers le quartier juif. C'est là qu'il rencontra les officiers de la garde qui escortaient leurs prisonniers.

Les deux groupes firent halte.

— Où emmenez-vous mon médecin personnel ? tonna l'évêque.

— À la prison de l'archevêque, répondit l'officier tout en cherchant du regard le soutien de ses hommes.

— Vous ne le pouvez pas !

— J'ai des ordres, Votre Excellence. De l'archevêque, ajouta-t-il en désespoir de cause.

Il ne savait pas du tout ce qu'il ferait si l'évêque décidait de libérer sur-le-champ son médecin.

— Votre Excellence, dit une voix derrière lui. Je vous en prie. Je suis certain que l'archevêque sera enchanté de discuter de ce problème dès qu'il sera disponible.

— Et quand ?

— Très bientôt.

Un groupe de curieux s'était formé : ils étaient fascinés par le spectacle d'un évêque en plein conflit avec la garde de l'archevêque.

— Ils emmènent l'évêque en prison, lança quelqu'un.

— On ne peut pas faire ça, répliqua un autre. Personne n'a jamais mis un évêque en prison hormis le pape. C'est interdit.

— Qu'est-ce que tu en sais ?

— Ma sœur travaille aux cuisines du palais, et elle est au courant, répondit une femme. C'est les juifs qu'ils jettent en prison.

— Pourquoi ?

— Parce qu'ils sont juifs.

— L'évêque essaye de les convertir, expliqua une autre femme.

— Laissez-moi passer, je ne vois rien, protesta une troisième.

Et bientôt un chœur de voix lui fit écho, et tout le monde se pressa pour mieux voir.

L'officier de la garde devenait écarlate. Il avait été poussé contre Berenguer et perdait le peu d'autorité qu'il détenait.

Francesc et Bernat avaient réussi à se faufiler.

— La foule s'énerve, Votre Excellence, murmura Bernat. Nous sommes tous en danger. Surtout les juifs. Il vaudrait mieux rentrer au palais.

Berenguer regarda autour de lui et acquiesça.

— Venez, messires, dit-il d'une voix claire, revenons au palais. Braves gens, laissez-nous passer, je vous en conjure.

Il dit cela non pas d'un ton suppliant, mais avec l'assurance de celui qui sait que ses ordres seront obéis. En un rien de temps, la foule se dispersa comme neige au soleil.

— Je demeurerai ici jusqu'à ce que je parle à Son Excellence, le noble Don Sancho, claironna Berenguer.

La porte du cabinet s'ouvrit, et Berenguer entra.

— Votre Excellence, Don Sancho. J'avais espéré évoquer ce problème à une heure plus commode, mais les événements de la matinée m'obligent à passer dès à présent à l'action.

L'archevêque ne put dissimuler sa surprise.

— Passer à l'action ?

— Sa Majesté s'émeut beaucoup des événements qui ont récemment affecté les juifs de la ville. Ce matin, la... l'erreur qui a entraîné l'arrestation d'un marchand et d'un artisan, des hommes de poids et de réputation, ainsi que de mon médecin personnel, n'a fait qu'aggraver la situation.

— De quels événements récents parlez-vous, Don Berenguer ? demanda prudemment Don Sancho.

— Les attaques lancées contre les juifs et la destruction de leurs propriétés. Je crois savoir que le trésorier de Sa Majesté vous a écrit à ce propos. Il vous aura mieux expliqué la situation que je ne saurais le faire. Mais depuis que le problème implique mon médecin, je rappelle respectueusement à Votre Excellence que, s'il y a une plainte à l'encontre d'Isaac, médecin de Gérone, ou de Joshua, négociant de Tarragone, la seule personne autorisée à juger ce problème est le bailli général.

— En temps ordinaire, oui, concéda l'archevêque, mais...

— Tous les juifs relèvent de la chambre royale, comme vous le savez, Don Sancho, continua Berenguer sur le même ton. Ils constituent le trésor du roi. Toute affaire les concernant doit être entendue par un officier royal. Quelle que soit la juridiction que j'exerce sur Isaac — un juif de l'évêché —, je m'efface devant le bailli général. Et, en ce moment même où Sa Majesté se prépare à la guerre — avec le soutien généreux des juifs de Tarragone, vous vous en souviendrez —, vous pouvez être certain qu'il porte un vif intérêt à leur bien-être.

— Ce fut une terrible méprise, concéda l'archevêque d'une voix mielleuse. Le seul ordre d'arrestation que j'ai signé ce matin concernait un chrétien convaincu d'hérésie et de crimes annexes. Si je me souviens bien, un de ses voisins a juré avoir vu l'hérétique dans la ville et savait où il se terrait. Personne n'a parlé d'arrestation de juifs.

Il actionna la clochette posée sur son bureau et, un

instant plus tard, son secrétaire franchissait une petite porte discrète.

— Où sont les juifs que l'on a malencontreusement arrêtés cet après-midi ? lui demanda-t-il d'un ton glacial.

— Ils attendent dans une pièce attenante à la salle de garde, Votre Excellence, bredouilla le secrétaire. Comme Son Excellence l'évêque de Gérone a eu la bonté de faire remarquer que l'un d'eux était son médecin personnel — et qu'il vivait présentement au palais —, nous avons hésité à les mettre en cellule.

— Il aurait certainement mieux valu me faire prévenir pour vérifier cet ordre, n'est-ce pas ?

— Assurément, Votre Excellence. J'aurais dû y penser, dit le malheureux qui endossait toute la responsabilité sur ses frêles épaules.

Berenguer ne le plaignait pas, car le secrétaire était peut-être le bouc émissaire de l'archevêque, mais il menait en contrepartie une existence particulièrement douce.

— Veillez à ce qu'ils soient immédiatement libérés, ordonna Don Sancho.

— Ce sera fait, Votre Excellence, murmura le secrétaire.

— J'ordonnerai une enquête approfondie. Vous pouvez en assurer Sa Majesté.

Quand Berenguer sortit du cabinet de l'archevêque, il fut approché une fois encore par un jeune page.

— Pardonnez-moi, Votre Excellence, mais j'ai pour vous un message de la part d'un noble ami qui souhaite vous parler.

Berenguer songea un instant au somptueux dîner qui serait sans aucun doute offert aux membres du conseil. Il se tourna vers sa suite.

— Francesc, Bernat. Je vous rejoindrai.

— Je vous prie de m'excuser de vous demander à nouveau de venir ici, dit Santa Pau. Et de vous contraindre à vous vêtir de cette simple cape. Mais vous ressemblez tant à un évêque que je ne voulais pas que les gens vous remarquent.

— Mon cher Santa Pau, je *suis* un évêque. On en prend très rapidement l'apparence. Il est difficile de faire autrement. Mais n'est-ce pas une cruche de vin que je vois sur ce buffet ? demanda-t-il. Et une miche tentatrice ? Vous m'avez fait manquer un banquet en venant chez vous, mais j'avoue que je me contenterai volontiers de ce que je vois ici.

— Ce n'est pas grand-chose, mais c'est de bonne qualité.

Santa Pau versa du vin et coupa une tranche de pain pour chacun d'eux. Il souleva un linge et révéla un beau jambon fumé dans lequel il découpa plusieurs tranches. Il les plaça ensuite devant Berenguer en même temps que le pain, le vin et une assiette de fruits. Il donna au page une tranche surmontée d'un peu de jambon ainsi qu'un abricot, et lui dit de les attendre dans un coin tranquille. Le garçon prit son repas et disparut.

— Vous servez à merveille à table, Santa Pau, lui dit Berenguer.

— J'ai été page, écuyer et soldat. On apprend vite. Mais vous devez vous demander pourquoi j'ai cherché à vous voir si vite et à une telle heure. J'ai de bonnes raisons.

— J'en suis certain.

— La première vous concerne, expliqua Santa Pau, parce qu'elle touche votre médecin. Une nouvelle ordonnance municipale veut que l'on exige désormais une licence et une importante somme d'argent de la part de tout juif qui demande à entrer en ville.

— C'est un inconvénient, mais pas vraiment une tragédie.

Le jeune homme secoua la tête.

— Réfléchissez, Votre Excellence. Votre médecin et sa famille sont arrivés très récemment en ville ; ils n'en ont pas l'autorisation. Ils peuvent être emprisonnés ou lourdement taxés. S'ils sont en prison, il faudra du temps, de l'argent et énormément d'influence pour les en faire sortir.

— Cela pourrait également arriver aux marchands qui sont ici pour affaires, qu'ils vendent ou qu'ils achètent.

— Effectivement.

— Se rend-on compte de l'effet que cela aura sur le négoce ?

— Oh, ils s'apercevront de leur erreur et, comme pour d'autres ordonnances du même ordre, ils la retireront, à moins que la Couronne ne porte plainte, à moins encore qu'ils ne la suppriment en disant que c'était une bévue. Mais pour l'instant, l'ordonnance est encore effective, et quelqu'un vise une personne donnée.

— Isaac ? Pourquoi ?

— Peut-être s'agit-il de votre médecin. Je n'en suis pas certain, de même que j'ignore ce qu'une attaque à son encontre pourrait rapporter. Il court de nombreuses rumeurs, mais, selon l'une d'elles, la personne qui a aiguillonné les conseillers — celle qui leur a dit que les juifs affluaient en ville et qu'ils y seraient bientôt plus nombreux que les chrétiens —, eh bien, cette personne représenterait le nonce du pape.

— Là encore, pourquoi ?

— Je vois de nombreuses raisons. Il a peut-être un cousin qui bénéficie directement de cette législation. Sa Sainteté peut avoir décidé de soutenir les Sardes.

— Cela enchantera Sa Majesté, dit sèchement Berenguer.

— Bien entendu, la simple présence du nonce suffit à susciter des rumeurs et à dire qu'il se cache derrière tout ce qui se passe dans cette ville.

— C'est parfaitement exact.

— À moins que quelqu'un ne cherche à vous mettre dans la difficulté, Don Berenguer.

— Moi ? Vous voulez parler de Don Sancho ?

— Non. Il a été ennuyé que vous lui imposiez tant

de problèmes et de travail, mais ce n'est pas votre ennemi.

— Vous savez que mon médecin a été arrêté ce matin.

— Oui, dit Santa Pau. Je pensais que c'était pour n'avoir pas demandé de permis d'entrer en ville, mais l'on m'a dit que ce n'était pas le cas.

— Non. C'est parce qu'il se trouvait en compagnie de son beau-frère, lequel a été arrêté pour avoir abrité un fugitif. Un hérétique condamné — *in absentia* — et revenu en ville.

— Ce fugitif a-t-il été retrouvé ?

— Non.

— De qui tenez-vous cela, Don Berenguer ?

— De l'archevêque, qui a lancé cet ordre sur la demande d'une tierce personne, et de maître Isaac. C'est ce qu'on lui a dit au moment de l'arrêter.

— Don Berenguer, si vous voulez bien m'excuser, je dois approfondir mon enquête. Mon page vous reconduira au palais. Je n'imagine pas que votre médecin ait effectivement aidé son beau-frère à cacher un hérétique notoire, n'est-ce pas ? Si tel était le cas, nul doute qu'il devait avoir une excellente raison de le faire, mais pour l'heure je préfère ne pas savoir de quoi il s'agit.

Le petit page frappa à la porte de Berenguer avant que les derniers délégués eussent terminé de dîner.

— Mon maître vous informe qu'il serait prudent que votre escorte et vous-même quittiez la ville dès à présent. Vous pourriez dire à l'archevêque que Sa Majesté a exigé que vous la rejoigniez à Barcelone.

— Le puis-je vraiment ? fit l'évêque, amusé.

— Oui, Votre Excellence, répondit le page avec beaucoup de sérieux. Il serait également avisé, toujours selon mon maître, de ne mettre personne d'autre au courant de votre départ.

— Nous devons partir sans bruit, dit le médecin. Je m'excuse de vous arracher ma famille, Joshua, alors qu'elle vient à peine d'arriver, mais nous n'avons pas le choix.

— Je pense, répondit son beau-frère, que cela ne doit pas être ébruité. M'entendez-vous, Dinah ? Il ne faut rien dire, à personne.

— Même ici ? s'étonna sa femme.

— Même ici, il y a des informateurs, et vous le savez fort bien. Des créatures misérables et cupides qui vendraient leur frère pour quelques pièces. Non, personne ne doit rien savoir, pas même les serviteurs.

— C'est le sabbat, fit remarquer Judith.

— Et nous avons tant de choses à nous dire, Judith et moi... ajouta sa sœur.

— Ma mie, insista Isaac, nous sommes en danger. Tout comme vous l'êtes, chère sœur, ainsi que vos enfants et toute votre maisonnée. Nous devons nous préparer à partir.

Raquel et Judith rangèrent leurs affaires et dirent discrètement au revoir à Joshua et Dinah. Naomi et Ibrahim s'en étaient déjà allés avec les coffres de vêtements — afin de les livrer, prétextaient-ils, à maître Isaac, puisqu'il vivait désormais au palais.

Les serviteurs de l'évêque partirent aussi, deux par deux ; puis un chariot arriva à la porte de la ville, bientôt suivi d'un autre.

À l'heure où Tarragone s'arrachait à sa léthargie d'après-dîner, l'évêque et son entourage étaient déjà en route pour le château d'Altafulla.

— Nous ne sommes plus beaucoup, dit Raquel. Que s'est-il passé ?

— Sor Agnete ne reviendra pas, lui expliqua le sergent. Les autres religieuses partiront la semaine prochaine avec l'évêque de Vic. Son Excellence a demandé à deux gardes de rester avec elles pour assurer leur sécurité lors de leur dernière étape.

— Mais où sont nos musiciens ?

— Ah, qui sait ? Ils gagnent leur vie là où ils le peuvent et ont sans aucun doute décidé de rester en ville tant qu'il y a du monde.

— Ils me manqueront.

Elle hésita.

— Bien entendu, Don Gilabert n'est plus avec nous.

— Nous les regretterons tous, maîtresse Raquel. Surtout les musiciens. Ils formaient une joyeuse paire.

Un cavalier monté sur un cheval fougueux arriva derrière eux et interrompit leurs bavardages. Il se mit au pas en arrivant à la hauteur du sergent et lui présenta une sacoche.

— Messire, je vous en prie, je cherche l'évêque de Gérone. C'est bien là son escorte, n'est-ce pas ?

— Effectivement. Et voici l'évêque en personne.

Berenguer était en grande conversation avec son médecin quand le messager l'aborda.

— Votre Excellence, dit le nouveau venu. Je vous apporte une missive de l'archevêque, avec ses compliments.

— De l'archevêque ? s'étonna Berenguer. Ouvrez-la, Bernat.

— L'enveloppe que vous adresse Don Sancho renferme une autre lettre, Votre Excellence, l'avertit son secrétaire. Don Sancho écrit qu'elle arrive tout juste de Gérone.

— Dans ce cas, vous n'avez pas besoin d'attendre une réponse, dit Berenguer au messager. Veuillez transmettre mes remerciements à Son Excellence.

Quand l'homme, dûment récompensé, fut reparti, Bernat brisa le sceau et éclata de rire.

— Qu'y a-t-il donc de si amusant ? lui lança Berenguer d'un ton glacial.

— Oh, pardonnez-moi, Votre Excellence. Elle émane de Don Arnau et contient une troisième lettre. Sur l'enveloppe, Don Arnau écrit que tout va bien et que ce nouveau courrier est arrivé mercredi.

Bernat rompit le nouveau sceau.

— Celle-ci vient d'Empuries, Votre Excellence. De votre ami.

— Il ne tarde pas à répondre. Lisez, Bernat.

— Comme vous voudrez, Votre Excellence. Voici ce qu'il écrit. « Je regrette de vous informer qu'aucune de mes connaissances, qu'elles appartiennent aux saints ordres ou pas, ne porte le nom de Norbert de C., à l'exception toutefois d'un cousin âgé et dégénéré de la famille Cardona, lequel ne correspond en rien à votre description. Ainsi que vous l'avez souhaité, j'ai demandé à Rodrigue de Lancia s'il connaissait un moine du nom de Norbert. Il a d'abord déclaré ne se rappeler personne qui portât un tel nom. Puis il s'est souvenu qu'un gentilhomme aussi grossier que désagréable, un certain Gonsalvo de Marca, qu'il avait eu la mauvaise fortune de rencontrer, avait chaleureusement accueilli un moine ivrogne du nom de Norbert dans une auberge où tous étaient descendus. Il n'a rien ajouté à propos de ce Norbert. Soit il ne savait rien de lui, soit il ne désirait pas partager ses renseignements. Pour ma part, Don Berenguer, j'aimerais savoir... » Il s'intéresse à la situation actuelle de Votre Excellence.

— Je lui répondrai plus tard. Mon ami répand les rumeurs aussi bien qu'une commère de village, Isaac, mais ce qu'il dit est d'un grand intérêt, n'est-ce pas ?

— Un moine assassiné et un jeune seigneur blessé, songea Isaac. Et Don Gonsalvo est associé à l'un comme à l'autre.

— Je n'aurais jamais imaginé Don Gonsalvo en tortionnaire vicieux.

— Moi aussi, j'ai du mal à le croire. Mais si telle est la vérité, ses manières dissimulent bien plus qu'une noble lignée.

QUATRIÈME PARTIE

CHAPITRE PREMIER

Le chemin du retour

— Voyez-vous où il se trouve, maîtresse Raquel ? Là, sur la colline ? dit le sergent. C'est Altafulla.

— La route est bien escarpée, constata-t-elle. N'y a-t-il pas d'autre chemin ?

Le sergent eut un sourire un peu moqueur.

— Plus facile que la route ? Non.

— Le château a l'air très...

Elle contempla les épaisses murailles qui les surplombaient d'un air menaçant, puis elle acheva la phrase laissée en suspens.

— Sûr.

— Une fois la herse abaissée, ils peuvent résister à une grande armée venue du nord ou de l'est. De cette tour, on voit jusqu'à un demi-jour de marche. Il ne pourra jamais être pris par surprise.

— Si l'ennemi arrive par l'une des deux directions que vous venez d'indiquer, fit remarquer Raquel.

— C'est très vrai, maîtresse. En théorie, d'autres châteaux situés à l'ouest et au sud auront depuis longtemps arrêté les envahisseurs.

— Et en pratique ?

— Ah, maîtresse Raquel, à la guerre, tout peut arriver. L'expérience m'a enseigné que l'ennemi survient toujours où on ne l'attend pas. C'est pourquoi...

— C'est dans ce sens que vous vous préparez ?

— Effectivement. Regardez autour de vous. Pour s'en prendre à notre petit groupe, il faudrait venir de l'avant et de la gauche.

Il lui indiqua les positions favorables et elle acquiesça.

— Je ne vois pas autrement comment ils pourraient nous tendre un piège.

— Dans ce cas, pourquoi sommes-nous suivis ?

— Suivis ?

— Deux chevaux, qui prennent grand soin de ne pas être vus.

— Je ne sais pas, dit-elle, mal à l'aise.

— Moi non plus.

Sur ce, il partit parler au capitaine.

Le seigneur du château et sa dame descendirent dans la cour pour accueillir les voyageurs. Le maître des lieux accapara immédiatement Berenguer et l'emmena dans sa tour tandis que sa dame et l'intendant s'occupaient de loger tout le monde. Lors d'un moment de tranquillité, un page s'approcha du médecin.

— Pardonnez-moi, señor, vous êtes bien maître Isaac ?

— C'est moi.

— Mon seigneur et Son Excellence l'évêque souhaiteraient que vous les rejoigniez dans le cabinet de Sa Seigneurie.

— Certainement. Mais dis-moi, mon garçon, un moine séjourne-t-il au château ?

— Le père Gil ? Mais oui, maître Isaac.

— J'aimerais que tu me conduises à lui après que j'aurai rencontré Sa Seigneurie.

— Il est lui aussi dans le cabinet, maître Isaac.

Quand ils arrivèrent, Berenguer et Gilabert étaient seuls.

— Gilabert doit revenir à Gérone, maître Isaac, dit

l'évêque. Il projette de partir dès demain et d'y parvenir en trois jours. Seul et vêtu comme un frère.

— Cet habit constitue un déguisement parfait, ajouta Gilabert. Je ne risquerai rien.

— Un moine, qui galope seul dans la montagne ainsi qu'un messager ? s'étonna Isaac. Vous vous ferez remarquer de tous ceux qui poseront les yeux sur vous.

— C'est l'objection que j'ai moi-même faite, reprit Berenguer. Sans aucun doute, il serait bien plus en sécurité avec nous, en se déplaçant à une allure plus modérée.

— Je suis de votre avis. Votre mission est-elle donc si pressée, Don Gilabert ?

— Oui, maître Isaac.

— Vaut-il mieux arriver trois jours plus tard ou pas du tout ?

— Vous pensez que de réels dangers m'attendent sur cette route ?

— Nous sommes suivis, lui expliqua Berenguer. Mais nous avons des gardes pour s'occuper de ce genre de menace. Même mes prêtres et moi-même sommes équipés pour nous défendre. Vous serez seul, et il vous sera difficile de vous battre, serait-ce contre un seul adversaire.

Gilabert leva les mains en un signe d'impuissance.

— Je suis défait par la sagesse qui m'entoure. Je me joindrai à vous. Avec plaisir.

— Même avec nous, vous devrez conserver cet habit discret. Je puis vous assurer, Isaac, qu'il modifie considérablement son apparence. Mais pour être vraiment convaincant, il vous faudra faire disparaître ces bouclettes.

— Je redoutais que vous décidiez de me faire raser le crâne.

— Ne craignez rien, dit Berenguer. Plus d'un moine néglige sa tonsure, quels que soient les innombrables décrets que je puisse édicter à ce propos. Les cheveux coupés très court, vous ressemblerez à un voyageur à qui l'on peut beaucoup pardonner.

— Je m'abandonne à vous, Votre Excellence.

— Bien. Mais je dois aussi insister pour que vous restiez près du père Bernat ou du père Francesc. Si quelqu'un demande à être entendu en confession, vous pourrez vous faire remplacer très aisément.

— Oui, Votre Excellence, mais...

L'évêque éclata de rire.

À la table du souper, les conversations tournèrent beaucoup autour de la guerre, mais Berenguer raconta aussi des histoires quelque peu scabreuses à propos de ses confrères les évêques, largement aidé en cela par Bernat. Gilabert avait maintenant tout du moine, et il écoutait en silence comme le faisaient aussi les femmes.

— Dites-moi, monseigneur, demanda Berenguer au cours d'un moment d'accalmie, qui est ce Gonsalvo de Marca ? Le hasard l'a placé plusieurs fois sur notre chemin.

— Don Gonsalvo, dit son hôte. Un homme bien étrange, n'est-ce pas ?

— Il est l'ami de tous, ajouta sa femme d'un ton amer. Il aime son voisin comme un frère... comme Caïn aimait Abel.

— J'ai fait sa connaissance, comme la plupart des gens du voisinage, ajouta son mari, mais je ne puis dire que je le connais bien. Je ne le souhaite pas, d'ailleurs.

— Nous avons seulement remarqué que c'est un raseur, dont les ancêtres et les riches propriétés ne peuvent compenser ses manières de paysan, constata Berenguer.

— Tout cela est vrai. C'est aussi un homme avide et stupide, toujours prêt à faire appel aux tribunaux.

— Il a parlé de procès.

— C'est un adversaire dangereux. Il manque trop d'esprit pour mettre un terme à une action en justice avant qu'elle ne lui fasse autant de mal qu'à sa victime. N'ai-je pas raison, Alicia ?

— Oui, répondit sa dame. Il a intenté un procès à mon cousin à propos d'une terre et a beaucoup perdu. Mais ce faisant, il a quasiment ruiné mon parent et causé une grande peine à sa famille. Je ne le lui pardonnerai jamais.

— Il n'est pas le bienvenu dans cette demeure, reprit le châtelain.

Il prit un temps de réflexion avant de continuer.

— On raconte, Votre Excellence, qu'il est impliqué dans nombre d'aventures douteuses. Il a le don de convaincre les gens — pour quelque temps, tout au moins — de s'associer à lui. Physiquement et financièrement parlant. J'espère que vous n'envisagiez pas de faire affaire avec lui.

— Certainement pas, répondit Berenguer. Je ne puis imaginer aucune circonstance où je lui confierais une chose à laquelle je tiens.

— Je suis soulagé de vous entendre parler ainsi.

Comme Isaac sortait de la grande salle du château en compagnie de sa femme et de sa fille, Berenguer lui emboîta le pas.

— Nous sommes près des terres de Gonsalvo de Marca, Isaac, et j'espérais que notre hôte nous éclairerait à son propos.

— Aimer la chicane et, sans aucun doute, les transactions un peu douteuses, cela n'entraîne pas nécessairement que l'on apprécie d'assassiner des moines innocents.

— Si l'homme était bien un moine innocent... Il y a encore beaucoup de choses que nous ignorons.

Les voyageurs s'étaient rassemblés dans la cour pour prendre congé avant que le soleil ne fût assez haut pour dissiper les brumes des vallons. Les mules de trait étaient déjà attelées. On amenait les autres bêtes quand Gilabert siffla.

Le grand étalon noir eut un brusque mouvement de tête, échappa au garçon d'écurie qui le tenait et trotta vers le jeune homme.

— Yusuf, tu peux prendre ma jument, dit-il en enfourchant l'étalon. Elle est très douce et plus appropriée à ta taille.

— Pourquoi faire semblant de n'avoir jamais vu cet animal, Don Gilabert ? lui demanda Berenguer. C'est le vôtre, n'est-ce pas ?

Ils s'étaient engagés sous le long passage voûté permettant de franchir le mur nord du château et leurs paroles ne parvenaient aux autres que sous forme d'écho.

— Nous n'en avons jamais douté.

— Il est effectivement à moi, s'enflamma le jeune homme. Il s'appelle Néron.

— Dans ce cas, pourquoi jouer ainsi ?

Gilabert attendit de se retrouver à l'air libre et de s'engager sur la pente qui conduisait à la route.

— C'est uniquement, Votre Excellence, parce que je ne m'expliquais pas — je ne me l'explique toujours pas, d'ailleurs — sa présence au sein de votre colonne. J'ai été attaqué non loin de Gérone — jeté à terre, blessé, ligoté et emmené. J'ai vu mes agresseurs. Ils m'ont parlé. J'ai passé en leur compagnie des heures dont je me souviendrai longtemps. L'un d'eux m'a expliqué en riant que, quoi qu'il advienne, ils conserveraient au moins mon excellent cheval.

Il hésita un instant avant de poursuivre.

— À un moment donné de nos discussions, mon corps a cherché refuge dans l'oubli. Quand j'ai recouvré mes sens, j'étais dans ce champ, à huit lieues de la ville, arraché à la mort par un évêque bienveillant et un habile médecin. J'ai cru à un miracle jusqu'à ce que je découvre que mes sauveteurs détenaient mon cheval.

— Et vous en avez conclu que vous aviez été attaqué par mes hommes ?

— Peut-être suis-je trop enclin au soupçon, Votre Excellence, mais j'étais partagé entre l'envie de chercher refuge auprès des moines de Sant Pol et celle de demeurer parmi les vôtres pour connaître enfin la vérité. D'où les histoires fantaisistes à propos de mon passé.

— Me prenez-vous toujours pour un coquin, Don Gilabert ?

— J'ai décidé il y a quelque temps déjà que vous faisiez un assassin peu convaincant, Votre Excellence. Mais je ne m'explique toujours pas comment vous avez trouvé mon cheval.

— Je n'ai rien fait. C'est lui qui nous a trouvés. Dès que le chariot qui vous emmenait s'est ébranlé, il est arrivé au grand galop derrière nous. Nous nous sommes renseignés, sans trouver quelqu'un qui admette l'avoir perdu. Le capitaine et moi-même avons supposé que c'était le vôtre et nous l'avons gardé : il avait dû échapper à vos agresseurs et vous avait suivi.

— C'est aussi simple que cela ? s'étonna Don Gilabert. Jusqu'où allons-nous aujourd'hui ?

— Jusqu'à Vilafranca, si tout va bien.

Les ombres étaient déjà bien longues quand les murailles de pierre de Vilafranca leur apparurent, frémissantes dans la chaleur de la plaine. Ils approchaient de la porte du palais royal quand un page se précipita vers Gilabert.

— Êtes-vous le père Gil ?

— Oui, mon garçon.

— J'ai une lettre pour vous. Le porteur regrette de ne pouvoir être présent.

Gilabert examina l'écriture de l'adresse.

— Et qui était-ce ?

— Un autre moine gris, mon père, mais il ne m'a pas confié son nom.

— Nul doute qu'il le révélera à l'intérieur. Merci.

Gilabert mit pied à terre avant de briser le sceau et de déplier la lettre. Il la lut d'un bout à l'autre, la dissimula sous sa tunique puis monta dans la galerie, l'air extrêmement perplexe.

Raquel confia sa mule à un garçon d'écurie sans quitter un instant des yeux Gilabert que cette missive semblait beaucoup préoccuper. Il lui était impossible d'ignorer la présence du jeune homme — de même qu'on ne peut oublier un abcès dans la bouche que la langue effleure constamment au risque de l'aggraver.

CHAPITRE II

Les montagnes

Une fois encore, les montagnes se dressaient devant eux, sombres et escarpées, mais désormais trop familières pour qu'on y prête attention. Les mules avançaient d'un pas sûr sans se préoccuper des ordres de leurs cavaliers. Quand elles abordèrent la piste menant au château de Castellvi, Raquel manifesta son étonnement.

— Nous y sommes déjà. Je ne me rendais pas compte que c'était si près.

— Comment va mon brave petit malade ? s'enquit Isaac dès qu'ils eurent pénétré dans la cour du castel.

— Vous allez le voir par vous-même, répondit la dame du châtelain. Oh, je vous demande pardon, maître Isaac. Je ne voulais pas...

— À ma propre façon, madame, je vois. Le choix des mots ne doit pas vous préoccuper, dit-il doucement.

— Dans ce cas, venez avec moi, maître Isaac, vous et votre fille. Je vous en prie.

Le bébé jouait avec un petit animal sculpté dans le bois ; quand il vit sa mère, il se releva et se mit à trottiner, maladroit certes, mais intrépide.

— Ce sont ses pas que j'entends ? demanda le médecin de l'air le plus étonné possible après une longue journée de voyage

— Oui, fit sa mère, radieuse. Il est aussi fort que

jamais. Et il a une nouvelle nourrice. Nous serons toujours vos obligés, maître Isaac.

— Je crois que nous sommes aussi les vôtres, madame.

— En bref, dit l'évêque au châtelain, c'est parce que le bonheur de votre dame importait à certaines femmes qu'elles nous ont indiqué une petite route permettant d'éviter l'embuscade.

— Je ne sais que répondre. Mes forêts ne sont pas remplies de hors-la-loi, Votre Excellence, même s'il est toujours possible qu'un ou deux hommes ne soient pas aussi honnêtes qu'ils le devraient. Mais la région est stérile, et certains pourraient être tentés de détrousser un voyageur pour quelques sous.

— Vos bois sont riches, mon cousin.

— Mais pauvres en habiles bûcherons. Nombre d'entre eux sont morts de la peste, et bien des survivants s'en sont allés en espérant une existence meilleure.

— Quitte à défier la loi, fit remarquer l'évêque.

— On ne peut les blâmer entièrement, répliqua le châtelain.

— Si la vente de nos biens était leur seul mobile d'agression, cela ne me concerne pas. Leurs femmes nous ont tirés de ce mauvais pas, et j'imagine qu'ils ne recommenceront pas. Mais j'aimerais savoir si un étranger ne le leur a pas suggéré. Ou pis encore, ne les a pas payés.

— Nous pourrons le découvrir, dit le châtelain en quittant la petite pièce qui lui servait de cabinet.

Il revint accompagné d'une servante nerveuse qui leur fit la révérence puis ne quitta plus des yeux le sol carrelé.

— Voici la suivante de mon épouse. Elle nous a prévenus du danger qui vous attendait sur la route. Tu as agi avec circonspection, ma fille, la félicita le châtelain. Tu as sauvé des vies et épargné la pendaison à bien des hommes.

Elle ne paraissait pas apprécier son rôle de sauveur du village.

— Euh... j'espère qu'ils n'apprendront pas ce que j'ai fait, dit-elle. Sauf papa. Il est déjà au courant, et c'est lui qui m'a prévenue. Mais ce n'était pas juste que vos hôtes se fassent tuer et dévaliser quand le médecin passe toute la nuit auprès du bébé et qu'il lui sauve la vie après ce qu'a fait Lluisa. C'est pour ça que j'en ai parlé à ma dame.

— T'a-t-il expliqué pourquoi ils avaient de tels projets ? lui demanda Berenguer.

— Non, Votre Excellence. Je croyais que c'était pour l'argent, les chevaux, les mules et tous les beaux habits.

Après avoir renvoyé la suivante, le châtelain se dirigea vers la porte.

— Il y a quelqu'un d'autre que nous devrions voir. Venez avec moi, mon cousin.

— Puisque vous avez un bûcheron de qualité, dit Berenguer alors qu'ils contournaient la demeure pour rejoindre un appentis faisant office d'atelier, pourquoi l'occupe-t-on à réparer les chariots ?

— Parce qu'il faut une équipe entière pour abattre un gros arbre, mon cousin. Vous devriez le savoir. Et je n'en ai pas d'autres comme lui.

— C'est vrai. Je n'y avais pas songé.

— Holà ! lança le châtelain quand ils furent près de l'appentis. Son Excellence l'évêque de Gérone souhaite rencontrer le bûcheron qui lui a sauvé la vie.

— C'est rien du tout, Votre Excellence, dit l'homme dont les yeux noirs dévisageaient Berenguer. J'avais mes raisons à moi. Ça ne rapporte rien de bon à un village que tous ses hommes soient pendus.

— Je me demandais, mon ami, si un étranger était passé par là qui vous aurait mis cette idée en tête.

Le bûcheron reposa son herminette et se passa la main sur le crâne.

— Un des compagnons de Votre Excellence aurait un ennemi ?

— C'est fort possible. Nous avons envisagé cette hypothèse.

— Si ma mémoire est bonne, Votre Excellence, il y a bien eu quelqu'un.

Il prit une pièce de bois taillée et la présenta à la lumière.

— Il a expliqué qu'il représentait le roi et qu'on l'avait envoyé attraper une fripouille qui avait essayé de tuer Sa Majesté.

Il passa le polissoir sur le morceau de bois qu'il tenait à la main.

— Il a expliqué qu'on le reconnaîtrait facilement parce qu'il s'était blessé en se sauvant.

— C'est tout à fait intéressant, constata Berenguer. Continue.

— Le meurtrier voyageait avec une bande de coupe-jarrets menée par un rebelle grimé en évêque, dit le bûcheron sans se départir de sa sérénité. On serait bien récompensés pour leur mort et il devait nous payer dès que ça serait fait.

Il plaça la pièce de bois dans le chariot et entreprit de la fixer.

— J'avais vu Votre Excellence aux noces de Sa Seigneurie. Ça me semblait pas probable qu'un imposteur puisse se présenter sans qu'on le remarque. C'est pour ça que je suis parti et que j'ai tout raconté à ma fille.

— Laquelle en a parlé à sa maîtresse.

— Pas sur le coup. Elle avait peur. Mais elle l'a fait par la suite.

— Sais-tu qui était cet homme ?

— Si je le *sais* ? Non, répondit-il avec prudence. Il se faisait appeler Lup et disait qu'il venait de Sant Sadurní.

— Est-ce un gros homme, rouge de visage, qui parle beaucoup ?

— Rien de la sorte, Votre Excellence. Je ne l'ai pas vu de près, mais c'était plutôt un bel homme. Joliment vêtu pour un sergent du roi, un messager ou je ne sais quoi. On aurait plutôt cru un écuyer envoyé par son seigneur.

Il se remit au travail.

— Mais lequel, ça, je pourrais pas vous le dire.

— Merci, mon brave homme.

Berenguer mit la main à sa bourse.

— Si vous voulez donner quelque chose, Votre Excellence, fit le bûcheron, que ce soit pas pour vous avoir raconté tout ça. Faites-en plutôt cadeau à ma fille en vue de son mariage. Les temps sont durs pour les jeunes par ici.

— Quel homme remarquable ! s'exclama Berenguer alors qu'ils s'éloignaient.

— C'est vrai, fit le châtelain.

Mais le bûcheron s'élançait derrière eux

— Votre Excellence, dites aussi au médecin que le fils de Marta la Folle saute comme un cabri et qu'il va encore embêter sa mère pendant de nombreuses années !

— C'est pourquoi, Isaac mon ami, je doute que l'attaque ait été projetée par notre Gonsalvo, dit Berenguer quand il lui eut rapporté le message du bûcheron. À moins qu'il n'ait à son service un écuyer « joliment vêtu ». Ce brave homme me semble doublé d'un observateur attentif, et il jouit de toute la confiance de mon cousin.

— N'importe qui pourrait être le seigneur de cet écuyer, Votre Excellence.

— J'en conviens.

— Nous n'avons donc pas beaucoup progressé.

Quand le groupe se fut réuni dans la cour pour faire ses adieux, Isaac se tourna vers son apprenti.

— Yusuf, va dire à Don Gilabert que je serais très honoré s'il chevauchait à mes côtés une partie de la matinée.

— Oui, seigneur.

— Reviens ensuite ici et prends la bride.

Yusuf disparut aussitôt.

— Raquel, sois assez aimable pour tenir compagnie à ta mère et l'occuper grâce à ta conversation.

— Que se passe-t-il avec maman ?

— Rien du tout, ma chérie.

— Bonjour, maîtresse Raquel, maître Isaac, dit Gilabert. Nous sommes sur le départ ? Je vois que Yusuf doit s'occuper de la jument grise et de votre mule.

— Pour quelque temps tout au moins, précisa Isaac.

— Je dois rejoindre maman, s'excusa Raquel dont le visage était devenu écarlate.

Elle fit faire demi-tour à sa mule et s'éloigna.

— Maîtresse Raquel a beaucoup progressé dans le maniement des rênes, fit remarquer Gilabert.

— J'en suis heureux. Elle avait peu de sujets d'occupation ces derniers jours. Je suis content qu'elle ait fait bon usage de son temps. Honnêtement, Don Gilabert, ajouta-t-il sans la moindre transition, pourquoi êtes-vous la cible de ces assassins ? Qu'attendent-ils de votre mort ?

— Moi ? dit-il prudemment.

— Oh, oui ! L'embuscade qui nous a été tendue était destinée à vous seul. Nous autres n'étions que le butin destiné aux montagnards que l'on avait soudoyés.

— Vous savez cela ?

— Nous en sommes certains. Un des hommes a décidé de se retirer du jeu et nous a prévenus qu'il se préparait quelque mauvais coup.

— Maître Isaac, j'ai veillé pendant bien des nuits pour tenter de démêler cet écheveau. Nul n'a rien à gagner à ma mort. Je n'ai pas d'héritier. Mes terres — si ce sont bien mes terres...

— Pourquoi doutez-vous qu'elles le soient ?

— Elles sont sujettes à confiscation, mais la décision a été contestée et nous attendons que le jugement définitif soit rendu, débita-t-il à toute allure comme s'il s'agissait là d'un détail sur lequel il n'avait pas le loisir de s'attarder. Si elles sont miennes, elles seraient revenues à mon oncle, me semble-t-il, à défaut d'un autre. Or, mon oncle n'est plus. Les hommes qui l'ont tué ont payé leur forfait...

— Vraiment ?

— Mes loyaux amis, Andreu et Felip, y ont veillé.

— Ah, s'écria Isaac, je me disais bien que, pour des étrangers, ils portaient une attention peu commune à vos intérêts.

— Oui. Ils ont été pour moi les meilleurs des compagnons. Si nous étions restés ensemble, je suis sûr que j'aurais échappé à mes assaillants. Mais je devais être seul pour effectuer certaine mission, et vous voyez le résultat, ajouta-t-il d'un ton sec. Mes amis m'ont cherché avant de mettre leurs chevaux à l'écurie et de se joindre à vous. Nous étions en effet convenus de nous retrouver sur la route de Barcelone en cas de problème, et c'est ce que nous avons fait.

— Ils ne pouvaient s'attendre que l'on vous découvre à demi mort dans un champ.

— Effectivement, mais rien de ce qui m'arrive ne les surprend. À Vilafranca, j'ai reçu un mot d'eux m'informant que ces canailles avouaient avoir été soudoyées et qu'elles décrivaient leur maître du mieux qu'elles le pouvaient. Il ressemblait à un homme que j'ai peut-être déjà vu, mais dont je ne sais pas en quoi il peut m'être associé.

— Pourriez-vous avoir un frère dont vous ignoreriez tout ?

— Un frère ? Non, je n'ai pas de frère. J'en suis certain.

— Comment en être aussi sûr ? Ce pourrait être le fils de la maîtresse de votre père — nombre de gentilshommes respectables ont plus de fils qu'on ne leur reconnaît habituellement.

— Maître Isaac, vous allez me trouver naïf, je n'en doute pas, mais c'est une chose à laquelle je ne puis croire. Mes parents étaient très proches. Aussi loin que remontent mes souvenirs, ils n'étaient jamais longtemps l'un sans l'autre. Ils se sont mariés jeunes et ont entremêlé leurs existences comme des plantes grimpantes.

— Ils n'auraient eu qu'un seul enfant ?

— Un seul qui fût assez robuste pour devenir adulte. Tous les autres sont morts en bas âge. Ma mère était peut-être trop jeune pour porter des enfants sains — en tout cas, c'est ce que racontaient les serviteurs.

— C'est parfois le cas, reconnut Isaac. Vous n'avez pas de cousin susceptible de revendiquer vos biens après votre mort ?

— Non. Ma mère avait deux frères — l'oncle Fernan, qui n'avait pas de descendant, et un autre mort très jeune — ainsi qu'une sœur, qui est religieuse. Aucun des frères ou des sœurs de mon père n'a dépassé l'âge de l'enfance, à l'exception d'une demi-sœur ; son père s'était remarié avec une veuve déjà pourvue d'une fille. Elle n'a pas eu d'autres enfants.

— Cette demi-sœur a-t-elle eu des enfants ?

Gilabert réfléchit.

— Pas dans les liens du mariage. Si je dois en croire les bavardages des serviteurs, elle a eu un fils bâtard, maître Isaac. Il a été élevé par une nourrice et elle-même est entrée au couvent. Mais peut-être rien de cela n'est-il vrai. Ma nourrice était une fontaine de rumeurs et d'informations, mais aussi de renseignements inexacts.

— Il pourrait donc exister un homme persuadé que ses rapports avec la propriété sont assez étroits pour en hériter en l'absence d'autres héritiers. Quel âge aurait-il ?

— Nous ne sommes pas du même sang, mais c'est exact, il pourrait exister. Quant à son âge, je ne saurais le dire. Je crois que sa mère était assez jeune, mais peut-être n'est-ce qu'une impression d'enfance. Si elle vit encore, elle aurait aujourd'hui plus de quarante ans. Je ne pense même pas avoir entendu son nom.

— La rumeur ne citait-elle pas celui du père ?

— Étonnamment, non. Les spéculations devaient aller bon train. Ma nourrice racontait qu'il s'agissait certainement d'un palefrenier ou d'un forestier de belle allure, sans le sou, on s'en doute, que les biens de cette femme étaient allés au couvent et que l'enfant mourait pratiquement de faim. Mon précepteur prétendait quant à lui que l'amant était un homme riche qui avait pourvu à l'éducation de l'enfant. Qui croire ? Mon précepteur et ma nourrice étaient tous deux de grands menteurs. Il faudrait interroger les autres serviteurs, mais chacun d'eux nous servirait certainement une version différente de l'aventure de cette pauvre femme.

Isaac secoua la tête.

— Que pouvez-vous me dire de Gonsalvo de Marca ?

— Vous avez vous-même entendu ce que l'on pense de lui, à Altafulla. Cela est assez vrai. Je ne puis qu'ajouter que c'est un voisin qui convoite mes terres.

— A-t-il dans son entourage un écuyer, beau et élégamment vêtu ?

— Don Gonsalvo ? Un écuyer ? Il n'a rien d'un grand seigneur, maître Isaac. Bien qu'issu d'une bonne famille, c'est un malotru qui se promène en compagnie d'une bande de rustauds, pour sa protection.

— Merci pour votre franchise, Don Gilabert, dit Isaac. Ce changement est bienvenu.

— Puisqu'il semble probable que je survive, finalement, ce serait plus agréable si je faisais cela dans mes foyers. Et puis j'en ai assez des assassins.

— J'ai eu une intéressante conversation avec Don Gilabert, annonça Isaac.

— Qu'avez-vous découvert ? lui demanda Berenguer. Il écouta alors avec attention le récit détaillé de leur échange.

— C'est vrai que c'est intéressant, dit l'évêque quand le médecin eut terminé, mais j'ai du mal à croire à ces héritiers fantômes alors que nous tenons un filou bien réel qui a un mobile tout trouvé pour assassiner à la fois le moine et Don Gilabert.

— Don Gonsalvo ?

— Qui d'autre ? C'est tout de même le frère Norbert qui a sollicité mon aide. Et comment la mort de ce pauvre hère aiderait un héritier à accéder à la propriété de Don Gilabert ? À moins que la mort du moine n'ait quelque rapport avec les terribles événements survenus à la *finca.* Laissons Don Gilabert venger la mort de son oncle, il semble tout à fait capable de s'en charger, si vous voulez mon avis. Je me noyais dans mes propres problèmes, Isaac, et je n'ai plus pensé à la mort de ce moine jusqu'à l'arrivée de cette lettre, mais cela ne signifie pas que nous devons l'oublier désormais.

— Vous n'avez pas eu le loisir d'y penser avant aujourd'hui, Votre Excellence. Mais je ne pense pas que les informations de votre ami nous éclairent beaucoup.

— Elles créent un lien entre le moine et Don Gonsalvo, expliqua Berenguer. Il voulait les lettres que portait le frère, et celui-ci est assassiné.

— Cela reviendrait à dire, Votre Excellence, que si j'admire votre cheval et déclare publiquement le désirer, c'est moi qui vous aurais assassiné si vous veniez à mourir. Je m'appuie sur la logique pour émettre une objection. Nous ignorons tout du contenu de ces lettres.

— L'une d'elles comportait le jugement rendu dans l'affaire de Huguet de Lancia Talatarn, précisa l'évêque.

— Seuls Rodrigue de Lancia et son cousin s'y intéressent.

— C'est exact. L'autre avait trait au procès mené par Gonsalvo. Le rapport est peut-être ténu, mais je persiste à lui trouver de l'intérêt.

— S'il s'agissait du jugement rendu à l'issue de ce procès, Votre Excellence, et si Don Gonsalvo avait tué le moine pour cela, il serait en sa possession. Il ne harcèlerait donc pas le vicaire général de Barcelone pour en avoir connaissance.

— Vous êtes implacable, maître Isaac.

— Et pourquoi souhaiterait-il faire assassiner Don Gilabert ?

— Parce qu'il veut ses terres, c'est vous-même qui l'avez dit.

— Dans ce cas, Votre Excellence, est-il l'héritier de Don Gilabert pour que la mort du jeune homme le fasse entrer en possession desdites terres ?

— Je crois qu'il est temps de s'arrêter pour dîner, soupira Berenguer.

Ils franchirent le Llobregat dans l'après-midi et quittèrent la vallée pour Terrassa. Cette fois-ci, ils descendirent chez les chartreux, qui pouvaient mieux les accueillir que les pauvres augustiniens, mais même ainsi, les hôtelleries des couvents se ressemblaient au point de ne plus faire qu'une. Le jour suivant, ils mangèrent une soupe dans un autre réfectoire monacal. Et soudain Gérone ne fut plus qu'à quelques lieues. Les montagnes cédèrent la place aux collines et aux vallées, les rochers et les pins aux champs fertiles. Ils avaient depuis longtemps passé la route de Barcelone. Une fois arrivés à Hostalric, leur ville se trouverait à moins d'une journée de marche.

Isaac passait maintenant des heures perdu dans ses propres pensées. Il ne cherchait plus à résoudre les énigmes posées par ce voyage ; délibérément, il faisait le vide dans son esprit et laissait les événements flotter, libres de toute hypothèse, de toute émotion, de tout préjugé.

Avant longtemps, la majesté rocheuse d'Hostalric se dressa devant eux. C'était jour de marché, et la ville grouillait de marchands et de chalands. Les tavernes résonnaient des rires des buveurs et il régnait partout une plaisante atmosphère. Des odeurs de cuisine flottaient dans l'air. Les enfants jouaient dans les rues. Et les voyageurs retrouvaient leur belle humeur.

Le lendemain matin, Berenguer prit place à côté du médecin alors qu'il déjeunait en compagnie de sa famille.

— J'ai reçu un message de votre patient. Il écrit qu'il

est parti avec des amis et nous dit adieu pour le moment. Il explique qu'il lui faut faire une chose qu'il ne peut laisser à autrui.

— Ainsi Don Gilabert nous a quittés ? dit Isaac. Je suis étonné qu'il soit resté aussi longtemps avec nous. Une mission semblait occuper ses pensées, mais il voulait aussi vivre assez longtemps pour la mener à bien.

— Apparemment, il a pris son cheval à l'aube, toujours déguisé en religieux, avant d'être rejoint par une paire de moines gris. Le garçon d'écurie les a suivis dans la rue et les a vus démarrer au grand galop. Maître Isaac, j'ai beaucoup réfléchi aux arguments que vous avez avancés hier, et je suis au désespoir de n'avoir pu aider Don Gilabert.

— En quoi vouliez-vous lui venir en aide ? le questionna Isaac.

— Je pense que nous devons croire qu'il est le neveu de l'histoire que raconte votre parent — celui qui a été harcelé et persécuté par les tribunaux ecclésiastiques. Nous en avons eu suffisamment la preuve à Tarragone.

— Je serais d'accord avec Votre Excellence. Il ne peut y avoir deux jeunes gens dont l'histoire soit aussi semblable.

— Si tous ses ennuis étaient survenus dans mon diocèse, maître Isaac, il aurait été possible de prévenir bon nombre de ses souffrances. Mais pour découvrir aujourd'hui ce qui s'est passé et qui était le responsable...

— Avez-vous changé d'avis à propos de Don Gonsalvo, Votre Excellence ? Vous ne croyez plus qu'il est à l'origine des malheurs de notre jeune ami ? Don Gilabert serait de votre avis, me semble-t-il.

— Pour certains, si, maître Isaac. Mais je n'arrive pas à imaginer qu'une personne uniquement poussée par la bêtise et la cupidité puisse provoquer de tels dégâts.

— La rapacité a pourtant sapé des empires, Votre Excellence.

— C'est vrai, maître Isaac. Quand elle se combine à la ruse. Mais soumettre de fausses accusations à un tribunal ecclésiastique, voilà qui me semble trop compliqué pour votre coquin. Si nous voulons découvrir pourquoi l'on poursuit Don Gilabert, je crains qu'il ne nous faille retourner à la *finca* de Vilafranca. Et j'en ai assez de voyager.

— Gilabert va à Gérone, Votre Excellence ?

Berenguer ne répondit pas tout de suite.

— C'est ce qu'il a dit. Il doit y régler des affaires.

— Avez-vous songé, Votre Excellence, que le frère Norbert a été tué le jour de notre départ ? Et que Don Gilabert a été capturé ce même jour ? Tous deux près de la ville ? Cela fait beaucoup de choses qui surviennent près de Gérone. Dès l'instant où vous n'y êtes plus.

— Laisseriez-vous entendre que c'est à Gérone que l'on trouvera la solution aux problèmes de Don Gilabert ?

— C'est fort possible, Votre Excellence. Son ennemi semble entretenir de solides rapports avec cette ville ainsi qu'avec le Sud. Si l'on pouvait mettre la main sur un tel homme...

— Et comment m'y prendrais-je ? Je ferais afficher une proclamation disant que quiconque a de la famille ou mène ses affaires dans la partie méridionale du diocèse de Barcelone doit se livrer sur l'heure ? Les chanoines seraient convaincus que je suis devenu fou.

— Nul doute, Votre Excellence. Cela ne signifie pas pour autant que vous devez écarter cette possibilité, ajouta Isaac avec sérieux. Mais j'ai une meilleure idée à vous proposer.

— J'aimerais l'entendre, fit l'évêque.

— Envoyez à Gérone un messager digne de confiance afin qu'il y annonce notre arrivée demain à la première heure.

— Demain ?

— Oui, Votre Excellence. Il lui faudra ensuite faire courir les rumeurs que voici...

CHAPITRE III

Gérone

Galceran de Monteterno accueillit son neveu sur les marches du palais épiscopal en le serrant chaleureusement contre sa poitrine.

— Mon cher Fortunat, comme je suis heureux de vous voir ! Vous allez me donner les dernières nouvelles.

— Je n'y manquerai pas, mon oncle. Attendez-vous toujours que l'évêque revienne du conseil général ?

— Un messager vient de nous annoncer que son retour est prévu pour demain. Le conseil ne s'achève pas avant mardi. Il a dû se passer quelque chose pour qu'il s'en revienne si tôt.

— Quoi ?

— Je ne puis le dire mais, comme les affaires du diocèse ne présentent aucune difficulté, ce n'est pas ici qu'il faut trouver la cause de cette précipitation. Marcherons-nous dans les jardins ? Ou au bord de la rivière ?

— Au bord de la rivière, mon oncle, si cela vous agrée. On y est moins distrait, moins interrompu aussi.

Et tandis que les compagnons de l'évêque se déplaçaient à un rythme plus soutenu qu'à l'accoutumée, le parfum du bercail aux narines, la vie se déroulait sans encombre dans la ville et ses faubourgs. Dans les cuisines du palais, le jeune garde nommé Enrique avalait un repas substantiel censé compenser le déjeuner qu'il avait pris à la hâte.

— Ce fut vraiment un terrible voyage, annonça-t-il, la bouche pleine de jambon et de pain.

— Que s'est-il passé ? demanda l'un des aides de cuisine.

— Tout. On a été attaqués à deux reprises, mais d'abord on a trouvé un blessé au bord de la route, et tout le monde devait le veiller jour et nuit, et maintenant Sor Agnete de Sant Daniel et lui sont tous deux enfermés pire que des bêtes fauves dans les prisons de Tarragone. La moitié de notre groupe n'est pas revenue avec nous...

Les serviteurs et tous ceux qui traînaient aux cuisines pendant la pause matinale ne perdaient pas une seule miette de ses paroles.

Aux étages supérieurs du palais, Don Arnau, vicaire général de Gérone — le seul chanoine à ne pas être au courant des dernières nouvelles —, était enfermé avec son secrétaire et attendait le prompt retour de l'évêque. Galceran et son neveu, Fortunat, s'étaient apparemment lassés de leur promenade sur les berges et déambulaient parmi la foule des chalands qui bavardaient et examinaient les denrées proposées sur le marché. Fortunat adressa un clin d'œil à une belle femme qui se tenait à côté de paniers de fruits secs, prit une pleine poignée d'amandes et s'en alla. Elle fronça les sourcils, vit le chanoine et garda pour elle ses récriminations.

— Quels voleurs ! ces prêtres, murmura-t-elle avant de se mettre en position devant son étal.

— Mon oncle, disait Fortunat, les choses se déroulent très bien grâce à votre aide et à vos conseils généreux. Cinq maravédis de plus et je serai en état de subvenir à mes propres besoins et de rembourser tout ce que vous m'avez donné.

— Il n'est pas nécessaire de me rembourser, Fortunat. Vous le savez bien. Il me suffirait que vous ne soyez plus accroché à ma bourse. Quoi que vous puissiez penser, ce n'est pas un chaudron magique qui ne peut être vidé. Je souhaiterais aussi vous voir renoncer à vos menus chapardages. Les marchands présument que je les tolère et cela crée du mécontentement.

— Certainement, mon oncle, dit le jeune homme d'un ton maussade.

Il cassait les amandes entre ses dents et en jetait les coquilles à terre.

— Fortunat, reprit Galceran, j'aimerais en savoir plus à propos de...

Mais son neveu ne l'écoutait pas. Il s'était approché d'une table où un marchand de sucreries avait disposé ses marchandises. Cinq ou six enfants étaient agglutinés autour de l'étal et l'homme veillait à tenir leurs mains agiles à l'écart de ses articles. Les produits les meilleurs, les plus chers aussi, étaient rangés au fond — des dattes baignant dans l'alcool, fourrées de fruits hachés, de miel et d'amandes, et enrobées de noix en poudre. La main de Fortunat plongea entre deux enfants, saisit une datte et la fourra dans sa bouche avant même qu'on puisse le voir.

Mais le marchand n'était pas aussi lent que le jeune homme l'avait espéré.

— Hé ! cria-t-il. Ce voleur en tunique bleu ! Arrêtez-le !

— C'est moi que tu traites de voleur ? dit Fortunat en se retournant. Je te traînerai devant les juges si tu ne tiens pas ta langue.

— Je les connais, les petites crapules de ta sorte. Toujours à rôder au marché pour voir ce qu'il y a à dérober. Mais regardez-le ! Il ose me menacer avec ses juges quand ses dents sont encore noires de mon miel et de mes dattes.

— Surveille ton langage, misérable fils de catin ! Je ne toucherais pas à tes immondices même...

— Regarde, oncle Marc. C'est le marchand de sucreries ! Celui qui parle comme le moine.

La petite fille dansait sur place d'impatience et d'excitation.

— Et l'autre, celui qui a volé la date. Il parle tout comme lui. Vite, oncle Marc, avant qu'ils partent.

Son regard se posa alors sur la silhouette familière du garde qui l'avait accompagnée au marché la semaine précédente.

— Señor ! appela-t-elle. C'est cet homme-là. Et il y en a un autre comme lui. Dépêchez-vous !

— Aide-moi à attraper ces deux individus, dit le garde à son collègue. Vite !

— Qu'est-ce qui se passe ?

— Don Arnau veut leur parler, expliqua le garde. Ne me pose pas de question. Demande plutôt à la petite.

C'était presque l'heure du dîner quand Don Arnau réunit autour d'une table Fortunat, le marchand de friandises, la petite fille, Pere Vitalis et Ramon de Orta.

— C'est un regrettable malentendu, murmura Galceran en prenant un siège à côté de son neveu. Je souhaite seulement mettre les choses au clair si vous m'autorisez à rester parmi vous.

— De quel malentendu parlez-vous, Galceran ? lui demanda Don Arnau.

— Parce que mes dattes, c'est un malentendu ? claironna le marchand.

— Ah, fit Don Arnau, nous sommes là pour un tout autre problème. Nous nous occuperons plus tard de votre plainte, quelle qu'elle soit. Maintenant, mon brave homme, dites-moi d'où vous venez ?

— J'ai une licence pour vendre à Gérone.

— Je n'en doute pas. Nos officiers sont très vigilants à ce propos. Mais d'où venez-vous ? répéta-t-il.

— D'un village près de l'Arboç. En Penedès.

— Et vous parlez comme quelqu'un qui vient de là-bas ?

— Je parle comme tout le monde chez moi. Pas comme les gens d'ici.

Le secrétaire de Don Arnau entra dans la pièce et lui murmura quelque chose à l'oreille.

— Tout le monde attend, Don Arnau, dit-il assez fort pour être entendu.

— Ah, mon Dieu, fit le vicaire général, comme c'est difficile ! C'est l'heure du dîner, et nous avons des hôtes que nous ne pouvons négliger. Que puis-je faire ? demanda-t-il discrètement à son secrétaire.

— Laissez partir tout le monde, Don Arnau, lui suggéra Galceran. Et demandez-leur de revenir avant vêpres. Nous réglerons le problème alors.

— Je ne puis faire cela, rétorqua Don Arnau, enfin mis au courant du retour de Berenguer.

Ses lèvres pincées révélaient son entêtement.

— C'est trop important. Non. Nous dînerons tous ensemble.

Il parcourut la pièce du regard.

— Comme il n'y a pas assez de places à table pour tout le monde, les chanoines et moi-même nous joindrons à nos hôtes. Les autres pourront manger ici. Nous nous retrouverons une fois le repas achevé.

— Et mon neveu ? demanda Galceran.

— Il vaudrait peut-être mieux qu'il dîne en notre compagnie. Nous ne voulons pas que l'acrimonie gâche le repas de ce brave homme.

Il sourit au marchand, murmura quelque chose aux gardes et s'en alla.

Isaac et sa famille avaient été les premiers voyageurs à retrouver leur demeure. Ils avaient à peine eu le temps d'envoyer l'un des serviteurs étonnés chercher les jumeaux à la maison d'Ephraïm et de Dolsa que la cloche les avertissait déjà de l'arrivée de leur premier visiteur.

— Je serai dans mon cabinet, prévint Isaac, et ne veux être dérangé que pour une question de vie ou de mort.

— C'en est une, maître Isaac, dit une voix de l'autre

côté du portail. Ma vie et ma mort, j'en ai bien peur. Si quelqu'un me laisse entrer, je vous expliquerai tout.

— Ibrahim, ouvrez-lui.

— Merci, maître Isaac. Je ne vous demanderai pas plus d'une minute, s'excusa Gilabert. Y a-t-il un endroit où nous puissions parler ?

Isaac le conduisit dans son cabinet.

— Maître Isaac, j'ai à la main deux documents scellés qui ne devraient pas se trouver sur moi. Pouvez-vous les garder jusqu'à ce que je les envoie à Barcelone ?

— Très volontiers, Don Gilabert. Mais je pense que les documents en question devraient être remis à l'évêque. Apportons-les au palais avant que quelqu'un ne se rende compte que vous les détenez. Êtes-vous toujours habillé en moine ?

— Oui.

— Le monde entier a l'habitude de me voir entrer au palais en compagnie de prêtres et de moines. On ne nous remarquera pas.

— Merci, maître Isaac.

Le somptueux repas allait s'achever. Un moine gris à l'habit couvert de poussière pénétra dans la salle de réception où le marchand et les autres terminaient de dîner. Il demeura près du mur, loin des fenêtres, et s'assit dans le coin le plus sombre de la pièce. Deux serviteurs entrèrent derrière lui pour débarrasser la table avant le retour des membres du clergé.

Don Arnau eut un sourire pincé et se tourna vers l'enfant.

— Nous étions en train de parler du marchand de sucreries, n'est-ce pas ? Tu as dit à ton oncle et aux gardes que ce gentilhomme parlait de la même façon, c'est bien cela ?

— Oui, répondit la petite fille. Parce que c'est vrai.

Des bruits de pas, de portes qui claquent et d'éperons sur le carrelage du hall d'entrée interrompirent leur conversation. Puis l'on entendit rugir une voix familière.

— Où est donc la réunion qui concerne le moine ?

La porte s'ouvrit à la volée.

Chacun se leva.

— Restez assis, je vous en prie, lança Berenguer de Cruilles. Vous aussi, jeune dame. Ah, père Gil, vous êtes là. Parfait, ajouta-t-il en adressant un signe de tête au moine tapi dans l'ombre. Je suis très intéressé par les résultats de votre enquête, Don Arnau. Mais je ne vous retarderai pas. Je me contenterai de vous écouter en silence.

L'un après l'autre, chacun reprit sa place.

— Et qui est cette enfant, Don Arnau ? s'enquit Berenguer d'une voix murmurante que l'on put entendre dans toute la pièce.

— C'est elle qui a découvert le malheureux moine, Votre Excellence, lui répondit le vicaire général. Elle a reconnu son accent et expliqué que c'était le même que celui de ce brave homme. C'est un marchand de Penedès.

— Comme elle est intelligente ! dit l'évêque avec un bon sourire.

— Et d'où venez-vous, señor ? demanda Don Arnau en se tournant vers Fortunat comme s'il n'y avait pas eu l'interruption du repas.

— D'une propriété peu éloignée de Granollers, répondit le jeune homme.

— Et Granollers se trouve à plusieurs journées de cheval de l'Arboç, ajouta Galceran.

— Il a pas la même voix quand il fait que parler, déclara la petite fille. Comme maintenant. C'est seulement quand il est en colère. Quand le marchand l'a traité de voleur et qu'il s'est mis à crier, il parlait tout pareil.

— Je vous demande pardon de vous interrompre, messires, dit l'oncle de la fillette, mais elle a raison. C'est ce qu'il a fait. Moi aussi je l'ai remarqué.

Le marchand regardait fixement Fortunat comme s'il avait devant lui quelque bête fabuleuse — une licorne ou un hippogriffe.

— Je sais qui c'est ! s'écria-t-il. Je m'en rappelle bien. C'est le bâtard que Madalena a élevé. Déjà à l'époque, il faisait que fureter et chaparder !

— Prenez garde à ce que vous dites ! gronda Galceran. C'est mon neveu.

— C'est bien possible, mon père, mais c'est aussi le fils bâtard de cette dame...

— Je crois que nous devrions régler cette question après avoir pris le temps de réfléchir à d'autres choses, dit Berenguer en quittant son siège. Si vous voulez bien pardonner cette interruption, Don Arnau. Vous êtes allé très loin dans la résolution de problèmes particulièrement agaçants. L'archevêque sera satisfait. Très satisfait.

Don Arnau lui adressa un sourire glacial.

— À présent, parlez-moi encore de cet excellent témoin, ajouta-t-il en se tournant vers la fillette.

Berenguer écouta avec attention et patience Arnau lui faire le long récit des exploits de l'enfant.

— C'est une petite fille observatrice et honnête, constata-t-il. Quelle est cette friandise que cet homme a confectionnée et qui te tentait si fort à la foire ?

Elle expliqua de son mieux, mais le marchand semblait perplexe.

— C'était celle au milieu tout au fond, fit-elle avec impatience. Il y avait une cerise fourrée avec quelque chose dessus. C'était très beau.

— Ah, tu as un goût parfait. J'appelle cela « le Délice de tante Felipa ». Mais je crains que ce soit là mon produit le plus cher avec les dattes à l'alcool.

Après une brève discussion avec l'évêque, la petite fille — le poing refermé sur des pièces — fut envoyée avec son oncle s'acheter un Délice auprès de la femme du marchand.

Berenguer parcourut la pièce du regard.

— Nous aurons besoin de vous ultérieurement. Don Arnau, parlons un instant de ceci. J'ignore encore bien des choses. Ensuite il me faudra parler au bon frère Gil ici présent.

Berenguer entra dans son cabinet, suivi de Francesc, de Bernat et d'un scribe. Gilabert et Isaac les attendaient. Le sergent arriva pour se mettre en faction devant la porte. L'évêque s'installa dans son siège et poussa un soupir de soulagement.

— Quel plaisir que de rentrer chez soi ! Mais asseyez-vous, messires, je vous en prie.

— Votre Excellence, dit Gilabert, j'ai ici les documents que l'infortuné père Norbert transportait avec lui. Il souhaitait que vous les adressiez à qui de droit.

Il s'inclina et tendit deux documents scellés à Berenguer.

— L'un d'eux me concerne, je crois. Je n'ai pas violé le sceau de Sa Sainteté.

Berenguer les examina et les tendit à Francesc avant de réfléchir un instant.

— Comment êtes-vous entré en possession de ces documents ?

D'une main rapide, le scribe commença à noter questions et réponses.

— J'avais entendu dire que le père Norbert se trouvait en Avignon, expliqua-t-il. Et qu'il repartait pour le sud, à pied. Nous savions qu'il serait à cette date entre Figueres et Gérone. Nous sommes partis vers le nord pour aller à sa rencontre.

— Pourquoi ?

— Je pensais qu'il connaîtrait l'issue de mon procès. Je ne voulais pas me renseigner directement — ma tête était mise à prix et je n'avais nul désir de me faire prendre. Je voulais seulement savoir s'il était sûr de rentrer chez moi ou si je devais plutôt m'enfuir — en Angleterre, peut-être — afin d'échapper à la pendaison pour un crime que je n'avais pas commis.

— Comment l'avez-vous trouvé ?

— Sur la route. À deux lieues de Gérone. Je le

connaissais, voyez-vous, ajouta-t-il en hésitant. Je m'attendais qu'il répugne à me parler...

— Parce qu'il avait témoigné contre vous ?

— Vous savez cela ?

— Il a aussi laissé une lettre.

— Je vois. Mais il désirait tout raconter. Il semble que sa conscience ne pouvait supporter un parjure susceptible d'entraîner la mort d'un homme. J'ai été déçu d'apprendre qu'il avait quitté Avignon avant que la décision ne fût arrêtée. Il a cependant ajouté que le messager porteur des documents afférents à mon procès l'avait rattrapé dans une auberge à quelques lieues de là. Pendant la soirée, le messager en question fut frappé d'une terrible maladie et appela un prêtre. Je ne dirai plus jamais que Dieu ne punit pas les méchants, Votre Excellence. Le mourant a forcé le père Norbert à jurer qu'il remettrait ces papiers au vicaire général de Barcelone. Norbert était terrorisé. Il croyait que le messager avait été empoisonné à cause d'eux et que le fait de les porter le vouerait lui aussi au malheur.

— Il pouvait être tué sur la route ou jeté en prison à Barcelone pour parjure, fit remarquer l'évêque.

— Précisément. Il me les a donc confiés et je lui ai promis de vous les remettre. Il a alors essayé de me donner l'argent qu'il avait reçu pour se parjurer, ajouta-t-il d'un ton amer.

— Dans sa lettre, le frère Norbert disait que deux hommes présents à l'auberge cette nuit-là avaient des raisons de le tuer pour récupérer ces documents. Étiez-vous l'un d'eux ?

— Non, Votre Excellence, j'ai passé la soirée dans une famille des environs.

— Près de Gérone ?

— Oui.

— Leur nom ?

— Je ne puis le révéler, Votre Excellence. Tant que je ne saurai pas ce qu'il y a dans ce document, tout au moins. S'il m'innocente, je vous donnerai leur nom, et ils pourront attester de ma présence. Si je suis condamné, cela ne me servira à rien d'être lavé de l'empoisonnement du messager puisque je serai toujours pendu, mais ils peuvent être inquiétés pour avoir abrité un criminel.

— Connaissez-vous un certain Rodrigue de Lancia ? lui demanda brusquement Bernat.

— Je ne le pense pas, répondit Gilabert. Qui est-ce ?

— Un gentilhomme navigateur, expliqua Berenguer. Et vous ignorez toujours ce que contient ce document ?

— Oui.

— Vous ne l'avez pas ouvert ?

— Je n'en ai pas eu le temps. Je me suis dit que s'il...

— Ce « il », c'est Gonsalvo de Marca ?

— C'est possible. Je n'en sais rien. Il devait continuer à le chercher, c'est pourquoi je les ai tous deux placés dans un endroit sûr. C'est seulement à Terrassa que mes amis m'ont appris que le malheureux moine avait été assassiné.

— Connaissez-vous un petit village proche de l'Arboç, appelé Santa Margarida ?

— Oui. Ce n'est même pas un village. Juste quelques maisons sur la Foix. À quatre lieues de la *finca*, peut-être un peu moins.

— Voyons de nouveau ce marchand ambulant, dit Berenguer. Sergent, demandez-lui de nous rejoindre.

L'homme en question apparut avec une rapidité remarquable.

— Dites-moi, connaissez-vous ce gentilhomme ?

— Effectivement. C'est le jeune seigneur, Don Gilabert, qui a eu tant d'ennuis. Vous ne savez peut-être pas qui je suis, señor, mais...

— Si. Vous aidiez aux moissons quand j'étais enfant, vous ne pouviez avoir plus de quatorze ans. Vous vous appelez...

Il réfléchit un instant.

— Tomas. Oui, Tomas, c'est bien cela ? Et qu'est-ce qui vous amène à Gérone ?

— Quand mes parents sont morts, mon oncle, qui fabriquait des sucreries, m'a pris avec lui. Il m'a appris le métier et maintenant, toute une partie de l'année, je vais de marché en marché en compagnie de ma femme pour vendre nos produits.

— Connaissez-vous un certain Norbert, de la même région que vous, peut-être ? demanda l'évêque. Il est devenu moine.

— Pas vraiment, Votre Excellence, mais j'ai entendu parler de lui.

— Voyons le jeune Fortunat. Peut-être nous éclairera-t-il sur quelques points ? Vous connaissez Fortunat, Don Gilabert ? Lui aussi vient de votre province, s'il faut en croire Tomas. Faites-le entrer.

La porte s'ouvrit et le sergent introduisit Fortunat. Son oncle le suivit, comme si tel était son bon droit, et nul ne l'en empêcha.

Berenguer fit les présentations.

— Voici Don Fortunat. Don Gilabert.

Fortunat pâlit quelque peu, sourit et s'assit. Son oncle se pencha pour lui parler puis, comme s'il venait de changer d'avis, se redressa.

— Je le connais, dit Gilabert d'une voix forte bien que son visage eût perdu toute couleur. J'aurais du mal à l'oublier. Oh oui ! Tandis que ses amis me plaquaient à terre, il enfonçait sa botte dans ma main et me disait le plaisir que lui procurait le bruit des os qui craquent sous son pied. Il a ajouté qu'il éprouverait le même plaisir si je refusais de parler. J'ai passé de très nombreuses heures en compagnie de cet homme.

— Il ment ! cracha Fortunat. Je ne l'ai jamais vu avant aujourd'hui. Mon oncle peut attester que je me trouvais ici, avec lui, quand ce menteur a été blessé.

— Comment savez-vous qu'il l'a été ? demanda brusquement Isaac.

— C'est ce que l'on raconte au palais, répondit-il

impatiemment. Chaque serviteur sait quand cela s'est passé.

— Je connais cette voix, fit Isaac. Comme le sifflement d'un serpent venimeux, elle fait frémir ma peau de répulsion. Vous rappelez-vous, Votre Excellence, cet homme qui avait donné beaucoup d'argent à un messager du diocèse pour qu'il avertisse de son retour ses serviteurs restés à Tarragone ? Le voici.

— Il délire. Je n'ai pas de serviteurs à Tarragone, n'est-ce pas, mon oncle ?

— Savez-vous ce que signifiait ce message, Votre Excellence ? Maître Isaac ? demanda Gilabert. Je peux vous le révéler parce que mes amis, Andreu et Felip, ont poursuivi les deux coquins qui l'ont reçu : j'étais mort et ils devaient tuer mon oncle. Il était inutile de prendre des risques si je vivais encore.

Galceran contemplait Gilabert avec horreur.

— Mais vous étiez mort, dit-il avant de se tourner vers son neveu. D'abord, vous m'avez déclaré qu'il était mort, répéta-t-il d'une voix brisée. Vous me l'avez juré ! Vous aviez vu son cadavre. Ensuite vous m'avez annoncé qu'il était au secret dans une prison de Tarragone et qu'il attendait sa pendaison. Comment avez-vous pu vous montrer aussi stupide ?

Gilabert s'adressa à Fortunat.

— Fort du lien ténu qui unissait votre mère à notre famille, vous espériez donc revendiquer mes biens après ma mort ? Et, bien entendu, après celle de mon oncle, puisqu'il était mon seul héritier légitime. Pourquoi cet empressement à vous procurer les documents ? Ils ne pouvaient vous servir, dans un sens comme dans l'autre.

— C'est cet imbécile de Gonsalvo qui les voulait ! Vous les arracher devait me rapporter cinq maravédis.

Il haussa les épaules.

— Je me suis souvent demandé s'il était difficile de faire parler un homme. Je croyais que ce serait plus facile. Mais je n'ai pas les talents d'un bourreau professionnel.

— Vous alliez lui donner les documents, prendre l'argent et revendiquer l'héritage ?

— Il n'en méritait pas plus, dit Fortunat. Et si vous étiez mort comme vous l'auriez dû, cela aurait marché. Mon oncle me l'avait assuré.

— C'est faux, intervint Galceran. Je n'aurais jamais suggéré un acte aussi hideux.

Tomas, le marchand de friandises, observait chacun en silence, mais il abattit soudainement son poing sur la table.

— Je sais où est allé Norbert. Il est devenu le précepteur de ce jeune seigneur.

— Est-ce la vérité ? demanda Berenguer.

— Oui, Votre Excellence, avoua Gilabert. Mon loyal et fidèle précepteur.

— Et si ce prêtre est son oncle, ajouta Tomas, il doit aussi être le vôtre, Don Gilabert. Car Fortunat est le fils de votre pauvre tante — chacun le savait chez nous. Elle a payé Madalena dans notre village pour l'élever. Le prêtre doit être un autre de ses frères.

— Elle n'en avait qu'un, dit Gilabert. Mon père. Et Don Galceran n'est certainement pas mon père. Je pourrais cependant émettre une hypothèse quant à sa descendance. Mon tourmenteur et lui-même sont comme deux galets d'un même ru.

— Ce n'est pas le problème aujourd'hui, trancha Berenguer. Nous reviendrons là-dessus en temps voulu. Don Gilabert, vous avez été trahi, mais cela suffit. Le jeune Fortunat et son oncle seront jugés demain pour crimes contre l'Église, puis Fortunat sera livré au bras séculier pour ses crimes contre la Couronne. La vérité ne manquera pas de se manifester.

— Dès l'instant où j'ai compris que Norbert pensait que sa lettre était destinée au vicaire général de Barcelone, tout devenait clair, affirma Berenguer.

— Et la confession du meurtre ? demanda Isaac.

— Quelqu'un a payé ce pauvre hère pour qu'il se

parjure devant le tribunal pontifical. Probablement Gonsalvo de Marca, mais ce sera difficile à prouver.

— Un parjure dans une affaire où l'accusé sera pendu s'il est condamné. C'est à juste titre qu'il se considérait coupable de meurtre.

— Le sceau du document était inviolé. Il était persuadé de porter sur lui la condamnation de Gilabert.

— Ç'aurait pu être le sens de ce document, n'est-ce pas ?

— J'ai tiré parti d'un privilège épiscopal quelque peu douteux, Isaac, et j'ai rompu le sceau. Ce qu'on lui reprochait n'a jamais été très important, et la déclaration de Norbert différait tant des dépositions faites sous serment par les autres témoins qu'elle fut mise à l'écart.

— Gilabert est donc innocenté ?

— Oui. Pour la troisième et dernière fois. Cette affaire ne peut trouver d'autre tribunal.

— Et votre chanoine ? Son seul crime est-il d'avoir commis une erreur de jeunesse qui est revenue le hanter ?

— Ils sont certainement père et fils, admit Berenguer. Ils ont admis leur relation. Ils se ressemblent dans leur apparence extérieure, mais aussi dans leur façon de se faire passer pour l'innocente victime des machinations d'autrui.

— Pour quelle raison ont-ils causé tant de malheurs ?

— Par cupidité. Par amertume. On imagine que Galceran a eu la portion congrue du cadet. Si Fortunat avait choisi l'Église, il aurait pu se servir de son influence pour le conduire vers la prospérité, mais cette vie n'attirait pas le garçon. Il voulait les biens de ce monde. On a vu ces derniers temps nombre de familles manquer d'héritiers, et nul n'a contesté les plus minces prétentions à l'héritage. La leur n'était pas pire qu'une autre.

— Sauf que deux hommes avaient de meilleures revendications que le jeune Fortunat.

— Oui, mais grâce à l'avidité de son voisin Gonsalvo

de Marca, le principal héritier était traqué, errant et sans épouse.

— Comme un lièvre entouré par des chiens, dit Isaac. Un lièvre plein de ressource.

Il se leva.

— Le soleil va bientôt se coucher, Votre Excellence. Maintenant que nous avons retrouvé notre foyer, la loi de mon épouse régit à nouveau la maisonnée, et je dois m'en revenir à temps pour le sabbat. J'espère que ce voyage n'a pas nui à la santé de Votre Excellence.

— Je vous le démontrerai en vous accompagnant sur le parvis de ma cathédrale. Afin de jouir du plaisir de sentir mes jambes. Je voudrais vous remercier de m'avoir suggéré d'envoyer un messager porteur de fausses nouvelles.

— Votre choix fut excellent. Le jeune Enrique a convaincu tout le monde que Gilabert était pendu ou sur le point de l'être.

— C'est le sergent qui l'a choisi. Il a expliqué qu'Enrique était notre homme si nous voulions un menteur vraiment convaincant. Mais qu'est-ce qui vous a fait penser à cela ?

— J'avais l'étrange pressentiment que notre héritier perdu se trouvait ici, à Gérone. Rien de plus.

— Je vois que Don Gilabert nous attend au pied des marches, dit Berenguer.

Ils le rejoignirent.

— Je vous autorise à quitter cet habit, Don Gilabert, même s'il vous sied à merveille.

— Je ferais un bien piètre moine, je le crains. Et après toute cette aventure, je crois que je devrais me marier et donner un héritier à mes propriétés, répondit le jeune homme.

— Vous avez raison.

— Je suis ici pour prendre congé de vous. Maître Isaac, je manque de mots pour vous remercier de m'avoir sauvé la vie — et d'avoir soigné ma malheureuse main. Ma reconnaissance vous sera éternelle.

— Examinons-la une dernière fois avant que vous ne quittiez la ville, Don Gilabert. Ôtez le bandage.

— Seigneur, l'avertit Yusuf, le soleil est déjà bas. La maîtresse...

— Regarde bien, Yusuf, afin de l'aider à remettre la bande en place.

Isaac prit délicatement la main de Gilabert et palpa les os brisés.

— Ils se ressoudent bien. Épargnez-les pendant quelques semaines et vous retrouverez le plein usage de votre main.

— Maître Isaac, la jument baie de mon oncle est à l'abri dans les écuries de Son Excellence. C'est une bête docile, et je la destine au jeune Yusuf. Quant à maîtresse Raquel, je lui donne...

Il hésita.

— Transmettez-lui ma gratitude et mon espoir qu'elle connaisse le bonheur dans sa vie future.

— Je le lui dirai quand elle sera prête à l'entendre. Pas maintenant. C'est trop tôt.

— Vous faites preuve d'une étonnante perspicacité, maître Isaac, dit Gilabert avant de disparaître.

— Seigneur, il va falloir courir.

— Alors hâtons-nous, Yusuf.

Raquel était dans sa chambre. Elle avait mal à la tête. Elle se sentait trop lasse pour faire quoi que ce soit d'utile, mais trop agitée pour s'allonger. Cette pièce qui lui servait d'ordinaire de refuge lui semblait aujourd'hui petite, étouffante. Elle cessa de défaire ses bagages et descendit dans la cour vide où elle déambula jusqu'à ce que la cloche la prévînt de l'arrivée d'un visiteur. Elle s'empressa de s'asseoir au bord de la fontaine et attendit qu'Ibrahim s'occupe de l'intrus, quel qu'il fût.

— Maîtresse Raquel est dans la cour, maître, dit Ibrahim avec obligeance. Près de la fontaine.

— Ma tante pensait que vous n'auriez pas le temps de faire les préparatifs du sabbat.

La voix était familière.

— Elle vous fait porter un plat. Je ne sais pas de quoi il s'agit, mais l'odeur est alléchante.

— Daniel ! s'écria Raquel en se levant.

Il déposa un plat de terre sur la table et se tourna vers elle.

— Maîtresse Raquel, dit-il en s'inclinant. J'espère que vous vous portez bien.

— Nous allons tous très bien. Asseyez-vous, je vous en prie, ajouta-t-elle en se dépêchant de prendre place sur le banc.

— Mais vous devez regretter la fin soudaine de votre voyage. Je comprends cela. Nous avons été surpris — enchantés — de vous revoir aussi tôt. C'est une joie pour nous, mais peut-être pas pour vous.

— Daniel, je ne pourrais être plus heureuse maintenant que tout est fini, dit-elle alors que ses yeux s'emplissaient de larmes. Je suis si soulagée de me retrouver chez moi.

— Qu'y a-t-il, Raquel ? demanda-t-il en s'asseyant à côté d'elle puis en se relevant très vite. Une chose terrible se serait-elle produite ?

— J'ignore de quoi vous parlez, Daniel, réponditelle, les yeux fixés sur ses mains. Mais il s'est passé beaucoup de choses. Nous étions loin.

— Je sais que vous étiez loin. Je n'ai pu m'empêcher de le remarquer, ajouta-t-il en crispant les mâchoires. Parlez-moi de ce périple.

— Qu'y a-t-il à dire ? Ce fut long et pénible. Nous avons été attaqués à deux reprises, une fois par des bandits et l'autre, par des montagnards, mais les gardes étaient là pour nous protéger. J'en ai assez de partager d'immondes chambres à coucher avec ma mère et des religieuses. J'ai bien aimé l'oncle Joshua, qui est un charmant vieillard, mais ma tante Dinah est comme ma mère, sauf qu'elle est plus indolente. Que voulez-vous savoir d'autre ?

— Et votre cousin Ruben ?

— Oh, Ruben... Il est timide et gauche, et plutôt casanier. Il a également très peur des femmes. Il se cachait chaque fois que j'apparaissais. Il veut épouser une fille qui l'aime à la folie, mais tante Dinah pense que j'ai davantage d'argent. Papa dit qu'elle croit aussi que cette autre fille la chassera de chez elle à la mort de l'oncle Joshua. Mais j'ai réussi à le coincer et à lui dire que je n'avais nullement l'intention de l'épouser. Il en a été très soulagé.

Daniel éclata de rire.

— Timide et casanier ? Moi qui l'avais imaginé riche et beau.

— Si vous ne me croyez pas, demandez à Yusuf. Il vous parlera de sa beauté. Et je doute qu'il soit riche. L'argent de Joshua revient principalement à ses filles.

Daniel redevint sérieux.

— Rien de ceci n'explique pourquoi vous êtes si malheureuse.

— Pourquoi répéter que je suis malheureuse ? dit-elle en se relevant. Je suis fatiguée et j'en ai assez de voyager, rien de plus.

Elle s'approcha d'un abricotier dont elle observa les fruits avant de reprendre place près de la fontaine.

— Il y a autre chose, insista-t-il. Je le lis sur votre visage.

— Ce voyage m'a changée, Daniel. Ou si je n'ai pas changé, je me suis vue telle que je suis pour la première fois.

— En quoi cela vous a-t-il peinée ?

— Je ne sais pas. C'est trop difficile à expliquer. J'aimais la vie que je menais, utile, animée. Je savais qui j'étais. Mais j'avais tort. Je voyais que tout allait s'achever, mais je ne savais que faire. J'ai trop appris sur moi-même au cours de ce voyage. Je veux être celle que j'étais avant mon départ, mais c'est impossible. Je dois être une femme et tout abandonner.

Les larmes coulaient en abondance sur ses joues et elle les essuya du revers de la manche.

— Vous devez au moins abandonner cette manie, dit Daniel en saisissant l'extrémité de la manche humide.

Elle lui adressa un sourire timide.

— Je ne me fais plus confiance. Non pas que j'aie commis quelque mauvaise action, mais je croyais pouvoir toujours faire ce qui est bien. Je n'en suis plus très sûre aujourd'hui.

— Quoi qu'il ait pu se passer, Raquel — je n'ai pas la moindre idée de ce que cela peut être et je ne vous le demanderai jamais —, je sais que l'on ne peut avoir confiance en soi-même. Je l'ai compris la première fois où ma vie a pris un étrange tour. Tenez, aujourd'hui encore... je suis venu plein de colère, tout prêt à me quereller avec vous. Mais je vous ai vue misérable et j'ai changé en un instant. Comprenez-vous ? Je ne me connais pas moi-même, et vous non plus. Peut-être devriez-vous m'épouser...

Il lui prit doucement la main.

— Nous nous ferions mutuellement confiance au lieu de ne faire confiance qu'à nous-mêmes, ajouta-t-il.

— Quelle étrange façon de voir les choses ! Mais si j'acceptais, que ferait papa ? Sa Majesté souhaite que Yusuf entre à la cour dans un an ou deux.

— Ce qu'il fait toujours. Nous pourrions vivre ici, et vous continueriez à mener la même vie qu'auparavant. Je ne veux pas vous voir changer.

— Oh, Daniel ! Pensez-y. Dans la fosse aux lions, avec maman derrière nous en permanence ? Je ne suis pas certaine de pouvoir le supporter, et je sais que vous ne le pourriez pas.

— Dans ce cas, venez vivre chez nous, avec ma tante et mon oncle. Vous ne seriez qu'à deux minutes de votre père. Réfléchissez, Raquel. Mais ne réfléchissez pas trop, ajouta Daniel avec un sourire un peu triste. Je ne supporterai plus très longtemps cette situation, vous le savez.

ÉPILOGUE

— Et que souhaite nous faire savoir Sa Sainteté ? demanda Don Pedro à son secrétaire.

Ses doigts couraient nerveusement sur le bois ouvragé de son siège.

— Vous lirai-je l'intégralité de la lettre, Votre Majesté ?

— Cela vaudrait mieux.

— Elle est datée du mois dernier, en Avignon, Votre Majesté. Voici : « Au roi Pedro le Cérémonieux. Le Saint-Siège prie, suite à la requête de Tomas de Patrinhanis, ambassadeur de la cité et de la population d'Ancône, pour qu'il veuille bien contraindre ses sujets, les pirates Jan de Pródica, maître de la galée *Santa Eulalia*, Huguet de Lancia Talatarn, Guillermo Pedro de Raxath et Francisco Alberich, du *San Juan*, de rendre les vaisseaux, provisions, argent et autres biens dérobés à Nicolas Polluti près de l'île de Rhodes et à d'autres marchands d'Ancône dans le port du Palais, à diverses occasions. » Avec les compliments habituels, Votre Majesté, dit le secrétaire en déposant la lettre sur la table.

— Sous quelle contrainte ?

— Aucune, Votre Majesté.

— Comme c'est intéressant...

— Votre Majesté va-t-elle faire ce qu'exige Sa Sainteté ? demanda Doña Eleanor. Et confisquer les navires ?

— Malheureusement, nous ne pouvons saisir ces galées. Pas pour l'instant.

— Comment cela ?

— Ils ne les possèdent plus. Nous les leur avons retirées dès que nous avons appris qu'une décision avait été prise.

Doña Eleanor ne put s'empêcher de rire et le roi de sourire.

— À l'heure actuelle, nous les armons pour la guerre. Mais lorsque nous avons entendu parler pour la première fois de la disposition de Sa Sainteté à notre égard, de lourdes pénalités nous étaient imposées si nous ne cédions pas. Olzinelles, que pensez-vous de ce revirement ? Cela indique-t-il un changement de politique ?

Et les affaires de la cour se poursuivirent.

L'archevêque de Tarragone était assis en compagnie de son secrétaire, de l'assistant de celui-ci et d'un scribe. Sur la table, devant lui, se trouvait une lettre de l'évêque de Barcelone parmi plusieurs autres documents. Don Gonsalvo se tenait debout. Il arborait un grand sourire amical et suait en dépit de la brise agréable qui rafraîchissait la pièce.

— Don Gonsalvo, j'ai ici une copie du jugement rendu dans l'affaire de cet homme accusé d'hérésie, Don Gilabert de...

— Oui, Votre Excellence ?

L'archevêque fronça les sourcils.

— Comme je l'imaginais quand vous avez porté cette affaire au-delà de notre juridiction, Don Gonsalvo, l'appel de Don Gilabert a été entendu. Il est lavé de tout soupçon.

— Je suis heureux de l'apprendre, Votre Excellence, dit Don Gonsalvo, gêné.

— Vraiment ? Eh bien, moi aussi, je suis satisfait. Car tout indique qu'un témoin a été suborné.

— Tout indique...

— Il l'a avoué, par écrit. Et je suis quasiment persuadé d'être en ce moment même en train de parler à celui qui a suscité un parjure.

Don Gonsalvo ne releva pas l'accusation.

— Suis-je contraint de dire que je me demande également si je parle à l'homme qui a été impliqué dans le meurtre brutal de l'oncle de Don Gilabert ? Après tout, Don Fernan était le plus à même de laver l'honneur de son neveu. Le trouviez-vous si gênant, Don Gonsalvo ?

— Non, Votre Excellence.

La sueur coulait sur son visage et sa voix tremblait.

— Je n'ai jamais touché Don Fernan. Je le jure. De même, je n'ai pas demandé qu'on le touche. Je n'aurais pu être plus étonné quand on m'a mis au courant. J'ai fait tripler la garde autour de ma maison — vous pouvez vous renseigner — parce que je pensais qu'il y avait des bandits dans les parages. Je n'aurais jamais songé à tuer Don Fernan.

— Aussi étrange cela puisse-t-il paraître, Don Gonsalvo, je crois que vous n'y avez pas songé, effectivement. Mais personne n'y a pensé à votre place ?

— Pardon, Votre Excellence ?

Don Sancho leva la tête et regarda droit dans les yeux le propriétaire terrien.

— Don Gonsalvo, s'il doit y avoir une autre affaire telle que celle-ci dans le diocèse de Barcelone ou dans tout autre diocèse de l'archidiocèse de Tarragone, des officiers seront envoyés en Avignon et en d'autres lieux afin de découvrir de nouvelles preuves — si besoin est — du rôle que vous avez joué dans le parjure de Norbert et dans la mort de Don Fernan et des autres. Je suggère qu'à partir de ce jour vous demeuriez sur vos terres et vous occupiez de vos vignes et de vos troupeaux au lieu de nuire à vos voisins. Me suis-je bien fait comprendre ?

— Parfaitement, Votre Excellence.

L'archevêque se tourna vers son secrétaire, et Don Gonsalvo s'empressa de quitter la pièce.

— Bien. Sur quoi travaillions-nous ?

— Je relisais quelques détails des minutes du conseil avant de les ranger dans la bibliothèque, Votre Excellence. Il y a un problème. Que dois-je faire pour Gérone ?

— Qu'entendez-vous par là ?

— Pardonnez-moi, Votre Excellence, si je n'ai pas été très clair. Mais Son Excellence l'évêque de Gérone se trouvait là quand l'appel a eu lieu et il a également pris part à certaines séances du conseil, mais il est parti à la hâte quand Sa Majesté l'a fait appeler et n'était donc plus là.

Don Sancho prit un temps de réflexion.

— Eh bien, inscrivez-le ni parmi les présents, ni parmi les absents. Comme s'il n'était ni l'un ni l'autre.

— Une solution judicieuse, Votre Excellence, approuva le secrétaire.

Le scribe reposa sa plume.

Ainsi s'explique la circonstance extraordinaire qui veut que les minutes du conseil général organisé à Tarragone en 1354 omettent de mentionner le noble Berenguer de Cruilles, évêque de Gérone.

Cet ouvrage a été réalisé par

FIRMIN DIDOT

GROUPE CPI

Mesnil-sur-l'Estrée

pour le compte des Éditions 10/18
en novembre 2001

Imprimé en France
Dépôt légal : novembre 2001
N° d'édition : 3292 – N° d'impression : 57447